JASMIN ROMANA WELSCH

EWIG ROSES

BAND 1: ESCORT WILL GELERNT SEIN

New Adult

STERNENSAND

www.sternensand-verlag.ch | info@sternensand-verlag.ch

1. Auflage, Juli 2018

Umschlaggestaltung: Jasmin Romana Welsch
Korrektorat: Sternensand Verlag GmbH | Martina König
Satz: Sternensand Verlag GmbH
Druck und Bindung: Smilkov Print Ltd.

ISBN-13: 978-3-906829-99-9
ISBN-10: 3-906829-99-9

INHALTSVERZEICHNIS

DER ZYLINDER

Ich weiß nicht, wieso ich in einer leeren Badewanne aufwache, aber ich gehe mal davon aus, dass ich fundierte Gründe hatte.

Ein Kissen unter meinem Kopf, eine Decke, die mich warm hält – ja, das macht alles Sinn.

Gut gemacht, Emma. Du hast dich schon mal schlechter fürs Schlafen präpariert. Ich denke, du wirst langsam erwachsen und gewissenhaft genug, um zu erkennen, wie bescheuert es ist, mit dem Kopf auf dem Klodeckel wegzupennen. Die Badewanne war eine gute Wahl!

Danke, Gedankenstimme. Ich weiß das Kompliment zu schätzen. Aber lass uns doch noch fünf Minuten die Augen zumachen und warten, bis unser gewissenhafter Verstand die

Bewegungsbefehle an unseren Körper nicht mehr in einer Fantasiesprache lallt. Das mit dem Rühren funktioniert vorerst nicht.

Das Buffering-Symbol in meinem Kopf ist eine verpixelte Wodkaflasche, die sich langsam füllt. Das Design erinnert an die Sanduhr aus Windows 98. Ich muss mir echt mal Zeit nehmen, um da oben auf Windows 10 hochzurüsten. Aber erst mal schlafen …

Mich trifft ein gleißender Lichtstrahl im Gesicht, der sich auch nicht durch Kopfschütteln oder bedrohliches Anknurren ablenken lässt. Entweder setzt Sailor Moon gerade neben mir auf dem Klo ihren Silberkristall ein oder der Vorhang des Fensters steht offen.

Die Sonne ist so ein Arschloch. Taucht in aller Herrgottsfrühe auf, scheint dir in die Fresse und verlangt, dass du aufwachst und draußen herumläufst. Ich hatte mal einen Freund, der genauso war. Ich habe ihn mit der Kaffeemaschine erschlagen.

Brummend hebe ich den Kopf, stütze mich mit den Händen am Rand der Wanne ab und blicke dann hinter mich.

Wahnsinn, ist das ein hässliches Kissen. Schneeweiß, aber mit den schemenhaften Zeichnungen eines Gesichts, das an einen Zombie-Clown erinnert, der Lippenstift … Oh.

Das ist dein Gesicht, Emma.

Jaja. Schon verstanden. Ich bin der Zombie-Clown mit dem nuttigen Make-up, das jetzt das Kissen ziert. Ups.

Ich bin überrascht, dass ich aus der Wanne steigen kann, ohne mit der Hand das ganze Regal abzuräumen, an dem ich mich festhalte.

Wenn mich jemand nach meinem augenscheinlich markantesten Charakterzug fragen würde, würde meine Antwort ›tollpatschig‹ lauten. Also jetzt nicht unbedingt wenn ich ein Vorstellungsgespräch habe. Dann würde ich natürlich ›strebsam‹ antworten, verlogen grinsen und totschweigen, dass ich eines schönen Tages ihr gesamtes Computersystem lahmlegen werde, weil ich über ein Kabel im Serverraum stolpere.

Mann, war das ein Chaos. Godzilla hat Japan intakter zurückgelassen als ich diesen Serverraum. Überflüssig zu erwähnen, dass ich den Job nicht mehr habe, oder?

Das Badezimmer bleibt ganz. Dass ich erst mal gucken muss, wo ich pinkeln kann, ist ein sicheres Indiz dafür, dass ich hier nicht wohne, oder dafür, dass ich noch rotzevoll bin.

Streich das ›oder‹.

Klappe, ich muss mich konzentrieren, um Klopapier zu finden!

Das Mädchen, das mich beim Händewaschen aus dem Spiegel mustert, erinnert mich an das Cover eines meiner Bücher zu Hause. ›Bloody Mary‹ von Nadine Roth. Klasse Story, aber die rothaarige Mary ist da, um Leute zu erschrecken. Die rothaarige Emma könnte das gerade auch.

Meine sonst glatten Haare sehen toupiert aus. Nicht von einem Friseur – zumindest von keinem begabten. Oder doch, er könnte begabt sein, aber er hat mich nicht mit seinen Händen frisiert, sondern mit seinem Penis. Und ein Penis kann keine Bürste halten – selbst der begabteste.

Oh Gott, da tauchen auf einmal Bilder in meinem Kopf auf. ›Penis‹ war wohl das Zauberwort, das die magische Tür zu meinen Erinnerungen öffnet.

Bleib zu! Bleib zu! Ich will nicht wissen, warum ich weiß, wie es aussieht, wenn ein Penis einen kleinen Zylinder trägt!

Oje. ›Klein‹ ist das Zauberwort für die nächste Tür.

Ich muss hier raus!

Der Flur vor dem Badezimmer ist leer und erschreckend gelb. Nicht nur die Wände sind in der hellen Farbe gestrichen, auch die Kommode und die Schuhablage sind lackiert. Ich kann mich nicht daran erinnern, gestern durch den Arsch des gelben Teletubbies hier reingewankt zu sein, aber was weiß ich schon.

Ich entdecke die Haustür und meine schwarzen Pumps.

Los! Anziehen und weglaufen!

Ich kann nicht! Ich trage keine Unterwäsche!

Tu nicht so, als wäre es das erste Mal, dass du ohne Unterwäsche nach Hause läufst!

Das stimmt. Ich bin gestern in der weisen Voraussicht eines erfahrenen Flittchens vor dem Schlafengehen wieder in mein Kleid gestiegen, um heute Morgen möglichst rasch verschwinden zu können. Aber meine Handtasche ist nicht hier. Ich muss …

Du willst wirklich noch mal in dieses Schlafzimmer gehen? Weißt du, was du dann siehst? Erinnerst du dich an den Zylinder, Emma?! Der Penis und der Zylinder?! Und deine Reaktion auf …

Lalala, ich will nicht daran denken!

Ich will nur meine Tasche holen, eine Apotheke überfallen und alle Aspirin auf einmal einwerfen, die sie auf Lager haben.

Ohne zu viele Erinnerungen zuzulassen oder weiter auf meine manchmal so vorwurfsvolle und bescheuerte Gedankenstimme zu hören, wanke ich auf die Tür zu, von der ich leider weiß, dass dahinter ein Schlafzimmer liegt.

Bitte schlaf noch … Mensch.

Jack? Hieß er Jack? War er Amerikaner? Habe ich Englisch gesprochen?

Hello, Sir. How about putting this little, little hat on your dick? Do you think that's a good idea? I think so! My name is Emma. And I have lots of problems dealing with my life. Lots and lots of problems …

Nein, da klingelt nichts. Wie ich auf Jack komme, wird mir aber klar, als ich beinahe über die leere Jack-Daniel's-Flasche stolpere, als ich ins Schlafzimmer schleiche. Mein Verstand fabriziert wahrhaft brillante Assoziationen.

Der Mensch schläft noch. Die penetrante Sonne hat ihn nicht wach gekitzelt, weil die gelben Vorhänge im Schlafzimmer zugezogen sind.

Der Typ hat eindeutig einen Farb-Tick. Ich glaube, mich zu erinnern, dass er einen gelben Pullover getragen hat. Mit einer Biene und einem Rufzeichen darauf.

Ernsthaft. Was stimmt eigentlich nicht mit mir, wenn ich selbst schon Leute bespringe, deren Kleidung mit Warnzeichen bestickt ist?!

›Achtung! Ich bin schräg!‹ – Ja, aber ich bin verzweifelt und bescheuert, also lass uns in deine Wohnung gehen, damit ich in deiner Badewanne aufwachen kann!

Ich schleiche am Bett vorbei, um zu meiner Handtasche zu gelangen. Das Zimmer ist klein, ich muss nicht viele Schritte auf dem dunkelgrauen Laminatboden machen, aber da liegt so viel Zeug herum, dass der Weg einem Spießrutenlauf gleicht.

Die Wohnung ist eigentlich sehr sauber, nur im Schlafzimmer herrscht Chaos. Ich will nicht darüber nachdenken, warum.

Ich steige über Klamotten, Dinge aus Latex, die ich nicht benennen will, Dinge aus Leder, die ich nicht benennen will, und trete dann doch auf einen gelben Dildo.

Ja, dass ich den ›Dildo‹ benennen kann und die anderen Dinge nicht, ist durchaus ein Statement.

Nachdem ich damit fertig bin, wie eine versteinerte panische Idiotin darauf zu warten, dass der Latex-Penis unter meinem linken Fuß quietscht wie ein Hundespielzeug, setze ich mich wieder in Bewegung.

Ich bücke mich vorsichtig nach dem braunen Lederbeutel – nein, kein abgedrehtes Sextoy, meine Handtasche.

Schlüssel, Handy, Geldbörse, die Kassenbons, die ich aus Faulheit sammle und nicht wegwerfe – alles da.

So, und jetzt lauf, Emma! Lauf und dreh dich nicht um!

Zu spät. Ich gucke schon.

Mein Kopf hat sich zur Seite gedreht, weil meine Neugier ein penetrantes Monster ist.

Ich konnte mich nicht mehr wirklich erinnern, wie er aussieht. In meinem Kopf sind nur Bilder von dem gelben Bienenpullover und einem Penis mit Zylinder aufgeploppt. Als ob das nicht schon reichen würde, um mein ganzes Leben zu hinterfragen. Nein, ich muss mir meine Eroberung auch noch ansehen.

Er schläft. Und ich neige starrend den Kopf.

Ich hatte dich gewarnt …

Halt die Klappe, du oberflächliches Biest! Es spielt doch absolut keine Rolle, wie jemand aussieht! Ich bin mir sicher, er hat einen total spannenden, liebenswerten Charakter, der ihn total sexy gemacht hat!

Ja, das ist gut! Erzähl das bitte jedem, der dich nach heute Nacht fragt, und lüg ihm die Hucke voll!

Er war total charmant, oder?

Sicher …

Und witzig?

Zum Schießen! Du hast dich nur ins Suffkoma geschossen, weil er so witzig war. Ganz nachvollziehbare Reaktion.

Hatte er gestern nicht noch mehr Haare am Kopf?

Shhh … Emma. Hinterfrag das niemals wieder. Du kannst dir nicht genug Kekse leisten, um diese Erinnerung zu verarbeiten. Und jetzt raus hier!

Ich springe so leise auf die Tür zu, dass ich selbst überrascht von mir bin. Im verkaterten Schäm-Flittchen-Modus lege ich anscheinend die Leichtfüßigkeit einer zerbumsten Ballerina an den Tag.

Bevor ich das Schlafzimmer verlasse, zucke ich ertappt zusammen, weil er plötzlich ein Geräusch von sich gibt. Jetzt weiß ich wieder, warum ich in der Badewanne geschlafen habe – er schnarcht. So laut, dass das kleine Sofa im Wohnzimmer nicht weit genug weg war, um nicht zu hören, wie er den ganzen Regenwald fällt. Und wenn mir das im Vollsuff auffällt, will das schon etwas heißen.

Ich will weiter hüpfen, aber mein Blick streift das schwarze Stück Stoff, das mein BH sein könnte. Als ich danach greife, quieke ich auf, lasse ihn wieder fallen und knalle gegen den Türstock.

Maus! Hamster! Gremlin! Was ist es?!

Die Antwort auf die Frage, die du nicht stellen sollst!

Also muss ich es nicht füttern?

Nein. Und wenn du es nicht frisieren willst – verschwinde endlich!

Ich laufe in den Flur, steige in meine Pumps und schnappe mir meine Jacke.

Vom motorischen Standpunkt aus lief dieser Morgen bisher viel zu gut. Da ist ein dickes Ungleichgewicht auf meinem Heil-lassen-Zerstören-Konto, welches das Universum dadurch auflöst, dass sich der Riemen meine Tasche auf der Flucht um die Türklinke schlingt. Meine schwungvolle Bewegung wird ausgebremst und ich knalle zurück gegen die Tür.

Der dumpfe Aufprall ist zwar nicht laut, dafür aber das Geräusch, das der am Boden zerschellende Keramiktürschmuck macht.

Scheiße. Ich glaube, ich habe eine Keramikbiene getötet.

Scheiße. Ich glaube, ich habe mit einem Mann geschlafen, der eine Keramikbiene an der Haustür hat.

Wann habe ich eigentlich beschlossen, aus meinem Leben eine Farce zu machen?

Gestern Nachmittag, Emma.

Jaja – ich weiß. Die Frage war rhetorisch …

DEMNÄCHST AUCH IN IHREM KINO

Pflastersteine und hohe Schuhe vertragen sich genauso wenig wie strahlender Sonnenschein und ein Kater.

Vielleicht ist es bezeichnend für mein Leben, dass ich im Moment lieber unter einer grauen Wolkendecke auf tristem Asphalt laufen würde. Ein philosophisches Gleichnis zu meinem Inneren, das ich gern auf den Himmel über mir und die Umgebung projizieren würde.

Mann, bin ich tiefgründig. Habe ich gestern gekifft?

Nein, dann hätte ich mehr gegessen. Ich habe Hunger. Und Durst.

Das grüne Starbucks-Schild, an dem ich gerade vorbeilaufe, glüht wie die Pforte zum Himmel. Karamell-Macchiato, Mozzarella-Bagel und ein großes Glas Wasser. Die heilige Walk-of-shame-Dreifaltigkeit.

Ich stöckle aufs Paradies zu, bleibe aber so abrupt stehen, als hätte jemand vor mir eine unsichtbare Wand auftauchen lassen. Nein, ich kann nicht. Mir fällt wieder ein, dass ich mein ganzes Geld gestern Nacht beim Ausgehen rausgehauen habe. Schwer bescheuert, aber nicht mehr zu ändern.

Seufzend wende ich mich vom Himmel ab und laufe weiter. Ich habe auch zu Hause Kaffee. Und irgendetwas, das vor drei Tagen wirklich leckeres Brot war. Vielleicht fungiert der Toaster als Zeitmaschine und stellt diesen Zustand wieder her.

Wer braucht schon überteuerten Kaffee und Bagels, wenn er Kaffeepulver und Zeitreisebrot zu Hause hat?

Kein Starbucks, bis ich alles wieder auf die Reihe gekriegt habe. Wie ich das machen soll, weiß ich noch nicht, aber ich muss, sonst …

Genau mit diesem unvollständigen Gedankengang hat diese schräge Nacht gestern angefangen. Verdrängen habe ich aber drauf. Ich will auch jetzt nicht darüber nachdenken.

Erst mal duschen, essen und schlafen. Dann funktioniere ich auch wieder rationaler und finde bestimmt eine Lösung.

Ich werfe mein Kopfradio an und stelle den Sender ein, auf dem vierundzwanzig Stunden lang Pink läuft. Hilft in jeder Lebenslage. Bei einem gebrochenen Herzen, Familiendrama, gescheiterten Zukunftswünschen – die Frau hat jede beschissene Situation, die man erleben kann, mit einem eingängigen Beat unterlegt. Sogar das Gefühl, das man hat, wenn man vor seinen Problemen davonläuft, nachdem man schwachsinnigerweise versucht hat, sie mit Jack Daniel's und einem schrägen Typen im Bienenpullover zu betäuben.

›Just like a Pill‹ trägt mich nach Hause, bis in den nach Limetten duftenden Flur. Ich wohne hier seit fast vier Jahren und habe die Hausmeisterin noch nie getroffen. Sie sorgt still und heimlich dafür, dass es in den hohen Altbauwänden jeden Tag duftet.

Ich komme gern nach Hause. Eigentlich lassen mich die Alltagssorgen zuverlässig los, sobald ich das Treppenhaus betrete und gewohnheitsmäßig auf die silbernen Postfächer zusteuere. Heute zieht sich mein Magen zusammen. Trotz des Limettendufts.

Nur Prospekte. Ich kann aufhören, die Luft anzuhalten, und seufzend die Treppe hinauftrotten.

Der dritte Stock liegt auf gefühlt tausend Metern. Ich bin mir sicher, ich sehe beim Erklimmen mindestens so beschissen aus, wie ich mich fühle.

»Demnächst auch in Ihrem Kino: Sie ist langsam, sie ist zu stark geschminkt und sie trägt keine Unterwäsche – Flittchen-Zombie, der Film. Freigegeben ab 18.«

Während mein Erscheinen so schmeichelhaft von der männlichen Stimme kommentiert wird, schleppe ich mich die letzten paar Stufen hoch. Ich fixiere Jan mit dem Blick und ziehe eine Braue nach oben, weil ich ihn nicht erwartet habe.

Er sitzt neben meiner Haustür auf dem Boden und blickt an seinem Smartphone vorbei.

Die brünetten Haare sehen so zerzaust gestylt wie immer aus. Seine grünen Augen wirken wach. Jan hatte eindeutig erholsameren Schlaf als ich.

»Harte Nacht?«, fragt er und grinst wissend.

Ich bleibe brummend vor ihm stehen. »Nein. Das ist mein neuer Tages-Look. Zerbumstes Flittchen. Gerade total en vogue. Liest du keine Modezeitschriften?«

Er lacht. Jan hat diese kokette Art, zu lachen, die eigentlich nur ungezogene Jungs zum Besten geben, die man trotz unzähliger Flausen im Kopf knuddeln möchte. Sehr bezaubernd, selbst wenn er einen gerade verarscht.

»Finde ich gut. Diesen ›ohne Höschen‹-Trend«, entgegnet er und stützt das Kinn an seinem Knie ab, bevor er grinsend nach oben schielt. »Allerdings sieht deine Muschi unglücklich aus. Was hast du ihr angetan?«

Ich überkreuze die Beine und versuche, mein Kleid länger zu ziehen, damit Jan nicht mehr Genital-Psychologe spielen kann.

»Ich denke, du kannst dir ganz gut ausmalen, was ich getan habe«, entgegne ich und sehe ihn wissend schmunzeln.

Er war gestern Abend dabei, als ich meinen One-Night-Stand erobert habe. Ich kann mich noch daran erinnern, dass Jan mir ausreden wollte, den Bienenpullover nach Hause zu begleiten, aber ich war nicht nur betrunken, sondern auch frustrierend belehrungsresistent.

Ich schließe kurz die Augen, um ausgiebig zu seufzen. Als ich sie wieder aufmache, greift Jan neben sich und hält einen weißen Becher mit grünem Logo hoch.

»Karamell-Macchiato«, tönt er die betörendsten Worte, die er gerade sagen kann. »Ich dachte, du könntest einen gebrauchen.«

»Oh mein Gott, ich liebe dich!«, erwidere ich überschwänglich, weil ich mein Glück kaum fassen kann.

Jan rafft sich hoch und sieht mich schief grinsend an. Das Grübchen auf seiner Wange unterstreicht die süffisante Mimik, die er zum Besten geben kann und die ihn so viel Charme versprühen lässt.

»Ich dachte, das mit der Liebe hätten wir hinter uns gelassen, Baby«, seufzt er und schüttelt gespielt vorwurfsvoll den Kopf.

Jan und ich waren mal zusammen, ein halbes Jahr lang. Dann haben wir einvernehmlich Schluss gemacht, da er sich auf seinen neuen Job konzentrieren wollte.

Das ist jetzt elf Monate her und wir kommen einfach nicht voneinander los. Nicht liebestechnisch, sondern freundschaftlich.

Man kann mit Jan nicht zusammen sein. Als fester Freund ist er beschissen, aber wenn man das ›fest‹ streicht, brilliert er in all seiner verschrobenen Lieblichkeit. Dass ich das herausfinden durfte, war mehr oder weniger Zufall.

Wir hatten nicht geplant, Freunde zu bleiben. Klischeehafte Schlussmach-Floskeln waren uns beiden damals zuwider, deshalb fielen auch keine Sätze à la: ›Lass uns in Kontakt bleiben.‹

Weil wir dieselben Clubs gut finden, sind wir uns trotzdem oft beim Ausgehen begegnet. Und am nächsten Morgen dann meistens bei Starbucks, da er genau so ein Kaffeejunkie ist wie ich und nur drei Straßen weiter wohnt.

Kennengelernt habe ich den echten Jan eigentlich erst, nachdem wir Schluss gemacht haben. Und ja, ich liebe ihn, aber als Freund, der vor meiner Tür mit Kaffee auf mich wartet, weil er mitbekommen haben muss, dass ich gestern nicht grundlos über die Stränge geschlagen habe und Aufmunterung brauche.

Erzählt habe ich ihm noch nichts über den Grund meiner seltsamen Stimmung, aber er kennt mich einfach zu gut. Und wahrscheinlich habe ich auch mit Offensichtlichkeit um mich geschlagen, als ich den Bienenpullover besprungen habe.

»Ich liebe dich mehr denn je, du schöner, schöner Mann!«, säusle ich und will mir den Kaffeebecher greifen.

Jan zieht ihn hoch und schnalzt mit der Zunge. »Na, na, na! Was will ich hören?«

»Du bist eine Granate im Bett und hast mich für alle anderen Männer verdorben?«, versuche ich, den magischen Satz zu erraten, der mir Kaffee beschert.

Er lacht und schürzt verlegen die Lippen. »Ja. Nein. Ich würde dich doch nie zwingen, das zu sagen. Das ist mir jetzt total unangenehm.«

Ist es nicht. Er spielt nur bescheiden.

Er weiß, dass er gut ist. Und sehr kreativ. Er weiß auch, dass er etwas schräg ist, aber das hat dem Ganzen nur noch mehr Würze verliehen.

Wir haben uns definitiv nicht wegen des Sex getrennt. Oder eigentlich doch, aber nicht wegen unserem.

Als er beginnt, mich eindringlich zu mustern, und dabei mit den Augenbrauen wackelt, wird mir klar, was er hören will.

»Nein!«, protestiere ich und verschränke bockig die Arme vor der Brust, den Becher nicht aus den Augen lassend, den er so einladend vor mir hin und her schwenkt.

»Sag es. Du willst ihn doch.«

»Vergiss es!«

»Komm schon, Emma. Karamell-Kaffee. Gib zu, was offensichtlich ist!«

Jan ist der Teufel. Aber der Kaffee riecht einfach zu gut.

Scheiß drauf.

Ich überdrehe die Augen und schwinge den Kopf zu meinen tonlosen Worten. »Du spielst viel besser ›Mario Party‹ als ich. Die Sterne waren geklaut und nicht verdient und eigentlich hättest du gewinnen müssen.«

»Ha! Ja! Endlich gibst du's zu! Ich habe alle Mini-Spiele gewonnen! Alle! Weil ich den Controller einfach viel schneller schüttle als du!«

Ich unterdrücke das Lachen. Was aus meinem Mund kommt, ist ein einzelnes kurzes Prusten. »Du hast eindeutig mehr

Übung im Controller-Schütteln als ich!«, gestehe ich ihm neidlos zu.

Er grinst, reicht mir den Becher und hebt die andere Hand demonstrativ in die Luft. »Du sagst es. Mein Handgelenk kann sogar reden – hörst du's?« Jan macht kreisende Bewegungen mit der Faust. Sein Gelenk knirscht.

»Oh ja! Sagt es ›Wix weniger oder ich falle ab‹? Es klingt verzweifelt. Schick es mal zur Entspannung auf Kur!«

»Klar. Da fährt es zusammen mit deiner heulenden Muschi hin, die die letzte Nacht verarbeiten muss«, entgegnet er und funkelt mich kokett an.

Wir nennen uns gern ›Flittchen‹. Aber der vorwurfsvolle Ton ist gespielt und nur scherzhaft gemeint. Ich verurteile niemanden, nur weil er auf Sex steht. Jan auch nicht. So was von nicht.

Das ist jetzt nur meine subjektive Lebenserfahrung, aber überbumste Menschen sind meistens unkompliziertere Zeitgenossen als unterbumste. Nicht immer, aber oft.

Ich beginne, in meiner Tasche nach meinem Schlüssel zu kramen.

»Hast du lange auf mich gewartet?«, will ich wissen und mustere Jan mit weichem Blick, weil mir jetzt erst so richtig bewusst wird, dass er hier vielleicht schon eine ganze Weile gesessen hat.

Der Kaffee in meiner Hand ist aber noch heiß, ziemlich sogar, das bestätigt mir auch mein Ausschnitt, an dem er gerade hinunterläuft. Scheiße! Brennender Busen!

»Emma! Becher gerade halten!«, weist Jan mich an und nimmt ihn mir schnell aus der Hand, bevor die Sauerei perfekt wird. Ich stecke mit der anderen Hand in meiner Handtasche fest. Irgendetwas frisst mich gerade auf. Wahrscheinlich hat sich der Klumpen aus Mentos personifiziert, der da drin lebt.

»Mann, Mäuschen! Dich kann man in letzter Zeit echt nicht allein lassen! Gestern bist zu zweimal gegen die Glaswand in der Bar gelaufen!«

»Wer putzt die denn auch so gut?! Die kann man unmöglich sehen!«

»Sicher, wenn man ein Vogel ist. Menschen sehen die!«

Jan rubbelt mir über den Kopf und nimmt mir dann auch den Schlüssel ab, den ich endlich erfolgreich aus meiner Handtasche gefischt habe. Er riecht nach Minze. Der Schlüssel, nicht Jan. Der riecht nach Hugo Boss.

Während er aufschließt, begutachte ich meinen nach Karamell duftenden Ausschnitt.

Vielleicht bin ich im Moment etwas verpeilter als ohnehin schon, aber ich habe allen Grund dazu. Nicht nur wegen des Katers.

Ich folge Jan in meine Wohnung. Er steigt aus seinen Boots und beschert mir dabei einen netten Ausblick auf seinen Hintern, der schöne Erinnerungen weckt.

Nackt sieht er unheimlich klasse aus. Mit Klamotten ebenso. Sein Körper ist schlank und definiert – was nicht ausschließlich an guten Genen liegt, sondern daran, dass er ihn gut behandelt.

Als ich Jan zum ersten Mal gesehen habe, hatte ich Herzchen in den Augen. Nicht metaphorisch – echte scheißkleine Konfettiherzchen, die mir eine Bindehautentzündung beschert haben. Ich bin während des Faschingsumzugs vor eine Konfetti-Kanone gelaufen und wurde beschossen. Am nächsten Tag saß ich beim Augenarzt im Wartezimmer und habe mich in den witzigen, freundlichen Arzthelfer verknallt.

Dass Jan hübsch war, war pures Glück. Als wir uns zum Kaffee verabredet haben, habe ich noch ausschließlich eine schemenhafte Silhouette sprechen gehört. Ich mochte seinen Humor von Anfang an. Außerdem habe ich einen Faible für extrovertierte Menschen. Deshalb komme ich wahrscheinlich nicht von ihm los. Will ich auch gar nicht. Jan ist mein schräger, sexy Kaffee-Engel. Brave Jungs waren noch nie mein Fall.

Er geht auf das kleine Sofa in der Mitte meines Wohn-Esszimmers zu und lässt sich auf die lilafarbene Überdecke fallen. Eigentlich hängen wir meistens bei ihm ab, weil er die größere Wohnung hat, aber ich möchte gerade nirgendwo anders sein als in meinen mühevoll schrullig eingerichteten vierzig Quadratmetern.

Jan ist die Ausnahme, aber männliche Wesen fühlen sich hier selten wohl. Die roségoldenen Tapeten irritieren sie, genau wie das monströse Bücherregal, das eine ganze Wand ziert.

Man traut mir nicht zu, eine Leseratte zu sein, keine Ahnung, warum. Vielleicht sehe ich bescheuert aus. Oder wie ein Mädchen, das sich nur für Partys und Typen interessiert. Das sind

Dinge, die sich übrigens nicht zwangsläufig ausschließen. Man kann ein besoffenes Flittchen und ein Bücherwurm sein – man teilt sich seine Abende eben ein.

»Und? Hast du den Mann fürs Leben gefunden? Darf ich auf eurer Hochzeit singen?«, ruft Jan mir nach, während ich kurz ins Schlafzimmer verschwinde, um das nasse Kleid gegen etwas Sauberes, Bequemes einzutauschen.

»Verarschen kann ich mich allein!«, brülle ich zurück und höre ihn lachen.

»Das stand schon außer Frage, als du dich gestern bei deinem Spiegelbild entschuldigt hast, nachdem du zum ersten Mal gegen die Glasscheibe gerannt bist!«

Ich ziehe mir das schwarze XXL-Shirt schnell über den Kopf und laufe zurück ins Wohnzimmer, um ihn möglichst zeitnah anzubrummen. »Hör auf, mir vorzuwerfen, dass ich bescheuert bin! Das habe ich heute Morgen schon mit mir selbst ausdiskutiert …« Der letzte Satz kommt mir kleinlaut über die Lippen. Ich verziehe den Mund, schnappe mir den Kaffee und lasse mich neben Jan auf die Couch fallen.

»Ach Emmchen …«, flötet er, nachdem er ausgiebig geseufzt hat und der Schalk aus seiner Miene verschwindet. Er neigt den Kopf und mustert mich mit warmem Blick. »Lassen wir die Albernheiten mal sein. Sag mir, was los ist.«

Ich weiche den grünen Iriden aus und zucke mit den Schultern. »Was soll denn los sein? Ich habe etwas über die Stränge geschlagen … ist doch nicht verboten, oder?«

Vielleicht sollte man nicht an seinen Nägeln herumknabbern, wenn man versucht, gechillt und gleichgültig auf die Außenwelt zu wirken – das könnte als die nervöse, unsichere Geste verstanden werden, die es ist.

Jan legt den Kopf seitlich auf die Sofalehne und streicht mir die Haarsträhne aus dem Gesicht, die ich gerade erfolglos wegpusten wollte. »Du weißt, du kannst mit mir über alles reden, oder?«

Ich überlege kurz und stelle dann fest, dass ich nicht reden will. Zumindest nicht über dasselbe wie Jan. Ich bin zu verkatert, um das aufzurollen.

»Weißt du noch, wie der Typ hieß, bei dem ich heute aufgewacht bin?«, will ich wissen und schneide ein peinlicheres Thema an, das mir trotzdem nicht annähernd so unangenehm ist wie das, über das Jan sprechen möchte.

»Richard? Roland? Irgendetwas mit R. Er arbeitet im Marketing eines Online-Erotikartikel-Versands. Das hat dich schwer begeistert. Und dann amüsiert.«

»Ohhh … ja genau«, summe ich vor mich hin und erinnere mich wieder daran, dass ich eigentlich mit ihm ins Gespräch gekommen bin, weil ich einen potenziellen Auftrag für mich gewittert habe.

Ich bin freischaffende Grafikdesignerin – mit jemandem aus dem Marketing-Bereich einer Firma ins Gespräch zu kommen, ist eigentlich ziemlich schlau. Leider wurde ich mit zunehmender Drink-Anzahl dämlicher. Viel dämlicher. Anstatt ihm meine Karte zu geben, habe ich mich schlapp gelacht, weil einer meiner Cocktails mit einem kleinen Zylinder als Deko serviert wurde.

Oh Gott, der Zylinder! Und das ganze Sexspielzeug! Zumindest macht es jetzt Sinn, dass er so viel davon zu Hause hat. Er vermarktet das Zeug.

»Hat er mir verraten, wie alt er ist?«, frage ich Jan weiter nach Dingen, die ich eigentlich selbst wissen sollte. Da waren aber zu viele Drinks mit Deko.

Jan hatte selbst Gesellschaft, aber er hat sich nicht so ins Aus geschossen wie ich. Macht er nie. Nach drei Drinks ist bei ihm Schluss. Er behauptet, er wird dann schräg – ich behaupte, ich werde dann schräger.

»Er ist neunundzwanzig.«

»Er sah aber älter aus …«, entgegne ich mit hochgezogener Braue.

Jan grinst. »Ja. Das lag am Toupet. Erblich bedingter Haarausfall ist ein Arschloch.«

Ich brumme vor mich hin, winkle die Knie an und vergrabe das Gesicht dann in meiner Armbeuge.

»Ach, mach dir nichts draus. So schlimm sah er gar nicht aus! War irgendwie nett von dir, dass du ihn dich hast vögeln lassen. Ich denke, er trifft nie wieder auf eine ähnlich scharfe Frau wie dich. Er trifft wahrscheinlich auch nie wieder auf eine so blaue Frau, aber hey, irgendwo muss man Abstriche machen. Du hast gestern einen Mann sehr glücklich gemacht, der schon vielen seiner Haare nachgeweint hat – verbuch es unter guter Tat.«

Jans schrulliger Humor macht mir bewusst, dass ich eigentlich niemand bin, der sich von Selbstvorwürfen zerfressen lässt. Jeder Mensch baut mal Mist oder verhält sich schräg. Solange man niemanden damit verletzt und sich nur selbst durch den Kakao zieht, ist es in Ordnung.

Ich weiß noch, dass ich gestern an die fünfmal wiederholt habe, dass ich nur einen One-Night-Stand will, und auch angekündigt habe, dass ich am Morgen verschwinde. Für Richard oder Roland und seine Haare war das in Ordnung. Er erwartet heute nicht, neben der rothaarigen Trulla aufzuwachen, die gestern behauptet hat, sie könne ihm ein inspirierendes Werbebanner für das neue Penis-Kostüm-Konzept gestalten, das er unbedingt entwickeln muss.

Wenn Männer Sex wollen, hören sie sich echt jeden Scheiß an …

EIN BRIEF UND SEINE FOLGEN

Jan richtet sich auf und lässt seine Miene ein Stück weit die Entspannung verlieren. Ich ahne Schlimmes. Sieht so aus, als wären wir fertig mit dem Small Talk über gestern Nacht.

»Sagst du mir jetzt, warum du gestern so down warst, Emma, oder soll ich am Nachmittag wiederkommen, wenn du dich ausgeschlafen hast? Ich lasse nicht locker. Ich habe mich verbissen wie ein … Hund.«

Meine Mundwinkel ziehen sich nach oben, auch weil ich wieder einen Themenwechsel wittere. »Wieso hast du für das Wort denn jetzt so lange gebraucht? Schlaganfall?«

»Nein. Ich wollte eigentlich Pit Bull sagen, dann ist mir eingefallen, dass ich gern eine andere Hunderasse wäre. Wie heißen diese eleganten silbernen Hunde mit den Ohren?«

Jan hält sich die Hände an den Kopf. Ich muss lachen.

»Keine Ahnung. Aber wenn du sie bei ›Akte X‹ gesehen hast, haben sie wahrscheinlich keine reale Rassebezeichnung.«

»Nein! Die sind echt. Und sehen so aus …«

»Wie ein Mensch, der sich die Hand vors Gesicht hält? Hmm, ich weiß nicht, ob das so elegant ist. Klingt nach schrägen Viechern.«

Jan stößt gegen meinen Oberarm und lässt die Imitation dann sein. Er drückt den Kopf wieder gegen die Sofalehne, während ich den Kaffee meinen knurrenden Magen beruhigen lasse.

»Glaub nicht, dass ich nicht merke, dass du ablenken willst«, sagt er nach kurzem Schweigen und seufzt mich an. »Wir können gern noch ein paar Witzchen reißen, aber bevor du mir nicht sagst, was schiefgelaufen ist, verschwinde ich hier nicht.«

»Hast du mir nicht gerade noch angeboten, zu gehen und am Nachmittag wiederzukommen?«

»Ja. Nein. Das ist vom Tisch. Ich will es jetzt wissen. Ich kann dir bestimmt helfen«, mutmaßt er lieb gemeint.

Ich habe mich gestern so seltsam aufgeführt, dass ich ihm unmöglich einreden kann, dass alles okay ist. Aber ich habe gerade absolut keine Lust, zu formulieren, warum es mir nicht gut geht. Es ist zu kompliziert, um einfach so darüber zu …

»Du brauchst Geld.«

Ich starre Jan an und verschütte dabei beinahe wieder den Kaffee. Anscheinend ist es doch nicht so kompliziert zu formulieren, wie ich gedacht habe. Aber wieso um Himmels willen weiß er davon?

»Ich … Woher …? Ich meine …«, stottere ich vor mich hin und kann mich nicht entscheiden, ob ich leugnen oder nachfragen soll. Vielleicht schießt er nur ins Blaue und ich verrate mich gerade selbst.

Als Jan in seine hintere Hosentasche greift und mir den blauen Brief hinstreckt, setzt mein Herzschlag kurz aus. »Dein Postbote war da, als ich auf dich gewartet habe. Ich musste für den Brief unterschreiben, er hat meine Personalien aufgenommen und wollte meine Fingerabdrücke haben. Das Letzte war gelogen, aber das Ding ist ein Einschreiben und es leuchtet blau. Wenn das nicht ›letzte Mahnung‹ schreit, weiß ich auch nicht.«

Mein Magen zieht sich zusammen, weil er sich mit dem Krampfen in der Brust solidarisch erklärt.

Das ist der Brief, den nicht in meinem Postfach zu finden mich vorhin so erleichtert hat aufstöhnen lassen. Er ist doch gekommen. Und ich bin schneller am Arsch, als ich dachte.

Ich nehme Jan den blauen Umschlag ab und drehe ihn langsam zwischen den Fingern. Sogar das Papier fühlt sich unangenehm an. Irgendwie rau und dick.

»Das ist keine Rechnung …«, murmle ich und starre den Klebestreifen an. »Zalando macht in letzter Zeit nur absurd aggressiv Werbung.«

Ich versuche meinen eigenen Witz abzuschmunzeln, aber die Mundwinkel nach oben zu ziehen, funktioniert nicht. Nicht mal ein geheucheltes Lächeln kommt mir über die Lippen, weil sie sich eingefroren anfühlen.

»Wieso hast du nichts gesagt, Emma? Schon früher? Ich kann dir doch helfen! Wie viel brauchst du? Wir können das am Montag aus der Welt schaffen. Und sag jetzt nicht, du willst keine Hilfe! Wir können …«

»Darum geht es nicht, Jan«, unterbreche ich ihn. Die ersten paar Silben kommen mir schroff über die Lippen, in den letzten schwingt die Dankbarkeit mit, die sich in dem See aus Frust und Verzweiflung in mir an die Oberfläche kämpft. »Es ist unglaublich nett, dass du mir helfen willst. Wirklich. Das werde ich auch nie vergessen. Aber es ist … nicht so einfach.«

Er schüttelt den Kopf, weil er mir nicht glaubt.

Jan denkt, ich lehne sein Angebot aus Höflichkeit oder Zurückhaltung ab. Das stimmt aber nicht. Könnte er mir helfen, würde ich ihn darum bitten.

Ich hätte ihn schon gestern darum gebeten, weil diese Sache schwerer auf meiner Seele liegt, als falscher Stolz es jemals könnte. Ich würde meine Seele verkaufen, um das alles aus der Welt zu schaffen, aber der Teufel macht mir leider kein Angebot.

»Du brauchst Geld – ich habe Geld«, fasst Jan die Situation zusammen, die er für so leicht zu bewältigen hält.

Er sieht mich eindringlich an. Der Blick, den ich entgegne, ist gerührt von seiner energischen Hilfsbereitschaft, aber ich denke, ich sehe gerade so aus wie meine Oma, bevor sie mir damals erklärt hat, dass ich die zersprungene Brille meines Opas nicht mit Klebeband reparieren kann, auch wenn ich es noch so gut meine.

»Du kannst mir nicht helfen, Jan. Und du musst auch nicht. Ich komme schon klar. Ich kriege das hin.«

Ein kleines Motivations-Mantra, das ich auch für mich selbst aufsage. Mein Magen rebelliert noch immer. Ich kann nicht mal den Kaffee austrinken.

»Erklär mir doch bitte, wieso du mein Geld nicht annehmen willst?! Du kannst es mir zurückzahlen – aber das hat keine Eile. Du bleibst mir nichts schuldig. Wir lösen dein Problem und alles wird …«

»Kannst du mir 50.000 Franken leihen?«

Die Frage, mit der ich ihn unterbrochen habe, zieht Schweigen nach sich. Natürlich, sie ist auch ein verdammter Brocken, den man erst mal schlucken muss. Ging mir auch so.

Jan starrt mich an und wiederholt dann die Magengeschwür erregende Summe. »50.000 Franken …« Er schüttelt fassungslos den Kopf. »Ich dachte, du hättest Miet- oder Shoppingschulden. Was hast du dir denn bitte gekauft, Emma?! Ein Rennpferd?!«

»Sicher. Ich habe mich total beim Pony-Shoppen übernommen. Es wird morgen geliefert. Kennst du jemanden mit einem Stall?«

»50.000 Franken!«, wiederholt er erneut.

»Ja. Ich weiß. Es wird nicht weniger, nur weil man es öfter sagt – glaub mir, ich hab's versucht.«

»Was kostet denn bitte so viel Geld? Hast du dir ein Auto zugelegt? Oder eine Eigentumswohnung anbezahlt? Oder …«

Jan gibt die Spekulationen auf, weil er sich einfach keinen Reim darauf machen kann.

Ich bin nicht so. Ich lebe nicht über meine Verhältnisse und lege mir Autos oder teuren Schnickschnack zu. Und trotzdem bin ich verantwortlich für das Begleichen dieser Summe. Seit gestern. Zumindest habe ich erst gestern davon erfahren.

»Die Rechnung stammt von der Schule meines Bruders«, murmle ich der Decke entgegen, weil ich den Kopf nach hinten auf die Sofalehne habe kippen lassen.

»Die Schule deines Bruders? Hast du nicht mal erzählt, dass dein Vater eure Ausbildung bezahlt? Er hat doch auch die Kosten für deine Grafikerausbildung übernommen.«

Ich nicke schwach. »Ja. Meine Ausbildung hat er bezahlt. Die meines Bruders auch. Bis jetzt …«

Jan rutscht aufgeregt auf dem Sofa herum, weil ich die Begründungen zu langsam abliefere. Mir geht aber selbst so viel durch den Kopf, dass es mir schwerfällt, Rücksicht auf seine Neugier zu nehmen. Er muss mir die Geschichte aus der Nase ziehen, weil sie unangenehm und beschissen ist und ich Angst davor habe, wie es sich anfühlt, es vor jemandem laut auszusprechen.

Niemand weiß von der Sache. Warum auch? Niemand könnte mir helfen und mein Familiendrama geht eigentlich nur mich etwas an.

Ich weiß aber, dass Jans Neugier nicht von Sensationslust rührt. Er will wissen, was los ist, weil er sich Sorgen macht. Das ist unheimlich nett, aber es fühlt sich trotzdem unangenehm an, darüber zu sprechen.

Ich denke, andere Leute haben normale Familien. Die meisten zumindest. So beschissenes Drama läuft bei den wenigsten ab.

»Dein Bruder macht doch demnächst seinen Abschluss, oder? Das ist sein letztes Jahr an der Schule. Wieso bezahlt dein Vater plötzlich …«

»Er ist ein Idiot«, sage ich schulterzuckend, weil man es nicht schmeichelhafter umschreiben kann. Könnte man doch, aber wieso sollte ich? »Er hat mich gestern angerufen, um mir zu sagen, dass er die Rechnung für das Schuljahr nie beglichen hat und auch nicht begleichen wird. Das hat er schon vor Wochen beschlossen und er rückt in letzter Minute damit raus!«

Den wütend-schockierten Gesichtsausdruck, den Jan gerade zum Besten gibt, hatte ich gestern auch drauf. Nur deutlich verzweifelter und ratloser.

»Aber das kann er doch nicht machen!«

»Anscheinend doch.«

»Wieso denn plötzlich? Ich meine, das ist doch irre! Euch im letzten Moment auf den Kosten sitzen zu lassen. Er weiß doch, dass ihr kein Geld habt.« Der letzte Satz wird ihm plötzlich unangenehm. Jans wütende Miene wird wieder weich. »Ich meine …«

»Schon gut. Du hast ja recht.«

Wir hätten uns die teure Schule für Kevin wirklich nie leisten können. Genau wie meine Ausbildung an der Fachhochschule. Unser Vater hat aber schon vor Jahren, als er abgehauen ist, versichert, dass er für unsere Ausbildung aufkommt. Dass Kevin die Oberstufe an der renommierten, aber kostspieligen Schule absolviert, war auch die Idee meines Vaters. Er wollte ihn fördern, weil er so begabt und ambitioniert ist.

Kevin ist wirklich sehr klug und strebsam, aber er ist auch nicht auf den Mund gefallen, wenn es darum geht, seine Meinung zu äußern und seinen Standpunkt zu vertreten.

Dass er kein devoter Ja-Sager ist, ist ihm zum Verhängnis geworden.

»Kevin war in den Weihnachtsferien bei unserem Vater in Deutschland«, beginne ich, Jan in die Geschehnisse einzuweihen, die die Sache ins Rollen gebracht haben. »Ich habe ihm abgeraten, zu fahren. Unser Vater hat sich nie wirklich für uns interessiert. Er ist abgehauen, als Kevin nicht mal ein Jahr alt war und ich drei. Ab und an hat er sich gemeldet und den großen Gönner gespielt, weil er immer Geld hatte und unsere Ausbildung bezahlt hat.«

»Ihr habt aber so gut wie überhaupt kein Verhältnis zu ihm, oder?«

»Nein. Er hat sich viele Jahre nicht mal zu Geburtstagen oder Weihnachten blicken lassen. Nur wenn er Bock hatte. Im Endeffekt waren wir nie mehr als ein nicht gern getragenes Accessoire in seinem Leben, das er im Schrank verstaut hat, wenn es ihm lästig wurde. Trotzdem hat er sich immer für den besten Vater der Welt gehalten, da er ja so großzügig mit unserem Schulgeld war.«

Jan schnaubt. »Das ist wohl das Mindeste, das jemand für seine Kinder tun kann. Wenn er schon nie da war und euch sonst nichts gegeben hat. Außerdem hat er doch mehr als genug Geld. Er hat dieses Speditionsunternehmen in Deutschland, oder?«

Ich nicke. »Ja. Er hat genug Geld. Und er glaubt, dass wir ihn deshalb vergöttern müssen und nicht infrage stellen dürfen. Das ist aber nichts anderes als Erpressung. Er war schon immer bescheuert empfindlich, wenn er kritisiert wurde. Am Tag nach Kevins zehntem Geburtstag habe ich ihn angerufen und gefragt, ob er sich nicht schämt, seinen Sohn einfach zu vergessen und ihm nicht mal eine Karte zu schreiben. Das war ganz großes Drama. Und der Grund dafür, warum ich keinen elitären Abschluss machen durfte. Es war mir aber egal. Er hat sich dann doch bei Kevin gemeldet und der Kleine war glücklich. Ich hätte sowieso keinen Bock auf dieses ganze Bonzen-Gehabe.

Es hat Jahre gedauert, bis er wieder bereit war, mir zumindest die Fachhochschule zu finanzieren.«

Jan überlegt kurz und schüttelt dann den Kopf. »Aber er hatte doch sowieso eine Unterhaltspflicht euch gegenüber. Er kann doch nicht einfach aus purer Sturheit die Zahlungen einstellen.«

Ich zucke mit den Schultern. »Nein. Eigentlich nicht. Aber wenn du eine Mutter hast, die Angst vor der Konfrontation mit diesem irrationalen, lauten Vollidioten hat, bringt das nichts. Sie hätte ihn nie angezeigt. Und wir sind auch so über die Runden gekommen. Kevin konnte sein Potenzial ausschöpfen und ich konnte die Ausbildung machen, die ich immer machen wollte. Es hat uns im Endeffekt an nichts gefehlt … zumindest bis jetzt.«

Ich werfe die Rechnung auf den Couchtisch, weil ich keine Muße habe, sie zu öffnen. Ich will das Datum der letzten Frist gar nicht sehen, weil meine Kehle sich sowieso schon zugeschnürt anfühlt. Nach dem Wochenende kann ich mit der Schule telefonieren und versuchen, eine Lösung zu finden. Heute kann ich sowieso nichts unternehmen.

»Was ist zu Weihnachten passiert, als dein Bruder bei eurem Vater war?«, setzt Jan an dem Thema an, das vorhin in meinen Ausschweifungen untergegangen ist.

»Na ja. Mein Vater hat sich im Schein seiner illusionierten Selbstverliebtheit gesuhlt. Er hat Kevin gezeigt, wie er mit seinen Angestellten umspringt, wie er Frauen behandelt und warum man seiner Meinung nach ein Recht darauf hat, Menschen, die weniger Geld haben, wie Dreck zu behandeln. Kevin ist selbst ein ehrgeiziger kleiner Klugscheißer, aber er würde andere Leute nie so behandeln. Das hat er unserem Vater auch gesagt. Und ich bezweifle nicht, dass er dabei sehr direkt und etwas vorlaut war, weil er schon immer Temperament hatte, aber anders kann man unserem Vater auch gar nicht begegnen. Kevin hatte schon recht, ihm seine Meinung zu geigen. Sonst traut sich sowieso keiner. Ich bin mir sicher, unseren Vater so zu erleben, hat Kevin ziemlich wehgetan, auch wenn er danach den Toughen gespielt und auf Angriff geschalten hat. Ich kenne ihn. Das hat ihn verstört. Auch weil er Angst hat, selbst so zu werden, aber das ist Schwachsinn. Wir suchen uns unsere Eltern nicht aus. Und wir müssen nicht so werden wie sie …«

»Da hast du recht. Jeder sucht sich selbst aus, was für ein Mensch er sein möchte«, pflichtet Jan mir mit sanfter Stimme bei und seufzt leise. »Hast du deiner Mutter von der Rechnung erzählt?«

Ich schmunzle, ohne einen Funken Belustigung zu empfinden. »Nein. Sie pflegt im Moment unsere Großmutter und hat genug um die Ohren. Sie könnte nicht damit umgehen. Ich würde mir damit nur noch mehr Probleme schaffen, weil ich sie ständig vom verzweifelten Heulen abhalten müsste. Das bringt doch nichts.«

Jan starrt mich mit glänzenden Augen an.

Ich ziehe etwas irritiert die Brauen nach oben. »Was?«

Er grinst, ohne den Glanz in seinen Augen zu verlieren. »Ich habe dich bis heute für ein süßes, verpeiltes kleines Mäuschen gehalten. Aber du bist wirklich tough und stark, sobald du Problemen gegenüberstehst, Emma.«

Sein Kompliment macht mich verlegen und bringt meine Wangen zum Glühen. Auch weil es sich so anfühlt, als hätte ich es gar nicht verdient.

Tough? Stark? Ich weiß nicht. Eigentlich bin ich nur eine mittellose, verzweifelte Grafikdesignerin, die ihrem Bruder helfen will, aber aus Mangel an Lösungsansätzen gestern Abend Zuflucht in überteuerten Cocktails und bedeutungslosem Sex gesucht hat. Aus so einem Stoff schreibt man keine Heldengeschichte. Vielleicht reicht es zur Tragikomödie, in der die Protagonistin im letzten Kapitel von einem Laster mit lächerlichem Aufdruck überfahren wird und sich ihr Problem durch das Auszahlen der Lebensversicherung löst. Makaber, aber unterhaltsam. Ich würde es lesen. Und ich würde gern das Cover dazu designen.

Gott, ich brauche Kohle!

DU WÜRDEST ALLES TUN?

Jan sieht mich noch immer an, als würde er sich gerade wieder in mich verknallen. Und mich gleichzeitig bemitleiden. Mein schräger Kaffee-Engel leidet wohl unter einem ausgeprägten Helfersyndrom.

»Kann es sein, dass dich Leute anziehen, die gerade so richtig in der Scheiße stecken?«, frage ich, kann mir ein halbwegs amüsiertes Schnauben abringen und sehe ihn grinsen.

»Nein. Ich stehe auf Leute, die sich ihren Problemen Katniss-Everdeen-mäßig stellen«, entgegnet Jan, den ich unter anderem so liebe, weil er Buchanspielungen macht, die sonst kein Mann macht.

»Klar, sich in einer Bar betrinken und sich von einem Fremden vögeln lassen, ist auch dasselbe, wie an den Hungerspielen teilzunehmen.«

Er schnalzt mit der Zunge. »Das meine ich nicht. Aber du fühlst dich so verantwortlich für deinen Bruder, obwohl er volljährig ist, und lädst dir anstandslos den Ballast deiner ganzen Familie auf. Du bist ein wirklich lieber Mensch, Emma. Bescheuert, aber lieb.«

Ich brumme. Jan versteht da etwas falsch. Ich lade mir das nicht auf – Kevins Probleme sind einfach meine Probleme. Das war schon immer so. Ich kann nicht zusehen, wenn der Kleine heult oder es ihm schlecht geht.

Ging sein Spielzeug kaputt, habe ich ihm von meinem Taschengeld ein neues gekauft. Wurde er an der Unterstufe gemobbt, habe ich mich mit dem furchteinflößend großen Mädchen geprügelt, das ihn ›Versager‹ genannt hat.

Ich schneide bei einer Schlägerei übrigens unterdurchschnittlich schlecht ab, weil ich niemanden schlagen kann. Das heißt, eigentlich wurde ich verprügelt, aber ich konnte das Problem damit trotzdem lösen, weil sie seither auf mir herumgehackt und Kevin in Ruhe gelassen hat. Mir war das egal, ich kann so etwas ab. Außerdem würde ich so ziemlich alles für meinen kleinen Bruder tun und in Kauf nehmen. Er für mich ebenso, aber diese Notwendigkeit aufkommen zu lassen, erlaube ich nicht.

Ich erzähle ihm nicht immer alles, aber nur weil ich weiß, dass er nicht so tough und selbstbewusst ist, wie er sich nach außen gibt. Kevin ist der lernwilligste, klügste Mensch, den ich kenne, aber er ist auch ein kleiner Idiot. Und bevor ich jemals zusehen muss, wie dieser kleine Idiot Angst um seine ganze Zukunft bekommt und keinen Ausweg mehr sieht, würde ich lieber eines meiner Organe verkaufen.

Man könnte es Geschwisterliebe nennen, aber ich halte meine Gefühle für zu selbstverständlich, um ihnen eine eigene Bezeichnung zuzugestehen.

Kevin und ich haben nur einander. Wenn wir uns nicht bedingungslos lieben und alles füreinander tun, tut es niemand. Unsere Mutter ist ein netter Mensch, aber viel zu schwach, um uns in solchen Situationen zu beschützen oder zu unterstützen. Es waren schon immer Kevin und ich gegen alle Hürden und Hindernisse, die uns das Leben in den Weg gestellt hat. Diesmal ist es aber keine Hürde, sondern eine verdammt dicke Mauer, auf der in roten Zahlen ›50.000‹ steht.

Scheiße …

Mir fällt auf, dass ich etwas zu lange in Gedanken versunken war und geschwiegen habe, als Jans leises Seufzen an mein Ohr dringt. Ich will sein Mitleid nicht überkochen lassen, darauf bin ich nicht aus – ich muss den nachdenklichen Blick abstellen.

»Was hast du vor?«, fragt er vorsichtig, weil er weiß, dass ich die Antwort nicht einfach so aus dem Ärmel schütteln kann. Ich brauche wieder ein wenig Bedenkzeit. Zeit, in der ich erneut auf die Rechnung auf dem Couchtisch starre und mir bewusst mache, dass ein Stück Papier dein ganzes Leben aus der Bahn werfen kann.

»Ich werde versuchen, einen Kredit bei der Bank zu bekommen.«

Mein Lösungsansatz trifft auf Schweigen. Jan starrt mit nichtssagender Miene durch mich hindurch. Ich weiß, wieso. Aber mir fällt nichts anderes ein. Ich klammere mich an diese Idee.

»Hast du im Moment eine gute Auftragslage? Hast du irgendwelche größeren Projekte in Aussicht?«

Dass er das wissen will, liegt nahe. Die Bank würde mir dieselbe Frage stellen. Ich kann mich schon mal daran gewöhnen, wie es sich anfühlt, sich selbst zu hassen, nachdem man das Offensichtliche beschämt vor sich hin gemurmelt hat.

»Nein. Keine größeren Projekte. Nur kleinere Aufträge. Ich kann meine Fixkosten decken, aber das Business ist für Einsteiger ziemlich hart.«

Ich habe meinen Abschluss erst vor ein paar Monaten gemacht. Um sich als Grafikdesigner einen Namen zu machen, braucht man Zeit – und Glück. Man muss von den richtigen Leuten entdeckt werden und das geschieht meistens nicht von heute auf morgen.

Dass ich überhaupt meine Miete und mein Leben finanzieren kann, stimmt mich eigentlich sehr stolz und glücklich. Die Bank wird das aber trotzdem nicht überzeugen. Ich bin nichts weiter als eine junge, mäßig erfolgreiche Künstlerin, die davon träumt, irgendwann mal Buchcover für ihre Lieblingsverlage und Autoren zu entwerfen. So jemanden bedenkt man vielleicht mit einem milden Lächeln, aber nicht mit einem Kredit.

»Ich finde es großartig, was du machst, Emma«, setzt Jan an und nickt mir bestätigend zu. »Ich kenne deine Arbeiten und sie sind bombastisch gut. Ich habe absolut keinen Zweifel daran, dass du dich irgendwann vor Aufträgen kaum retten kannst, aber jeder noch so gute Künstler braucht Anlaufzeit. Du bist selbstständig, dein Gehalt schwankt und du bist verteufelt jung – keine Bank würde dir einfach so 50.000 …«

»Ich weiß«, murmle ich vor mich hin und zucke mit den Schultern. »Aber ich muss es trotzdem versuchen. Vielleicht kann ich einen Zweitjob annehmen. Ich kann meine Grafikarbeiten nachts machen. Tagsüber könnte ich im Shoppingcenter arbeiten. Oder meinen Ferienjob als Praktikantin bei der Softwarefirma wieder aufnehmen.«

»Hast du nicht ihren Serverraum lahmgelegt, weil du hingefallen bist?«

»Denkst du, die merken sich so was?«

»Na ja, wenn nicht alle Mitarbeiter seither einen Schlaganfall hatten …«

Ich seufze, da Jan recht hat. Klar erinnern sie sich an das personifizierte Chaos, das ihren Betrieb lahmgelegt hat. So jemanden vergisst man nicht.

Ich bin aber auch wirklich eine Chaotin. Alles, was ich kann, ist zeichnen und designen. Und selbst dabei falle ich manchmal von der Couch.

Wie bescheuert kann man eigentlich sein? Ich hasse mich gerade …

»Selbst wenn du zwei Nebenjobs annimmst, die Bank wird dir trotzdem keinen Kredit gewähren«, fasst Jan unser Gespräch so rational zusammen, wie es notwendig ist. Trotzdem tut es weh.

Ich weiß nicht, was ich machen soll.

»Vielleicht kann ich mir das Geld für dich leihen. Nicht von der Bank. Als Mann, der nur halbtags als Arzthelfer arbeitet, werde ich dort nur ausgelacht. Aber ich könnte …«

»Nein, Jan.«

Ich schüttle so energisch den Kopf, dass mir ein wenig übel wird. Dass ich noch verkatert bin, hätte ich beinahe vergessen. Das elende Gefühl in mir rührt nicht nur von den Geldsorgen, sondern auch von den fünf Cocktails und der Jack-Daniel's-Flasche von gestern Nacht.

»Ich will nicht, dass du irgendwelche Schulden für mich machst«, stelle ich klar und raffe mich auf, um mir eine Aspirin aus dem kleinen Schrank neben der Haustür zu holen.

»Ich habe noch um die zehntausend Franken auf dem Sparkonto. Und mein Auto ist um die zwanzigtausend wert. Würde dir das helfen? Kannst du eine Ratenzahlung vereinbaren?«

»Jan! Du bist großartig! Aber nein!«, rufe ich ins Wohnzimmer und schlucke die Tablette ohne Wasser. Sie bleibt mir beinahe im Hals stecken.

Als ich wieder auf das Sofa zuwanke, bedenke ich meinen großzügigen Engel mit dankbaren, aber eindringlichen Blicken. Ich habe den besten Ex-Freund der Welt. Aber ich kann nicht zulassen, dass er sein Auto verkauft. Ich weiß, wie sehr er es liebt und wie hart er selbst dafür gearbeitet hat.

»Okay. Du willst mein Geld nicht. Du willst es selbst verdienen, aber …« Jan stutzt. Mit so weit aufgerissenen Augen, dass ich vor ihm stehen bleibe, anstatt mich zu setzen, weil er gerade aussieht, als hätte er die brillanteste Idee der Welt.

Sein Blick schweift auf meine nackten Beine.

»Was?«, will ich etwas verunsichert wissen, weil ich mir plötzlich nicht mehr sicher bin, ob er wirklich eine Idee hat oder ob ihm nur spontan eingefallen ist, dass er Bock auf Sex mit mir hat. Seine Augen glänzen irgendwie komisch.

»Emma …«, flötet er meinen Namen verdächtig verschwörerisch.

Ich ziehe eine Augenbraue nach oben. »Jaaaa?«

»Du brauchst einen Job.«

Ich nicke vorsichtig.

»Einen verdammt gut bezahlten Job!«, präzisiert er und grinst wie der fröhlichste Teufel der Welt.

»Ja, ich brauche … Nein!«

Oha. Ich ahne plötzlich, auf was er hinauswill.

Das ist nicht sein Ernst, oder?!

Er setzt sich aufgeregt gerader hin und ignoriert meinen schockierten Gesichtsausdruck. »Was denkst du, wie ich mir das schicke Loft, das Auto und die Markenklamotten leisten kann? Das wäre doch die perfekte Lösung!«

Hat er gerade ›perfekte Lösung‹ gesagt? Meine Gedanken überschlagen sich. Ich weiß, woher Jan das Geld für seinen doch sehr extravaganten Lebensstil hat. Als wir uns kennengelernt haben, hat er noch auf dreißig Quadratmetern gewohnt und ist mit dem Fahrrad zur Arbeit gefahren. Dann kam dieser andere Job. Der, der ihm den BMW und das Loft beschert hat. Der, wegen dem wir uns getrennt haben.

»Du könntest verdammt schnell verdammt viel Geld machen! Ein paar Monate, dann hast du die Summe zusammen! Du kannst das doch hervorragend mit deinem Grafikerjob vereinbaren. Damit bezahlst du deine Fixkosten und den Rest kannst du sparen. Die Schule gibt dir doch bestimmt eine Nachfrist, wenn du ihnen erklärst, dass du in einer familiären Notsituation steckst. Das löst dein Problem!«

Sein letzter Satz wiederholt sich an die fünfzig Mal in meinen Gedanken.

Das löst mein Problem … So verlockend. Aber ich …

»Ich kann doch nicht …«, setze ich vorsichtig an und ernte sofort die finsteren Blicke, die mir Angst machen, weil sie seine verletzten Gefühle spiegeln. Das wollte ich nicht. Ich klinge viel zu schockiert.

»Du verurteilst doch nicht, was ich tue, oder?«, fragt Jan und sieht mich im ersten Moment erröten und dann erblassen, weil ich beginne, so energisch den Kopf zu schütteln, dass sich mein Kreislauf von den Zuckungen beleidigt fühlt.

»Nein! Nein! Du weißt, dass ich das nicht tue! Habe ich nie!«

Ich sage die Wahrheit. Ich habe ihn nie verurteilt. Auch wenn ich am Anfang so naiv war, zu glauben, dass die Agentur, in der sich Jan beworben hat, tatsächlich nur hübsche junge Menschen für Events und zur Begleitung zur Verfügung stellt.

Ich hatte keine Ahnung, warum er deshalb mit mir Schluss machen wollte.

Jan musste mir erklären, dass er mit den Leuten, die ihn buchen, auch schlafen wird. Das war eine verdammt peinliche Situation, aber nicht, weil ich ihn für seine Entscheidung verurteilt habe, sondern weil ich keine Ahnung hatte, dass es solche Agenturen wirklich gibt.

Ich hatte das alles für Film- und Literaturfiktion gehalten. Eine sündhaft teure, exklusive Escort-Agentur, die sich hinter einem stilvollen Logo verbirgt und in der nur ausgewählte Klienten Buchungen vornehmen können – das klang für mich irgendwie nach Fiktion. Escort hieß für mich nur Begleitung.

Dass seine Agentur mehr von ihren Angestellten verlangt als ein hübsches Gesicht und gute Manieren, war mir nicht klar.

Ich wusste, dass es Bordelle gibt – eines gleich zwei Straßen weiter. Und Strip-Clubs – einer gleich hinter dem Park. Aber Escort-Agenturen findet man nicht einfach an der Straßenecke. Und der Begriff verschleiert das eigentliche Business hervorragend. Man weiß davon oder eben nicht.

Ich denke, das Ganze ist teilweise illegal, weil Jan mir erzählt hat, dass er offiziell nur als Model arbeitet, aber die Branche lebt wohl von Geheimnissen und Vertuschung.

»Es ist nur Sex, Emma. Jeder Kunde wird durchleuchtet. Du triffst auf niemanden, der irgendetwas mit dir machen möchte, das du nicht willst, und du kannst selbst entscheiden, ob du die Buchung annimmst oder nicht. Meistens gehst du davor sogar verdammt schick essen oder auf eine wirklich coole Veranstaltung. Du trägst schöne Klamotten, führst nette Konversationen und niemand außer deinem Kunden weiß, dass du dafür bezahlt wirst. Alles ist absolut diskret und sicher. Ich würde es dir nicht vorschlagen, wenn ich schlechte Erfahrungen gemacht hätte. Ich mache das jetzt ein Jahr und ich habe es nie bereut.«

Ich gebe mir Mühe, Jan nicht zu forschend anzustarren. Wir reden nie über seinen Zweitjob. Ich denke, er darf eigentlich gar nicht darüber sprechen. Das Ganze fühlt sich jetzt schon verboten an, obwohl ich noch nicht mal richtig in Erwägung gezogen habe, mich zu …

Oh Gott, ich kann es nicht mal in Gedanken sagen!

Das Wort, nach dem du suchst, lautet ›prostituieren‹, Emma.

Danke. Ich dachte schon, du wärst ins After-Suff-Koma gefallen.

»Es ist eigentlich nicht leicht, einen Job in meiner Agentur zu bekommen, aber ich kann ein gutes Wort für dich einlegen! Den Rest erledigt dein Aussehen für dich. Du bist so hübsch und mit den roten Haaren so exotisch, dass sie dich bestimmt in ihre Kartei aufnehmen!«

Jans Überschwänglichkeit schmeichelt mir. Und sie irritiert mich schwer. Ich weiß nicht, was ich sagen oder wie ich reagieren soll.

Irgendwie habe ich keine Referenzsituation für das hier. Was sagt man, wenn einem der Ex-Freund anbietet, sich in derselben Agentur wie er zu prostituieren? Ist das eigentlich schon irgendeinem Menschen auf dieser Welt passiert oder stehe ich mit meiner schrägen Realität mal wieder allein im Feld?

»Ich weiß nicht ...« Ich versuche, meine Stimme so sanft wie möglich klingen zu lassen. »... ob ich das kann, Jan.«

Mein Blick schweift unsicher auf den Boden. Als ich langsam zu ihm aufsehe, bin ich froh, dass er das nicht als Angriff verstanden hat. Er seufzt und schmunzelt schief.

»Emmchen. Du kommst gerade aus der Wohnung eines Typen, der einen Bienenpullover und einen Mopp auf dem Kopf getragen hat.«

»Hey! Du hast vorhin behauptet, er sah gar nicht so schlecht aus!«

»Jap. Das war gelogen. Er sah aus, als hätte sich der gelbe Vogel aus der Sesamstraße personifizieret. Und das Einzige, das du von ihm bekommen hast, war ein Brummschädel und eine traurige Muschi. Ich bekomme für so was fünfhundert Franken aufwärts. Und keiner der Menschen, mit denen ich beruflich vögle, sah jemals so aus. Du würdest dich wundern, wie scharf die meisten sind. Das sind Geschäftsleute und Arbeitstiere, die keine Zeit oder Bock auf eine Beziehung haben und einfach guten, zwanglosen Sex wollen. Lass es dir mal kurz durch den Kopf gehen.«

Er bringt hervorragende Argumente. Der gelbe Vogel war Geschmacksverirrung in Reinkultur und du hast es gratis mit ihm gemacht.

Halt die Klappe! Ich weiß selbst, dass ich ein verzweifeltes Flittchen war! Aber das heißt doch nicht, dass ich einfach so ein Callgirl werden kann …

Bin ich so verzweifelt?

Wirkt Jan denn verzweifelt?

Nein! Aber er ist auch ein extrovertierter Sex-Fanat, der das Leben feiert. Das ist eine ganz andere Basis! Er wollte das. Ich … muss es wollen.

Oh, buhu, Emma. Eine Runde Selbstmittleid für das Flittchen, das schon mit zwanzig Typen gevögelt hat, aber gleich heult, weil es ab jetzt Geld dafür bekommen kann.

Das lässt sich doch nicht einfach so …

Mein innerer Monolog stoppt plötzlich, weil ich jemanden an meiner Tür rütteln höre. Jan sieht auch irritiert in den Flur.

Scheiße. Jetzt ist alles aus. Die CIA ist hier. Und das FBI, die Akte X und Donald Trump, der gleich über die illegalen Gespräche hier drin twittert. Wir sind total am Arsch!

Lauf, Jan! Sie haben uns erwischt! Und mit ›sie‹ meine ich augenscheinlich Amerika, weil ich einfach zu viele Ami-Serien gucke.

Ich bin wirklich so bescheuert, nervös zu werden, weil mich das Gespräch ein wenig paranoid gemacht hat. Außerdem wohne ich allein, es sollte eigentlich niemand hier auftauchen und …

»Oh Gott! Seid ihr am Vögeln?! Das ist ja so widerlich!«

Auftauchen und rumstänkern.

Meine Nervosität verflüchtigt sich, als ich Kevin dabei beobachte, wie er sich eine Hand vors Gesicht hält und sich mit der anderen schwankend durch das Wohnzimmer tastet.

»Sieht das für dich nach Sex aus?! Ich stehe nur vor dem Sofa und Jan sitzt hier! Du kannst die Augen wieder aufmachen! Wir unterhalten uns nur!«, rufe ich meinem Bruder zu, der kurz zu mir linst und sich dann wieder selbst blind macht.

»Aber du trägst keine Hosen! Wer unterhält sich denn ohne Hosen?! Total schräg!«

Jan lacht. »Deine Schwester strippt für mich, während wir reden. Halt dir lieber weiterhin die Augen zu!«

Sein Scherz wird mit einem angewiderten Schnauben honoriert. Wenn er weitermacht, kotzt Kevin gleich.

Jan ist ein Einzelkind. Die wissen nicht, wie ekelhaft solche Witze sind.

Mein Bruder steigt aus seinen Schuhen, wirft seine Jacke auf den Boden und tastet sich dann weiter in Richtung Schlafzimmer. »Wenn ich euch stöhnen höre, schuldet ihr mir eine Therapie!«

»Wieso bist du eigentlich hier?«, frage ich und spüre, wie mich das beklemmende Gefühl von leichter Panik heimsucht.

Dass Kevin so einfach am Wochenende vorbeikommt, passiert so gut wie nie. Er ist nur in den Ferien bei mir.

Das Gymnasium, das er besucht, ist ein Internat. Mitunter ein Grund, warum sein Schulgeld eine solche Unsumme beträgt. Kevin macht noch in diesem Jahr seinen Abschluss – das heißt, er sollte. Nein, er muss. Hoffentlich haben sie ihn nicht rausgeworfen …

»Ich war gestern in der Nähe etwas trinken. Ich will mich nur ein paar Stunden aufs Ohr legen, dann fahre ich wieder.«

Mein Herz schlägt weiter und mein verkrampfter Magen entspannt sich.

Gut. Er wurde nicht rausgeworfen. Er hat nur zu lange gefeiert und die Nacht vermutlich irgendwo verbracht.

Normalerweise lebt Kevin nach den stoischen Vorschriften eines Stubenhocker-Strebers, aber ab und an hält er sich einfach für Justin Bieber und geht Selena Gomez suchen. Er teilt sich seine Wochenenden eben auch ein. Kleines rothaariges Monster …

Kevin verschwindet im Schlafzimmer und wirft die Tür hinter sich zu. Normalerweise schläft er auf dem Sofa, wenn er hier ist, aber das ist natürlich von Jan und seiner strippenden Schwester besetzt. Ich hoffe, er kriegt das Bild schnell wieder aus dem Kopf.

Kaum fällt die Tür ins Schloss, stürze ich mich auf den blauen Brief, der noch immer auf dem Couchtisch prangt, und stopfe ihn mit hektischen Bewegungen in die Sofaritze.

Jan blinzelt mich an. »Okay. Ich schätze mal, dein Bruder weiß nichts von der finanziellen Misere. Wie kann das sein? Hat dein Vater ihn nicht auch angerufen?«

Ich versichere mich, dass nichts Blaues mehr aus dem Sofa hervorblitzt, und lasse mich dann seufzend neben Jan nieder. »Er hat versucht, ihn zu erreichen, aber Kevin geht nicht dran. Er will vorerst nicht mit ihm reden und das ist auch gut so. Ich will, dass er sich auf die Schule und den Abschluss konzentriert. Es bringt doch nichts, wenn er sich jetzt auch noch verrückt macht. Außerdem ist er quasi noch ein Kind … die sollten sich keinen Kopf um Geld machen müssen.«

Jan seufzt mitfühlend, aber widersprechend. »Das ›Kind‹ ist eins achtzig groß, volljährig und hat sich letzte Nacht wahrscheinlich eine viel ältere Frau in einer Bar aufgerissen. Ich denke, er würde damit klarkommen. Er ist der gleiche stoische, schrullige Lebenskünstler, der du bist. Er könnte dir sicher …«

»Wenn du jetzt ›helfen‹ sagst, knalle ich dir das Kissen gegen die Birne«, drohe ich und sehe Jan grinsend den Kopf schütteln.

»Nein. Ich wollte nicht vorschlagen, dass er auch anschaffen geht – dafür ist er zu jung. Aber du könntest doch bestimmt etwas moralische Unterstützung gebrauchen. Ich meine, wegen der Sache mit deinem Vater. Von dem Job brauchst du ihm nichts zu erzählen.«

»Ich will nicht, dass er sich wegen des Geldes verrückt macht.«

Jan schweigt kurz. »Na gut. Deine Entscheidung. Aber wenn ich dein Bruder wäre und herausfinden würde, dass du mir das verschwiegen hast, wäre ich sauer.«

Ich zucke mit den Schultern. Ja, Kevin wäre garantiert wütend, aber das Risiko nehme ich in Kauf. Ich sehe ihn lieber wütend als verzweifelt. Das würde ich nicht aushalten.

»Willst du heute Abend ausgehen? Um den Kopf ein wenig frei zu bekommen? Ich arbeite bis Mitternacht, aber danach könnten wir einen Cocktail trinken. Oder Kaffee. Und wir könnten über die Agentur sprechen. Ich fühle mal ein wenig bei meinem Boss vor und gebe dir dann Bescheid.«

Jans Vorschlag ist lieb gemeint, tritt aber eine Welle aus unangenehmen Gefühlen bei mir los. Ich weiß nicht wirklich, was es ist, das in mir tobt, aber wahrscheinlich hört es auf den Namen Scham, Zögern oder Schiss.

»Ich kann heute nicht schon wieder ausgehen …«, beginne ich vorsichtig mit meiner Kette aus Absagen, die mir so schwer über die Lippen kommen. »Ich habe gestern Nacht mein ganzes Geld für diesen Monat auf den Kopf gehauen – total bescheuert.«

Für den nächsten Satz muss ich Luft holen, so tief, als würde ich untertauchen. Mache ich wahrscheinlich auch. In meiner Angst, die falsche Entscheidung zu treffen.

»Und du musst nicht für mich um einen Job bitten. Das Angebot ist nett, aber ich will die Sache mit dem Kredit versuchen. Und erst mal mit der Schule telefonieren. Vielleicht bekomme ich ja die Möglichkeit einer Ratenzahlung oder …«

»Alles klar, Emma. Entschuldige, falls ich dich damit überrumpelt habe, ich wollte nur helfen. Für mich ist das ein ›normaler‹ Job. Aber wenn man damit noch nie etwas zu tun hatte, macht es einem wahrscheinlich Angst.«

Jan lächelt mich milde an.

Warum bin ich gleich nicht mehr mit diesem schönen, verständnisvollen Mann zusammen? Ach richtig. Er ist ein Stricher. Der liebste der Welt.

Jan rafft sich auf und streckt mir dann die Hand hin, um mich auf die Beine zu ziehen. »Ich lasse dich und deinen Bruder jetzt erst mal euren Kater auskurieren. Halt mich aber unbedingt auf dem Laufenden. Und sag sofort Bescheid, wenn ich euch irgendwie helfen kann. Jederzeit, ja, Emma?«

Ich nicke und folge meinem verdorbenen brünetten Engel in den Flur, um ihn dann beim Schuheanziehen von hinten zu umarmen. Er riecht so berauschend gut, dass ich verstehe, warum so viele Menschen bei ihm schwach werden.

»Danke! Für den Kaffee. Und fürs Zuhören. Du bist der beste Freund, den man sich wünschen kann – platonisch betrachtet. Als fester Freund warst du ein Horst.«

Er dreht sich zu mir um und grinst. »Ich weiß. Entschuldige. Vor allem die Sache mit dem Fremdvögeln. Ich bin kein schlechter Mensch, aber mein Schwanz ist ein Idiot und wusste dich nicht zu schätzen.«

Die Sache trage ich ihm längst nicht mehr nach. Eigentlich habe ich das nie wirklich. Sein Fremdgehen war sehr unkonventionell und hat mich eigentlich wenig schockiert.

Ich wusste von Anfang an, dass Jan bisexuell ist. Und er hat auch nie ein Geheimnis daraus gemacht, dass er denkt, dass er auf Dauer nicht darauf verzichten kann, mit Männern ins Bett zu gehen. Das Ganze kam nicht überraschend.

Er schlingt einen Arm um mich und stützt sich mit der anderen Hand neben mir auf dem kleinen Beistelltisch ab. Ich weiß nicht, warum er Gleichgewichtsprobleme hat, aber ich weiß, dass seine Hand auf meinen Hintern rutscht, während er mich zu sich zieht.

Er drückt mir einen Kuss auf die Lippen. Ohne Zunge, aber so weich, langsam und genüsslich, dass das hier unmöglich als unschuldig durchgehen kann. Das Adjektiv würde Jan aber auch nicht gerecht werden. Er ist wohl alles außer unschuldig.

Als er seine Lippen von meinen löst, nickt er mir bestätigend zu. »Du kriegst das auf die Reihe, Emma. Du bist klasse. Und stark.« Er zieht plötzlich die Brauen nach oben. »Und du riechst wie eine Jack-Daniel's-Fabrik nach dem Abfackeln.«

Ich schubse ihn von mir weg und höre ihn lachen. »Hey! Niemand hat gesagt, dass du mich abknutschen musst! Selbst schuld!«

Er öffnet die Tür und legt beim Grinsen den Kopf schief. »Ruf mich an, Baby.«

»Mach ich.«

Als ich die Tür zumachen will, streift mein Blick den Beistelltisch und bleibt an dem blauen Schein hängen.

»Hey! Jan! Du hast hier Geld liegen gelassen!«, rufe ich ihm ins Treppenhaus nach.

»Ich weiß! War Absicht! Trinkgeld für den Saufziegen-Kuss!«

»Aber du kannst doch nicht …!«

»Ich kann alles, was ich will! Bye, bye.«

Das Geräusch der ins Schloss fallenden Eingangstür lässt mich seufzen. Ich drehe mich wieder nach dem Geld um und schließe resignierend die Augen. Ich hätte ihm wohl nicht erzählen dürfen, dass ich seit gestern Nacht blank bin.

Jan ist so gutherzig, dass die Rührung mich einen Kloß im Hals fühlen lässt. Ich werde ihm die hundert Franken aber bestimmt zurückzahlen – so bald wie möglich. Irgendwie.

Jedes konservative Arschloch auf dieser Welt, das behauptet, Prostituierte und Stricher wären schlechte Menschen, nur weil sie ihren Körper verkaufen, verdient eine Ohrfeige vom Karma selbst. Keuschheit macht keinen Engel aus. Mitgefühl schon. Jan ist der lebende Beweis dafür.

JA, ICH WÜRDE ALLES TUN!

Als ich den Schein greife, fällt mir eine weiße Visitenkarte vor die Füße. Ich bücke mich danach und stelle fest, dass Jan mir nicht nur Geld, sondern auch eine Option für die Lösung meiner Probleme hiergelassen hat.

Die Karte schimmert im richtigen Licht, weil sie mit Perlglanz veredelt wurde. Auf der Rückseite wurde das Design gespiegelt – schwarzer Hintergrund, weiße Perlglanz-Schrift.

›Evig Roses‹ und eine Homepage-Adresse. Mehr steht dort nicht. Ich bin mir trotzdem sicher, dass die Karte von seiner Agentur ist.

Das Design gefällt mir. Schlicht und doch elegant und sexy durch die geschwungene Schrift. Jans Agentur braucht schon mal keine neue Grafikdesignerin. Schade … das hätte ich mir durchaus zugetraut. Im Gegensatz zu allen anderen Dingen.

Während mich meine Beine zurück ins Wohnzimmer tragen, fällt mir auf, wie müde mein Körper ist. Kaum kreisen meine Gedanken langsamer, fällt die Erschöpfung über mich her wie mein gestriges Ich über den Alkohol.

Ganz stumm schalten kann ich die Tonspur in meinem Kopf nicht. Ich denke noch immer über die Sache nach, nur leiser und weniger energisch. Es macht keinen Sinn, sich hier und jetzt mit verzweifelten Abwegen zu malträtieren. Das würde nur in unverwertbaren Selbstmitleidstiraden enden, weil die Erschöpfung mich gerade dünnheutig werden lässt. In diesem Aschenputtel-Modus kann ich keine Probleme lösen.

Heulen und sich leidtun bringt einen nie weiter. Eine Portion Schlaf und ein klarer Kopf durchaus. Genau das will ich mir jetzt gönnen.

Ich knicke die Visitenkarte und verstecke sie in meiner Faust, bevor ich meine Schlafzimmertür langsam öffne. Ich will sie in meine Nachttischschublade legen, weil ich weiß, dass Kevin da nie rangehen würde. Alle anderen Schubladen in der Wohnung könnte er vielleicht nach Keksen oder Aspirin durchsuchen, aber ich bin mir sicher, er lässt die Finger von der Schublade neben dem Bett. Den Vibrator seiner Schwester zu finden, riskiert er für keine Nascherei oder Kopfschmerztablette der Welt.

Ich schleiche durch das kleine, verdunkelte Zimmer und verfluche den beschissenen Bettpfosten möglichst leise, als ich mit dem Schienbein dagegen donnere.

Kevin dreht sich trotzdem um. »Ich kenne niemanden, der sich öfter selbst beim Gehen verletzt als du.«

»Schlaf weiter, du besoffener Giftzwerg!«, fauche ich, hauptsächlich deshalb so missgelaunt, weil mein Schienbein pocht, als würde mir da drin gerade ein zweites Herz wachsen.

»Ist Jan weg?«, will Kevin wissen und sieht zu, wie ich mich auf die andere Bettseite setze und über meinen Fuß rubble.

»Ja.«

»Seid ihr wieder zusammen?«

»Nein.«

»Und wieso ziehst du dann die Hose aus, wenn er kommt?«

Ich überdrehe die Augen. Schon wieder die Hosen-Frage. »Da war nichts! Ich habe mein Kleid nur mit Kaffee bekleckert und musste mich umziehen.«

»Und für untenrum hast du nichts gefunden?«

Ich bewerfe ihn mit einem Kissen und nutze die Sekunden, in denen er halb belustigt, halb genervt vor sich hin knurrt dazu, die Visitenkarte in meiner Nachttischschublade verschwinden zu lassen. »Vergiss mal meine Hose. Wo hast du eigentlich gestern Nacht geschlafen? Du bist doch sonst nie hier in der Stadt unterwegs.«

Es interessiert mich wirklich, wieso er gekommen ist. Dass Kevin sich in den Zug setzt und eine halbe Stunde hierherfährt, obwohl er genauso gut in der Stadt, in der das Internat steht, ausgehen könnte, verwundert mich. Das hat er bisher noch nie getan. Oder ich weiß zumindest nichts davon.

Er entschließt sich dagegen, das Kissen, mit dem ich ihn beschossen habe, zurückzuwerfen, und legt es sich stattdessen unter den Kopf. Sein Gesicht ist ziemlich blass, seine Augen gerötet. Ich hoffe, er ist nicht krank.

»Ich wollte irgendwo ausgehen, wo mich nicht jeder kennt. In der Nähe des Internats trifft man ständig auf Lehrer und andere Schüler. Ich wollte nicht, dass sie mich für eine kontrolllose Schnapsdrossel halten. Die Sache mit Papa nervt mich. Dass ich zu ihm gefahren bin, war so bescheuert von mir. Ich musste mal Dampf ablassen.«

Okay. Er ist nicht krank. Nur verkatert. Und bescheuert, weil er seine Sorgen in erzwungenem Spaß und Cocktails ertränkt hat.

Du bist wirklich der Bruder deiner Schwester, du kleiner Idiot.

»Ich habe mich mit Tim und Kai getroffen«, murmelt er in das Kissen und klimpert mich prüfend mit den blauen Augen an.

Dass ich brumme, überrascht ihn nicht. »Mit diesen Spinnern? Die haben dir schon in der Unterstufe nur Schwachsinn eingeredet!«

»Ja, aber ich konnte mit ihnen über die Sache in Deutschland reden. Am Internat kann ich doch niemandem erzählen, dass mein Vater ein narzisstischer, frauenverachtender Vollidiot ist!

Wenn das rauskommt, nimmt mich doch keiner mehr ernst! Oder noch schlimmer: Sie bemitleiden mich. So oder so, ich habe als Schulsprecher einen Ruf zu verlieren. Ich muss mich zusammenreißen …«

Kevins Ängste würden in den Ohren mancher vielleicht ein wenig nach Melodramatik klingen. Ich kann ihn aber verstehen. Wenn der eigene Vater sich als kolossales Arschloch entpuppt, fühlt man sich desillusioniert und beschämt. Desillusioniert von dem kindlichen Wunschdenken, dass die eigenen Eltern Vorbilder sein müssen, und beschämt von der Tatsache, dass die Außenwelt einen automatisch mit dem Charakter und den Taten seiner Erzeuger in Verbindung bringen könnte.

Mir macht das alles weniger aus als Kevin. Ich muss mich aber auch vor niemandem rechtfertigen. Zumindest nicht, was meinen Vater betrifft.

Ich weiß, wie ernst Kevin die Schule nimmt und wie stolz er war, als er das zweite Jahr in Folge zum Schulsprecher gewählt wurde. Dass er sich Sorgen um seine Reputation macht, kann ich nachfühlen. Seine Mitschüler kommen alle aus sehr wohlhabenden Familien und auch wenn unser Vater genug Geld hat, sind wir sehr mittelständisch aufgewachsen. Vielleicht sogar mit Tendenz zur unteren Mittelschicht. Eigentlich hat es uns an nichts gefehlt. Kevin und ich waren daran gewöhnt, keine schicken Urlaube zu machen – oder normale Urlaube. Und wir waren daran gewöhnt, mit wenig Taschengeld auszukommen.

Dass sich sein Weltbild etwas verändert hat, seit er auf das Internat gewechselt ist, kann ich ihm nicht verübeln. Wenn man ständig von finanziell sorglosen Kindern umgeben ist, möchte man sein Manko kompensieren und sich auf andere Weise hervortun. Kevin hat das mit einem glänzenden Notenschnitt und Engagement für die Schulpolitik getan.

Ich bin ziemlich stolz auf den kleinen Idioten, auch weil er so ambitionierte Pläne für seine Zukunft hat. Er will Politikwissenschaften studieren. Aber im Moment müssen wir erst mal dafür sorgen, dass er seinen Abschluss machen darf.

Ich befürchte, sie schmeißen ihn raus oder verweigern ihm zumindest den Antritt zur Matura, wenn wir das Geld nicht bald aufbringen. Das wäre ein handfester Skandal. Der Schulsprecher fliegt von der Schule, weil sein Vater ihn verstoßen hat und nicht mehr für ihn bezahlt. Alle würden sich das Maul zerreißen. Und Kevin wäre … am Boden zerstört.

Mein Blick schweift über sein blasses Gesicht. Da prangt ein Knutschfleck an seinem Hals, den er bestimmt mit meiner Schminke überdecken wird, wenn er wieder ins Internat fährt.

Seine Augen sind nicht geschlossen. Er klimpert langsam mit den Wimpern und fixiert wahllos einen Punkt an der Wand, so wie ich in den letzten Minuten.

Ich will ihn nicht so nachdenklich sehen. Es reicht, wenn sich einer von uns beiden den Kopf zerbricht und nicht schlafen kann.

»Mach die Augen zu, du besoffene Kröte. Und zieh nicht mehr mit Tim und Kai um die Häuser! Du siehst aus wie ein Geist.«

Der tadelnde Tonfall einer großen Schwester kommt mir leicht über die Lippen, weil er ein Stück Normalität in die komplizierte Situation bringt. Kevin verzieht aber nicht beleidigt die Lippen oder knurrt mich an, dass er erwachsen ist und machen kann, was er will. Er starrt nur weiter.

Hör auf damit. Bitte. Schlaf einfach. Es wird alles gut …

»Hast du eigentlich noch Kontakte zu der Softwarefirma, bei der du immer im Sommer warst?«, murmelt er vor sich hin und bringt mich mit der Frage durcheinander, weil ich nicht einschätzen kann, was ihm durch den Kopf geht. Ich habe heute auch schon darüber nachgedacht, aber dass Kevin es tut, macht mich nervös.

»Nein. Wieso?«

Er zuckt unscheinbar mit der Schulter, auf der er nicht liegt. »Ich hatte einen Programmier-Kurs an der Schule und war ganz gut darin. Ich dachte, vielleicht könnte ich mich nach dem Abschluss für einen Job dort bewerben.«

»Ein Sommer-Job?«

»Nein. Vollzeit.«

»Das kannst du unmöglich mit der Uni vereinbaren. Das frisst viel zu viel Zeit.«

»Ich weiß. Aber das ist kein Problem, wenn ich nicht auf die Uni gehe.«

Mir geht gerade die Luft aus, die ich eigentlich bräuchte, um ihn anzuschreien. »Wie kommst du denn jetzt auf diesen Scheiß? Du wolltest immer studieren! Schon mit acht. Du kennst das Vorlesungsverzeichnis auswendig. Und du quatscht mich seit zwei Jahren damit voll, dass du in die Hochschülerschaftsvertretung willst!«

»Pläne ändern sich. Ich bin nicht mehr acht. Und ich bin nicht naiv. Papa wird mir das Studium bestimmt nicht bezahlen, nachdem ich ihn in Deutschland so angeschnauzt habe. Ich will sein Geld auch gar nicht. Er wird mir auch so mein Leben lang vorwerfen, dass er für das Internat bezahlt hat.«

Meine Nervosität lässt meine Stimme zu hoch klingen. »Hast du … mit ihm telefoniert?«, frage ich, klammere mich aber an die Hoffnung, dass Kevin nichts weiß, weil er nur von der Uni und den damit zusammenhängenden finanziellen Problemen spricht.

Er kann es nicht wissen. Sonst wäre er noch viel mehr durch den Wind.

»Nein. Ich habe keinen Bock, mit ihm zu reden. Er versucht seit Tagen, mich zu erreichen, aber er will mich doch bestimmt nur daran erinnern, dass ich von ihm abhängig bin, solange ich noch zur Schule gehe. Das weiß ich auch so. Und ich hasse es. Ich will nicht mehr abhängig von ihm sein. Wenn ich dafür erst mal einen Job annehmen muss und nicht sofort studieren kann, dann ist es eben so.«

Kevins Wut und Enttäuschung sind so vorherrschend, dass er seine ganze Zukunft über den Haufen werfen will, nur um nichts mehr mit unserem Vater zu tun zu haben. Ich kann ihn verstehen, vor allem weil ich weiß, dass er ein noch viel größeres Arschloch ist, als Kevin vermutet.

Er hat uns hängen gelassen – alle beide, ohne Rücksicht darauf, ob sein Sohn von der Schule fliegt oder seine Tochter deshalb in Erwägung zieht, ein Organ zu verkaufen.

Ich denke, es würde ihn amüsieren, uns jetzt so zu sehen. Seine undankbaren, vorlauten Kinder, für die er so viel getan hat und die er jahrelang mit seiner Großzügigkeit überhäuft hat.

Ganz ehrlich: Fick dich, du selbstverherrlichendes Arschloch. Wir brauchen dich nicht. Wir haben einander. Kevin wird mal Politiker und ich werde … alles tun, damit er die Möglichkeit dazu hat, seine Zukunft so großartig zu gestalten, wie er es verdient.

»Jetzt wirf nicht gleich den Drama-Modus an, Kevi«, flöte ich und lasse mich nach hinten auf ihn fallen. »Bei deinen Noten bekommst du garantiert ein Leistungsstipendium! Mach dir keinen Kopf wegen der Uni! Du kannst dort problemlos derselbe nervige Klugscheißer sein, der du an der Schule bist!«

Er brummt. Und lacht, während er versucht, mich von sich runterzuschubsen. Ich mache mich schwer und stimme in sein amüsiertes, kampflustiges Schnauben ein.

Der unbeschwerte Tonfall in meiner Stimme ist gespielt. Ich empfinde im Moment keine Unbeschwertheit. Aber ich will sie

Kevin spüren lassen, weil ich sein Starren und sein Philosophieren über eine Zukunft, die er nie wollte, nicht mehr ertrage.

Ich glaube wirklich daran, dass er ein Leistungsstipendium für die Universität bekommen wird. Kevin stehen alle Türen offen. Und die, die unser Vater verschlossen hat, trete ich eben ein.

»Geh von mir runter, du dürre Ziege!«

»Nein! Du bist bequem! Aber du stinkst nach Alkohol und Frauenparfum!«

»Du auch! Jetzt geh runter von mir oder ich erzähle dir so ausführlich, was ich gestern Nacht mit Kais Cousine gemacht habe, dass du nie wieder aufhören wirst, zu kotzen!«

Ich springe aus dem Bett und mache ein paar theatralische Gesten mit den Händen. »Okay, okay! Behalt deine schrägen nächtlichen Abenteuer für dich! Ich lege mich aufs Sofa. Obwohl das eigentlich meine Wohnung ist! Und mein Bett! Kleiner Parasit!«

Ich schnappe mir ein Kissen und funkle Kevin gespielt vorwurfsvoll an. Er grinst nur, mit dieser unschuldigen Engelsmiene, die mich daran erinnert, dass hinter der toughen Fassade viel mehr Sensibilität versteckt liegt, als er sich jemals eingestehen würde. Ich sehe sie aber. Ich habe sie immer gesehen.

»Danke, Schwesterchen. Du bist die Beste. Ohne dich wäre ich verloren«, säuselt er mir hinterher.

Ich halte am Türstock inne, weil mich seine Worte mehr berühren, als er beabsichtigt hat. Ich weiß, er redet von unserem bescheuerten Streit um das Bett und übertreibt mit Absicht, aber ich bin in Gedanken schon längst woanders.

Aus Angst, dass meine Stimme zittert, erwidere ich nichts und will einfach die Tür hinter mir schließen. Kevin meldet sich aber noch mal zu Wort.

»Emma?«

»Was?« Das klang zu forsch, aber nur weil ich meine schwesterliche Rührung überkompensiere und mich jetzt angepisst anhöre.

»Kannst du mir etwas Geld pumpen? Für den Zug? Ich komme sonst nicht mehr zurück.«

Oh, der Tonfall war sogar berechtigt. Reiner Zufall.

»Hast du echt alles gestern Nacht ausgegeben?!«

Für wen hältst du dich?! Mich?!

Ich drehe mich nicht nach Kevin um, weil ich weiß, dass er mich gerade mit schuldbewussten Hundeaugen ansieht.

»Ja … ich habe nicht nachgedacht. Hast du was? Ich geb's dir auch garantiert zurück!«

»Ich steck's dir in die Tasche …«, murmle ich und fühle mich in dem Beschluss, den ich vor ein paar Minuten gefasst habe, nur bestätigt.

»Danke, Emma.«

»Schon gut.«

Ich schließe die Tür zum Schlafzimmer und hole den Schein, den Jan hiergelassen hat. Nachdem ich ihn in Kevins Umhängetasche gesteckt habe, greife ich mein Handy und schleiche zum Sofa.

Ich könnte es hinauszögern – bis morgen, übermorgen, vielleicht auch eine Woche lang. Ich könnte mir weiter einreden, dass es andere Optionen gibt und dass mich schon allein der Gedanke schockiert und beschämt stimmt. Aber mal ehrlich: Ich habe nur abgelehnt, weil ich mir eingeredet habe, dass sich das so gehört. Brave Mädchen antworten auf das Angebot, ihren Körper zu verkaufen, nicht mit ›Jup, geilo, danke!‹.

Gut, dass mir eingefallen ist, dass ich kein braves Mädchen bin. Ich bin eine verpeilte, vom Sofa fallende, ihren Bruder anlügende, mittellose Kunst-Trulla, die ihren Arsch hochkriegen muss, um dieses Problem zu lösen. Und wenn besagten Arsch jemand kaufen möchte: umso besser!

Ich tippe ein paar Zeilen an Jan, überfliege sie aber noch mal, bevor ich auf ›Senden‹ drücke.

Bist du dir sicher?

Ja.

Und du heulst jetzt nicht gleich rum, weil du dir selbst leidtust?

Nein. Das Angebot ist großartig. Ich grinse jetzt noch zehn Minuten vor mich hin und penne dann ein.

Ich bin beeindruckt. Seit wann belügst du dich denn so gut selbst?

Seit ich eine Nutte werden möchte.

BÄNKE FÜR DEN TERMIN

Wenn ich nervös bin, höre ich Musik. Irgendetwas, das mich entspannt oder motiviert, je nachdem, ob ich mich beruhigen oder gleich abliefern muss. Ich denke, das mit dem Abliefern trifft es heute wohl eher, wobei es mir auch nicht unbedingt schaden würde, ein wenig runterzukommen.

Dass mein nervöses Herumzappeln zu einer kleinen Tanzeinlage ausartet, merke ich erst, als ich mich drehe und dann frage, wieso.

Alter! Emma! Wir stehen auf dem Bürgersteig! Wenn du nicht gleich aufhörst, zu tanzen, brauchst du eine Gesichts-OP und eine neue Identität!

Ja, das war peinlich. Hat aber niemand gesehen. Der Bürgersteig ist leer, nur ab und an fährt ein Auto durch die gepflegte Einbahnstraße.

Ich war noch nie hier, aber die Gegend ist schön. Neumodische Bürogebäude mit Glasfronten neben frisch renovierten Altbauten. Auf der anderen Seite der Straße liegt ein kleiner Park, ohne Besucher. Klassisches Firmen-Viertel – hier wohnt man nicht, sondern arbeitet. Oder tanzt, wenn man nervös und deshalb hyperaktiv ist.

Billy Talent schrauben mein Euphorie-Level zuverlässig hoch. Ich denke, in ›Red Flag‹ besingen sie Jugendrebellion und Kommunismus, aber ich sehe dabei die Bilder meines letzten Festivals vor mir, auf dem ich mich so frei und happy gefühlt habe, dass ich automatisch gute Laune bekomme, sobald ich den Song höre. Und gute Laune kann jetzt nicht schaden.

Wer positive Vibes ausstrahlt, kommt auch sympathisch rüber. Und wer nervös mit dem Fuß zuckt, wird höchstwahrscheinlich für jemanden mit einem Nervenschaden gehalten.

Hör endlich auf zu zucken, Emma!

Ja doch! Ich bin ganz ruhig! Und gut drauf! Und cool!

Ich hatte zu viel Kaffee …

Sobald mein Blick auf das große Gebäude hinter mir schweift, schnellt mein Puls noch höher, deshalb drehe ich ihm den Rücken zu. Die ersten zehn Minuten habe ich auf die verspiegelten Fenster gestarrt und dabei Schluckauf bekommen. Das passiert, wenn ich zu nervös werde. Dann klinge ich wie Schlumpfine, die sich einen Horrorfilm ansieht und alle zwanzig Sekunden erschrickt.

Mit dem Rücken zum Gebäude und Billy Talent im Ohr, konnte ich aufhören, zu hicksen. Das Warten malträtiert mich trotzdem.

Ich bin zu früh hier und selbst schuld, dass ich mir jetzt die Zeit vertreiben muss, aber zu Vorstellungsgesprächen darf man nicht zu spät kommen.

Lieber zu früh tanzen. Und wie ein Idiot auf der Straße kommen. Nein, das klang falsch. Und versaut. Kann sein, dass ich etwas durch den Wind bin.

Mein Blick schweift rüber zum Park, als sich dort etwas bewegt. Edward Cullen ist endlich hier. Er läuft in coolen Boots und mit dem obligatorischen Kaffeebecher in der Hand auf mich zu.

Seine Haut ist blass und er versteckt die hübschen Augen hinter einer schwarzen Sonnenbrille. Gestern war Jagd-Nacht für ihn – er kommt trotzdem, um mir beizustehen.

Jan hat noch am selben Abend, als ich die SMS geschrieben habe, einen Termin für mich klargemacht. Angeblich war das nicht einfach, weil der Besitzer der Agentur in letzter Zeit extrem beschäftigt ist. Womit, hat er mir nicht verraten. Auch nicht, was mich heute erwartet, zumindest nicht sehr detailliert.

Ein Vorstellungsgespräch – ein Kennenlernen, in dem ich mich von meiner besten Seite zeigen soll, weil die Agentur angeblich sehr, sehr wählerisch mit ihren ›Models‹ ist.

Ich wollte mich unbedingt vorher noch mal mit Jan treffen, um mehr über den Job und die Leute, die ich gleich treffe, zu erfahren, aber er hatte am Wochenende so viele Buchungen, dass er mir absagen musste.

Wir haben uns darauf geeinigt, uns vor meinem Termin hier zu treffen, damit er mich briefen kann.

Dass er sich solche Mühe für mich gibt und so früh aufsteht, obwohl er sicher erst vor ein paar Stunden ins Bett gefallen ist, weiß ich sehr zu schätzen. Ich liebe diesen bisexuellen Vampir, der gerade vor mir stehen bleibt, die perfekt geschwungenen Brauen nach oben zieht und sich die Brille ein wenig die Nase runterklopft.

»Emma?«

Also entweder ist Jan total high und nicht sicher, ob ich ich bin, oder der fragende Tonfall soll mir sagen, dass ihm irgendetwas an mir missfällt.

Sieh mich nicht so an! Ich bin schon unsicher genug!

»Was?!«, frage ich nervös, weil er nicht aufhört, mich zu mustern.

Er greift nach dem Dutt in meinen Haaren, tastet darauf herum und lässt seinen Blick dann auf meine Beine schweifen. »Wieso hast du denn bitte eine Hose an?«

Okay. Das ist eine sehr schräge Frage, vor allem wenn sie in so verständnislosem Tonfall gestellt wird. Ich starre ihn mit großen Augen an.

Hätte ich ohne Hose kommen sollen? Echt jetzt?

Er seufzt, winkt ab und macht dann eine auffordernde Kopfbewegung. »Schon gut, komm. Wir kriegen das hin!«

Was kriegen wir hin? Die Hose auszuziehen? Ich weiß, dass das hier ein Vorstellungsgespräch in einer Escort-Agentur wird, aber ernsthaft: Tauchen die Mädchen hier in Unterhose auf? Schreib mir so was!

Ich will eigentlich etwas sagen, aber ich habe Mühe, zu Jan aufzuschließen, weil er so große, schnelle Schritte macht, dass man meinen könnte, wir wären spät dran. Sind wir nicht, bis zu meinem Termin bleibt uns noch eine halbe Stunde. Wir rasen trotzdem zu dem gläsernen Gebäude.

»Danke, dass du das möglich gemacht hast. Und dass du hier bist. Ich schulde dir etwas.«

Jan schmunzelt mich an, während wir vor dem Eingang stehen. »Schon gut.«

Er muss eine Klingel drücken, die Tür ist verschlossen. Als der Summer ertönt und wir eintreten können, steigt mir ein einprägsamer Duft in die Nase. Neuwagengeruch gemischt mit dem Bukett frischer Blumen – Magnolien? Ach, und ein Hauch Fensterreiniger, aber der gute.

Dass der cremefarbene Teppichboden so sauber ist, irritiert mich. Gerade im Empfangsbereich kommen doch viele Leute durch.

Muss ich die Hose *und* die Schuhe ausziehen? Nein, Jan behält sie an und steuert auf den Empfangstresen zu. Weißer Klavierlack, an dessen Vorderseite ein Schriftzug herausgearbeitet wurde.

›Evig Roses‹

Sehr dezent, aber so schick, dass man es elegant nennen könnte. Die Homepage sieht auch so aus: Weiß, cremefarben, alle Fotos sind in blassen Schwarz-Weiß-Kontrasten gehalten. Und nein, man sieht keine einzige nackte Frau – nicht mal Mädchen in Unterwäsche. Die wenigen Bilder sind künstlerisch gehalten und flüstern nicht mal ›Prostitution‹.

Was mich gewundert hat: Man stolpert auch kein einziges Mal über das Wort ›Escort‹. Nur: ›Model‹, ›Event‹ und ziemlich oft ›high class‹.

Alles sehr geschmackvoll, aber Wischiwaschi. Hätte ich nicht gewusst, was ich mir ansehe, hätte das Ganze auch die Homepage einer überteuerten Foto- oder Künstler-Agentur sein können. Das soll wohl auch so sein. Über die Homepage kann man nur ein Kontaktformular ausfüllen, nicht buchen.

Entweder machen sie das, weil sie großen Wert auf Diskretion und eine ausgewählte Klientel legen, oder weil es schlichtweg illegal ist, junge Menschen für Sex zu verkaufen. Ich hätte Kevin fragen können, der kennt sich mit Gesetzen aus, aber das Thema anzuschneiden, egal, mit welcher fadenscheinigen Begründung, war mir zu riskant.

Hinter dem Tresen sitzt eine schwarzhaarige Frau in weißer Bluse und grauem Bleistiftrock. Sie ist um die dreißig oder vierzig – das kann man heutzutage nicht mehr schätzen, man sieht ihr nur an, dass sie nicht mehr in ihren Zwanzigern ist. Wahrscheinlich war sie mal ein Escort-Girl und wurde dann in den Bürodienst versetzt. Wie Stewardessen, wenn sie älter, schwanger oder dicker werden.

Ihr nichtssagender Blick ruht auf dem iMac, bis Jan vor sie tritt und sich räuspert.

»Hi. Ich habe einen Termin mit Vincent. Also nicht ich, sondern sie. Emma. Um halb neun.«

Seine Stimme wirkt etwas unsicher. So kenne ich ihn gar nicht. In der Arztpraxis ist er der eloquenteste, charmanteste Typ der Welt. Immer ein kokettes Lächeln auf den Lippen, immer gut drauf. Und seine Sätze klingen nie so abgehackt.

Ist Jan nervös? Ist der coolste Mensch auf diesem Planeten nervös?! Obwohl es nicht mal sein Termin ist? Was sagt mir das? Dass ich schon längst vor Aufregung ohnmächtig werden sollte! Hilfe!

»Hier. Füll das aus.« Sie schiebt mir einen Zettel hin und mustert mich prüfend.

»Bänke«, entgegne ich leise.

Hast du einen Schlaganfall?

Nein. Das sollte ein ›Danke‹ werden. Dann habe ich plötzlich daran gedacht, dass sie mich hier wahrscheinlich raustragen müssen, wenn ich wirklich ohnmächtig werde. Dann habe ich darüber nachgedacht, wie die Dinger heißen, auf denen sie gehunfähige Leute davontragen. Die Antwort lautet Bahre, nicht Bänke, aber das hätte mich auch nicht weniger geistig verwirrt dastehen lassen.

Jetzt ›Danke‹ zu murmeln und sich selbst zu korrigieren, würde das Ganze nur offensichtlicher machen.

Vielleicht denkt sie, sie hätte sich einfach verhört …? Nö. Nö, tut sie nicht. Sie legt den Kopf schief und sieht mich mit hochgezogener Braue an. Wie Jan.

Ja! Ich habe ›Bänke‹ gesagt! Sagt Bescheid, wenn ihr fertig mit dem Fremdschämen seid. Ich brenne solange im Feuer meiner Peinlichkeit.

»Du kannst das dort drüben ausfüllen und warten.«

Kaum zeigt sie auf die Tür, greift Jan meinen Unterarm und zieht mich weiter. Er weiß, wohin wir müssen.

Hinter der Tür erstreckt sich ein Aufenthaltsbereich mit silbernen Stühlen und den Schwarz-Weiß-Fotos von der Homepage, die auf Acrylglas gedruckt wurden. Ich will einen ersten Blick auf den Zettel werfen, aber Jan stellt sich vor mich und fuchtelt mit den Händen.

»Okay! Also gut. Zeig mal her!«

Ich halte ihm das Stück Papier hin.

Er winkt ab. »Nein! Nicht den Fragebogen!«

Er nimmt ihn mir aus der Hand und legt ihn auf den kleinen runden Tisch. Dann schält er mich so schnell aus meiner Jacke, dass ich mich wie ein Brummkreisel drehe.

»Hey! Mir ist sowieso schon schlecht!«, protestiere ich und streife mein Top glatt, weil Jan es mustert, als hätte ich mir aus Versehen ein Geschirrtuch angezogen. Habe ich nicht! Ich bin nervös und etwas durch den Wind, aber ich hatte keinen Nervenzusammenbruch.

»Wieso kommst du denn in einer Hose?!«

Schon wieder diese Frage. Ob ich Hosen trage oder nicht, irritiert die Männer in meinem Leben in letzter Zeit ein wenig zu sehr. Kevin beschwert sich, dass ich keine trage, Jan beschwert sich, dass ich eine trage …

»Du hast mir nicht gesagt, was ich anziehen soll! Das ist mein bestes Vorstellungsgespräch-Outfit!«, rechtfertige ich mich und sehe ihn eine Braue hochziehen.

»Nein, das geht nicht.«

Jan klingt, als würde ich eine Bundfaltenhose, Ballerinas und ein Nadelstreifen-Sakko tragen. Tue ich nicht! Ich weiß, dass ich mich hier nicht für einen Sekretärinnen-Job bewerbe. Die schwarze Hose ist knalleng und mein Hintern sieht darin klasse aus. Das Top ist im silbernen Metallic-Look gehalten und dort, wo mein Busen vom Push-up nach oben gedrückt wird, mit grauer Spitze verziert. Und gegen die schwarzen High Heels kann er auch nichts sagen – die sind Klassiker!

Ich war mir zugegebenermaßen unsicher, wie ich hier auftauchen soll. Die Homepage war so elegant und irgendwie schlicht, dass sich meine viel zu kurzen, nuttigen Ausgehkleider deplatziert angefühlt hätten. Außerdem sind sie alle von

New Yorker oder Forever 21 und das schreit die Qualität bei Tageslicht auch zum Himmel. Im schummrigen Clublicht kommt man damit durch, hier in dieser Autohaus-Ausstellungsbeleuchtung nicht.

»Hör auf, mich so zu mustern, Jan! Oder willst du, dass ich mich wie ein dickliches Kind beim Schulsport in der Schwimmhalle fühle?!«

Der prüfend strenge Blick der männlichen Fashionista wird weicher. Er seufzt leise. »Sorry. Ich wollte nicht gemein klingen. Du bist heiß, Emma. Immer. Aber Vincent mag keine Frauen in Hosen. Auf der letzten Weihnachtsfeier hatte eines der Mädchen einen Hosenanzug an – er hat sie rausgeschmissen.«

Okay. Jetzt macht seine Nervosität Sinn. Er weiß, dass ich es verbocken werde. Ich jetzt auch.

»Die Info wäre nur dann hilfreich gewesen, wenn sie mich erreicht hätte, bevor ich die Wohnung verlassen habe!«, piepse ich, weil sich meine Stimme vor Unbehagen überschlägt.

»Entschuldige! Ich hatte so viel zu tun, dass ich komplett übermüdet war! Ich dachte, ich hätte dir geschrieben, dass du ein Kleid tragen sollst. Scheiße … Aber wir kriegen das hin!«

Als er den motivierenden Satz wiederholt, den er schon auf dem Bürgersteig rausgehauen hat, ziehe ich ungläubig eine Augenbraue nach oben.

»Hast du Reserveklamotten dabei?«, fragt er überschwänglich hoffnungsvoll.

»Reserveklamotten«, wiederhole ich und werfe den Sarkasmus-Modus an. »Für den Fall, dass ich mich bepinkle? Sicher. Da ist noch eine zweite Hose in meiner Handtasche!«

Er fährt sich gestresst durch die perfekt zerzausten Haare. »Hast du eine Strumpfhose an?«

»Okay. Wen kennst du, der eine Strumpfhose unter einer Hose trägt? Außer deiner Oma, wenn es kalt ist?! Und inwiefern würde das weiterhelfen? Denkst du, ich gehe da nur mit einer Strumpfhose rein?! Der ruft doch in der Klapsmühle an und meldet einen Ausbruch!«

»Fauch mich nicht an, ich versuche nur gerade, mich in MacGyver zu verwandeln, um dir zu helfen, diesen Job zu bekommen!«

Jans Beschwerde über meinen Tonfall macht mir bewusst, dass ich mich meinem nervösen Unbehagen gerade zu unbedacht hingebe. Ich habe wirklich kein Recht, ihn anzufauchen.

Wir brüllen uns hier an wie damals, als wir noch zusammen waren und Zankereien unser liebster Zeitvertreib waren. Das ist der absolut falsche Zeitpunkt dafür.

»Entschuldige bitte …«, murmle ich einsichtig und senke den Kopf, um mit schuldbewusstem Blick zu ihm aufzusehen. »Ich wollte nicht biestig werden. Ich bin nur … nervös. Aber das ist Blödsinn. Lassen wir es einfach. Ich gehe nach Hause und …«

»Nein! Du kannst doch jetzt nicht abhauen! Ich habe Vincent bekniet, um einen Termin für dich zu bekommen. Wenn du nicht auftauchst, dreht er mich durch den Fleischwolf! Er hasst es, wenn jemand Meetings nicht einhält!«

Ich bekomme langsam das Gefühl, dass dieser Vincent ein ziemlich furchteinflößender, schwieriger Mensch ist. Die Erkenntnis ist großartig. Und kommt so gelegen. Jetzt fürchte ich mich viel weniger davor, gleich in einer Hose vor ihm aufzutauchen und ihm ›Bänke‹ für den Termin zu sagen!

Ich will die Nerven noch nicht gänzlich wegschmeißen. Wie auch immer das Ganze ausgeht, ich werde Jan nicht hängen lassen. Ich werde da reingehen und versuchen, ihn nicht zu blamieren – mich nach Möglichkeit auch nicht, aber das ist zweitrangig.

»Was ist, wenn ich ihm sage, dass ich nur deshalb eine Hose trage, weil ich eine Lichtallergie an den Beinen habe und keine Kleider tragen kann? Das würde er doch verstehen, oder?«

So was gibt es. Und rothaarigen Menschen glaubt man das auch. Wir sind blass genug, um als empfindlich durchzugehen.

Mein Lösungsvorschlag stößt auf wenig Begeisterung. Jetzt zieht Jan eine Braue nach oben und wirft den Sarkasmus-Modus an. »Ja! Das wirkt nicht schräg, wenn du wo reinkommst und sofort begründest, warum du Hosen trägst. Und das mit der Krankheit ist auch gut. Das schreibt er sicher gern in seinen Katalog: Hat Lichtallergie und geht in Flammen auf, wenn man sie in der Sonne bumst.«

Ja. Das klingt wirklich semioptimal für Nutten.

Wir kommen in dieser Hosen-Sache echt nicht weiter …

Es vergehen ungefähr dreißig Sekunden, in denen wir uns anstarren, wie damals, als uns die Gummis ausgegangen sind und kein Laden mehr geöffnet hatte.

Was machen wir jetzt bloß? Schreien? Heulen? Essen?

»Warte mal!«, tönt Jan plötzlich und greift nach meiner Handtasche, um darin zu kramen.

Ähm … ich würde meine Hand da nicht so tief reinstecken – wenn dich etwas beißt, mutierst du zum Zombie-Mentos.

»Du hast doch garantiert eine Nagelschere dabei!«, unterstellt er mir und zieht mein Schminktäschchen hervor.

»Ja, aber was wollen wir mit … Nein, Jan!«

»Doch! Komm!«

Er nimmt meine Hand und zieht mich in einen Flur, der in verschiedene Richtungen und zu auffallend großen, massiven Türen führt. Dahinter liegen wahrscheinlich die Büros von wichtigen Menschen, aber unser Ziel ist ein ungestörteres Plätzchen, in dem man typischerweise vor einem Vorstellungsgespräch noch mal sein Aussehen checkt, seine Hände wäscht oder eben seine Klamotten zerschneidet, um den launischen Escort-Gott nicht zu erzürnen.

Schrägster Tag ever!

DIE HOSE

Ich hatte mit Bürokomplex-Toiletten gerechnet. Weiße Fliesen, viele Kabinen und Stahlwaschbecken. Das hier ist aber keine Ansammlung von Klos, sondern ein echtes Badezimmer. Und noch dazu ein verdammt beeindruckendes!

Der Raum ist bestimmt zwanzig Quadratmeter groß, mit anthrazitfarbenen Fliesen ausgelegt und mit einer Regendusche bestückt. Hammer.

Ich will hier wohnen. Meine Wohnung würde auch annähernd hier reinpassen.

»Wow. Nutzt denn irgendwer diese Dusche?«, will ich wissen und vergesse für den Moment, was Jan mit meinen Klamotten vorhat.

»Eigentlich ist das hier die Gästetoilette, aber wenn du zwei Buchungen hintereinander annimmst, kannst du dich hier fertig machen. Ist praktisch. Du kannst hier theoretisch auch übernachten – wenn es zu spät wird und keine Züge mehr fahren. Es gibt ein Zimmer mit einem großen Sofa, du musst dich aber vorher anmelden, dann bekommst du einen Schlüssel. Das Gebäude liegt sehr zentral – du kannst es von der Innenstadt aus leichter erreichen als deine Wohnung. Geht mir auch so.«

»Mehr als eine Buchung am Tag. Kommt das oft vor?«

»Dicht hintereinander eigentlich nicht – das wird vermieden, weil die Kunden das natürlich nicht wollen. Du darfst dir auf keinen Fall anmerken lassen, dass du kurz davor schon gevögelt wurdest, wenn du dich mit einem Kunden triffst – das turnt die meisten ziemlich ab. Sieh einfach zu, dass du schnell wieder gut aussiehst und auf keinen Fall nach Latex riechst.«

Wieso klingt Sex plötzlich nach Ausdauersport?

»Schläfst du eigentlich nur mit Männern oder hast du auch Frauen unter deinen Kunden?«

All diese Fragen hätte ich Jan gern schon früher gestellt, aber ich hatte keine Gelegenheit.

Er geht vor mir auf die Knie und schmunzelt kokett zu mir auf. »95 Prozent Männer, 5 Prozent Frauen. Aber Vincent führt mich auch im Katalog für männliche Kunden. Die männlichen Hetero-Escorts sind eigentlich etwas älter und maskuliner als ich – zieht besser.«

Ja, das macht Sinn. Ich gehe mal davon aus, dass Frauen, die sich Callboys leisten, eher älter sind.

Jan ist kein klassischer Rosamunde-Pilcher-Cover-Mann. Eher ein One-Direction-Boy mit Justin-Bieber-Einschlägen.

»Lehn dich an die Wand und zuck bloß nicht!«, lautet die Anweisung, die mir endgültig bewusst macht, dass er es ernst meint.

»Auch wenn du sie abschneidest, es bleibt eine Hose!«, erinnere ich ihn.

Er teilt meine Meinung nicht. »Hotpants fallen in eine andere Kategorie. Nackte Beine ziehen immer – vor allem wenn es deine sind.«

Den letzten Teil des Satzes raunt er und grinst mich dann an, bevor er unter mein Knie greift und mein Bein zu sich drückt. Er zieht mir den Stöckelschuh aus.

Jans hübsches Gesicht so nah an meiner Mitte zu sehen, weckt Erinnerungen, die durchaus das Potenzial hätten, mich scharfzumachen, aber die Nervosität maßregelt meine Libido.

Dass wir gerade dasselbe denken, beweist der Glanz in seinen Augen. Bevor er die Schere ansetzt, lässt er seinen Blick meinen Körper hochschweifen.

»Weißt du, dass mir deine Muschi fehlt?«, seufzt Jan, als hätte er etwas sehr Romantisch-Theatralisches und nichts Versautes gesagt. Er untermalt seine verruchten Worte, indem er sich lasziv über die Unterlippe leckt.

Ich schmunzle schief. »Hattest du nicht das ganze Wochenende lang Sex? Brauchst du nicht mal eine Pause?«

»Nein. Pausen sind etwas für Amateure. Ich bin zu potent dafür«, lobt er seine Männlichkeit in den Himmel, kann die stolze Miene aber nicht lange aufrechterhalten. Jan lacht kurz tonlos, während er abzuschätzen versucht, in welcher Höhe er den ersten Schnitt setzen will. »Ich hatte zwar viel Sex, aber nur mit Männern«, gibt er schulterzuckend zu. »Das heißt, eigentlich wurde ich nur gevögelt – was zwar mit scharfen Typen heiß sein kann, aber ständig der passive Teil zu sein, ist irgendwann bloß noch anstrengend.«

Das kann ich mir gut vorstellen. Analsex kann dem Körper einiges an Schmerzen abverlangen, vor allem wenn der Partner nur auf seinen eigenen Spaß bedacht ist und einen rücksichtslos vögelt.

»Dir fehlt also nicht meine Muschi, sondern Muschis im Allgemeinen«, fasse ich zusammen und sehe ihn wieder grinsen.

Als die Sache mit dem Escort für Jan anfing, hat er sich darauf gefreut, seine homosexuelle Seite ausleben zu können. Ich sehe ihn in letzter Zeit beim privaten Ausgehen aber nur Frauen aufreißen.

Dass das Ganze mehr Arbeit als Vergnügen bedeutet, ist mir bewusst. Ich bin gedanklich aufs Ego-Vögeln vorbereitet. Die Gegenleistung ist kein Orgasmus oder Spaß, sondern Geld.

»Halt still, ich will dir nicht wehtun«, warnt Jan.

»Den Satz hört man nicht oft, wenn man hier arbeitet, oder?«

Er schüttelt den Kopf. »So schlimm ist es nicht. Du gewöhnst dich daran. Und du kannst das ab. Ich habe dich auch nicht immer unbedingt nett gefickt.«

Nein, aber wir waren zusammen, da macht harter Sex Spaß, weil man Vertrauen zueinander hat. Das ist etwas anderes. Jan weiß das auch, aber wir sprechen es nicht an.

Ich bin mir sicher, der Job verlangt einem körperlich und seelisch viel ab, aber über die negativen Aspekte nicht zu ausführlich zu diskutieren, macht Sinn. Das macht man mit ›normalen‹ Jobs auch nicht. Man lebt einfach damit – oder auch nicht. Kein Grund, alles zu zerreden.

»Viele der Kunden sind auch Normalos, die sowieso schnell kommen. Alles halb so wild …«, relativiert Jan, der so vorsichtig am Stoff entlangschneidet, dass ich das kühle Metall der Schere kein einziges Mal an meiner Haut fühle.

»Anderes Bein«, verlangt er und vergleicht die Höhe.

»Ist es nicht leichter, wenn ich die Hose ausziehe?«

Er schüttelt den Kopf und zieht mir nur das lose Hosenbein aus. »Nö. Ich muss an der Schneiderpuppe sehen, was ich tue. Keine Angst, ich wollte lange Zeit auf die Kunstschule gehen und Modedesign studieren.«

»Ach echt? Das wusste ich gar nicht. Wieso hast du das nicht getan?«

Er schweigt eine Weile, weil er sich auf seine Handbewegungen konzentriert. Nachdem er den letzten Schnitt gemacht und mir das lose Hosenbein ausgezogen hat, grinst er mich an. »Na ja. Mir ist wieder eingefallen, dass ich doch nicht sooo schwul bin«, scherzt er.

Jan neigt prüfend den Kopf und begutachtet sein Werk. Ein wenig zu skeptisch für meinen Geschmack. Ich sehe von hier oben nur, dass er ziemlich kurze Hotpants fabriziert hat. Inwiefern das Ganze nach Bastelstunde oder Designerstück aussieht, kann ich nicht abschätzen.

»Hmm …« Während Jan noch bewertend summt, laufe ich vor den großen Spiegel über dem Waschbecken, um mich zu mustern.

Okay. Eine Hose zu Hotpants abzuschneiden, ist möglich. Man sollte das aber vielleicht Menschen überlassen, die sich nicht zu hetero für die Modeschule gefühlt haben.

»Jan!«

Er rutscht auf den Knien zu mir rüber und weiß nicht so recht, ob er lachen oder nervös werden soll, weil wir jetzt erst recht am Arsch sind. Witzig findet er es trotzdem. Klar, ich sehe auch aus wie ein Vollidiot, der die Beine in einen Schredder gesteckt hat.

»Ist doch nicht so schlimm!«, beginnt er uns beiden einzureden. »Wir krempeln das hoch und … dann … mache ich … einen Knoten irgendwo rein und … du googelst in der Zwischenzeit, in welches Land wir heute noch auswandern können. Vorzugsweise was, wo wir uns lukrativ prostituieren können.«

Ich seufze ausgiebig und lehne mich mit den Händen ans Waschbecken. Wieso habe ich noch gleich zugelassen, dass mein Ex-Freund meine Hose mit einer Nagelschere zerschneidet? Ach richtig: Schrägster Tag ever!

»Was machen wir jetzt? So stelle ich mich bestimmt nirgendwo vor!«

Jan hüpft auf die Beine, klatscht in die Hände und zehrt irgendwo in seinem Inneren von so viel positiver Energie, dass ich seinen Kopf gern ins Klo stecken und spülen würde. Der motivierte Idiot zwingt mich bestimmt, trotzdem zu diesem Vincent zu gehen.

Bevor er den nächsten bescheuerten Vorschlag macht, stelle ich etwas klar. »Ich schwöre dir, wenn du mich zwingst, da reinzugehen, trage ich dabei deine Hose! Und du meine!«

»Nicht notwendig! Wir bessern das aus! Ich klaue dem Empfangsdrachen ein paar Sicherheitsnadeln! Und hole deine Jacke! Daraus basteln wir etwas!«

Klar! Basteln! Wie damals, als wir uns eingebildet haben, wir könnten gemeinsam ein Bettgestell aus Europaletten basteln. Können wir nicht. Aber wir können uns mit dem Hammer auf die Finger schlagen.

Jan und ich machen echt nur Scheiß …

Er verschwindet nach draußen und ich bleibe allein in dem schicken Raum zurück. Mich im Spiegel zu mustern, wäre reine Selbstgeißelung, also lasse ich mich ein wenig von den glänzenden dunklen Fliesen inspirieren und hoffe, dass ich daraus ein so grenzgeniales Design-Konzept entwerfen kann, dass sich meine Geldsorgen dadurch in Luft auflösen.

Das mit dem Job hier wird ganz sicher nichts. Ich sehe aus, als hätte ich einen an der Klatsche. Habe ich wohl auch, aber ich ziehe es trotzdem vor, dass meine Klamotten nicht ›verwirrte Trulla‹ schreien. Fehlt nur noch eine Horde maunzende Katzen, die mich begleiten, und ich könnte als geistig debile Person in einem Film durchgehen.

Und ich bin selbst daran schuld. Jan darf man nichts Kreatives machen lassen – es sei denn, er schlägt es einem im Bett vor. In allen anderen Lebenslagen zerhämmert er nur Holzpaletten, malt Penisse in meine Zeichenmappe oder malträtiert meine Klamotten.

Ich lehne mich an die Wand, an der die großen dunkelgrauen Handtücher hängen, und seufze meine Pumps an. Bis jetzt habe ich mir noch keinen Kopf über irgendwelche Alternativen gemacht, aber ich schätze, es gibt sie.

Wenn man einmal so weit ist, diesen Schritt zu gehen, muss es nicht unbedingt die exklusivste, teuerste Agentur im Land sein. Wahrscheinlich tut es auch das Puff in der Innenstadt. Dabei würde ich aber bestimmt nicht annähernd so gut verdienen. Die Klientel ist sicher eine andere. Und die Arbeitsbedingungen auch. Eigentlich sollte es für mich keinen Unterschied machen – Prostitution ist Prostitution –, aber es läuft mir eiskalt den Rücken hinunter, wenn ich diese Alternative überdenke.

Ist es arrogant, sich zu wünschen, ein High-Class-Escort-Girl und keine Straßenstrich-Nutte zu werden? Ich denke, das sind keine Vorurteile, sondern der gesunde Menschenverstand, der sich da zu Wort meldet. Ich will mein Leben nicht kaputtmachen, ich will es reparieren. Mit Geld.

Rein philosophisch betrachtet, klingt das nach falscher Prioritätensetzung, aber ich denke, wir kommen alle mal an einen Punkt in unserem Leben, an dem wir gezwungen sind, den kapitalistischen Idealen dieser Welt hinterher zu hetzen. Manche trifft es unverhoffter und schwerwiegender als andere, aber das sucht man sich nicht aus, also lebt man einfach damit und trifft Entscheidungen, die andere vielleicht nicht nachvollziehen können. Hauptsache, man kann es selbst. Die anderen leben dein Leben nicht. Die anderen können mich mal!

Wow – das ist jetzt aber schnell von vernünftig reflektierend zu infantil bockig gekippt.

Ich bin ein verpeiltes Flittchen, das in kaputten Hosen im Badezimmer einer Escort-Agentur steht – ernsthaft, wie viele intellektuellen Gedankenmonologe erwartest du?

Du überraschst mich trotzdem manchmal, Emma. Ich glaube, du unterschätzt dich.

Ach halt die Klappe und überleg dir was wegen der Hosen-Sache …

Ich will mich automatisch von der Wand abstoßen, als die Tür aufgeht, aber es bleibt bei einem Zucken, weil ich erstarre. Wenn Jan in den letzten Minuten nicht größer, älter und schwarzhaariger geworden ist, tut sich gerade spontan ein Problem auf.

»Ähm …«

»Und dann hat er mich eine geschlagene halbe Stunde mit dem Handy in der Hand zugequatscht und mir Fotos gezeigt! Ich wäre geflüchtet, aber sein massiver Körper hat die Türen verdeckt. Ja, Plural! Da waren zwei Türen und beide wurden von 250 Kilo Mensch verdeckt! Das war wie die Szene aus ›Der Herr der Ringe‹, in der sie in der Höhle sind und Gandalf ruft: ›Du kannst nicht vorbei!‹ Nur haben mich statt einem Zauberer Speckrollen angebrüllt!«

Okay. Was passiert hier gerade?

Ich schwöre, ich will ihm sagen, dass er nicht allein ist, aber er telefoniert und ist so sehr in das Gespräch vertieft, dass ich es irgendwie nicht schaffe, ihn laut genug zu unterbrechen. Der Schwall aus Unbehagen lässt meine Stimme vorsichtig leise klingen. Was irgendwie automatisch passiert, weil man jemanden, der telefoniert, eigentlich nicht unterbricht. Und jemanden, der pinkeln möchte, auch nicht. Gott, ich hoffe, er will nicht pinkeln, sondern nur in Ruhe ›Der Herr der Ringe‹-Anspielungen machen!

»Ähm … entschuldige?«

»Er hat mir lauter Fotos von seinem Hund gezeigt. Du weißt, ich liebe Hunde! Aber er kann noch so oft behaupten, dass das Vieh gern Leberwurst frisst. Hättest du diesen Blick gesehen, wüsstest du, dass der Köter nicht nach Leberwurst, sondern nach Seelen verlangt! Diabolisch …«

Ich weiß nicht, was ich machen soll. Oder doch: Bloß nicht über den Spruch mit dem Höllenhund lachen und die Hand mit dem erhobenen Zeigefinger wieder runternehmen, weil die Zeit, wie ein nervöses Schulmädchen aufzuzeigen, um sich bemerkbar zu machen, abgelaufen ist.

Er klemmt sich das Handy zwischen Ohr und Schulter und greift nach seinem Gürtel. Dass er dabei vor dem Urinal steht, bestätigt meine Befürchtung nur. Klar will er pinkeln! Das ist ein Badezimmer! Und es war unverschlossen – bis er es zugesperrt hat.

Ich weiß nicht, ob es Verhaltensregeln dafür gibt, ein ungebetener Gast während des Toilettengangs eines Fremden zu sein, aber ich stelle mal folgende auf: Wenn man es nicht schafft, sich in der ersten Minute bemerkbar zu machen, und der Typ sein Ding schon in der Hand hat, ist es eindeutig zu spät, um ›Ich bin hier!‹ zu rufen. Dann sollte man die Klappe halten, aufhören, zu atmen, und versuchen, unsichtbar zu werden oder zumindest mit dem Handtuch, das neben einem hängt, zu verschmelzen.

Ich bin Frottee … Ich bin Frottee … Du siehst mich nicht, ich bin ein Handtuch …

Eigentlich hat er mir den Rücken zugewandt, aber durch den Spiegel an der Wand vor ihm könnte er mich grundsätzlich bemerken. Zumindest denke ich das. Wenn ich ihm ins Gesicht schauen kann, ist es nur logisch, dass er es bei mir auch könnte. Er konzentriert sich aber zum Glück auf sein Gespräch.

Wer telefoniert denn beim Pinkeln?! Offensichtlich ein verdammt gut aussehender schwarzhaariger Mann mit einem

Körper, der … Oh mein Gott! Wenn DAS Vincent ist und er lernt mich kennen, während ich ihm beim Strullern zusehe, bin ich mir sicher, dass Jan und ich wirklich auswandern müssen!

Nicht piepsen, Emma!

Nein! Ich bin ein Handtuch!

»Ja, aber was soll ich machen? In drei Wochen ist er wieder weg – dann rollt er den Berg hinunter und wir können wieder Kaffee trinken, ohne uns ein ›Ohhh‹ für den Pudel aus dem Hades abzuringen. Konntest du deine Bewerbung eigentlich rechtzeitig verschicken?«

Ich kneife die Augen zusammen und bin heilfroh, dass er so fixiert auf das Telefonat ist.

Natürlich rechnet er auch nicht damit, dass er das Badezimmer nach Zuschauern durchsuchen muss, das spielt mir auch unheimlich in die Karten.

Er justiert seinen Gürtel und wäscht sich dann brav mit Seife die Hände, alles ohne sich umzusehen. Ich denke, ich komme aus dieser Situation tatsächlich ohne zwischenmenschliches Schockerlebnis raus.

Ach echt? Was denkst du, woran er sich gleich die Hände abtrocknet?

Scheiße! Ich bin ein Handtuch!

Mein Herz pocht so fest, dass ich es in meinen Ohren spüre. Ich bin mir sicher, sie sind knallrot, und ich bin mir sicher, meine Augen sind gerade so groß, als wäre ich einem Manga entsprungen.

Er bemerkt mich nicht, als er sich umdreht. Er bemerkt mich nicht, als er auf die Handtücher zusteuert. Er bemerkt mich nicht, als er die Hände ausstreckt.

»Warte mal. Ich ruf dich zurück. Da steht ein Mädchen mit kaputter Hose, das meinen Penis gesehen hat.«

Jap. Als er angefangen hat, die Hände trocken zu rubbeln, war es so weit. Das rot glühende Ding mit den Manga-Augen hat ihn irritiert.

Er lässt das Handy in der Hosentasche verschwinden und verfinstert den Blick. »Hi«, brummt er mit der tiefen, melodischen Stimme, die beinahe knurrend klingt.

Ich werfe den Ultra-Peinlichkeits-Panik-Modus an. »Entschuldige! Ich hatte nicht abgeschlossen und du hast mich nicht gehört, als du reingekommen bist! Dann wollte ich nichts mehr sagen! Ich habe echt nicht hingesehen! Ich warte hier auf einen Freund! Wegen der Hose! Ich bin zum ersten Mal hier! Und … sei wütend auf mich! Bitte nicht auf Jan, er kann nichts dafür!«

Sinnfreister Vortrag ever, Emma! Von intelligent zu bescheuert in unter zwei Minuten!

Er dreht sich kurz um und sieht mich dann irritiert an. »Was redest du da von einem Jan? Ist noch jemand hier? Wie viele Menschen versteckt Vincent, die einen beim Pinkeln beobachten?!«

»Nein! Ich wollte nur … Ich habe …!«

Probleme damit, sinnvolle Sätze zu bilden …

Moment mal.

»Du bist nicht Vincent?«, frage ich viel zu erleichtert, weil die Situation trotzdem noch ultraschräg ist.

Irgendwie war ich mir sicher, dass er es ist. Ich weiß nicht, wieso.

Er mustert mich, seine strenge Miene wird plötzlich weicher. »Nein. Aber du bist offenbar neu hier. Vorstellungsgespräch?«

Ich nicke so lange, bis mir auffällt, dass ich irgendwann auch wieder damit aufhören sollte. Ich bin unheimlich froh, dass er die Sache mit dem Vor-mir-Pinkeln so cool sieht. Sein Selbstbewusstsein ist wohl aus Stahl.

»Was ist mit deiner Hose passiert?«

»Nagelschere. Ex-Freund.«

»Dein Ex-Freund hat dich mit einer Nagelschere attackiert?«

»Nein! Er wollte mir helfen … weil ich eigentlich ein Kleid tragen sollte. Er arbeitet hier.«

»Und die Nagelschere sollte aus einer Hose ein Kleid machen?«

Hmm. Ja. Wenn jemand anderes es ausspricht, klingt es noch bescheuerter.

Seine Mundwinkel zucken. »Seid ihr bekifft?«, brummt er trotzdem vorwurfsvoll.

»Nein!«

Nur nervositätsbedingt zu spontan. Aber wenn du was dabeihast, meine Nerven sind für jede Schutzschicht dankbar. Er sieht aber nicht wie jemand aus, der ein Päckchen Gras mit sich herumträgt.

Weißes Hemd, Slim-Cut-Jeans, braune Lederschuhe – sehr schick, sehr erwachsen, sehr sexy.

Wieso erzähle ich ihm das eigentlich alles?! Ich habe keine Ahnung, wer er ist und was er hier tut, aber er hat diese schräge, angenehme ›Sag mir ruhig alles‹-Ausstrahlung, gepaart mit dominantem Auftreten, sodass man sich irgendwie auch nicht traut, zu flunkern.

»Du solltest nach Hause gehen, dich umziehen und dir einen anderen Job suchen. Irgendetwas, bei dem es egal ist, ob du ein Kleid trägst oder nicht. Wäre stressfreier, oder?«

Was wird das hier? Ein ›Tu es nicht‹-Gespräch?

Wer ist dieser Mann?! Und wieso hängt er im Bürogebäude einer Escort-Agentur herum?

Ich schüttle den Kopf und versuche, nicht wie ein verzweifeltes, zu junges Mädchen zu wirken, dem man ausreden muss, sich zu verkaufen. Ich bin weder verwirrt noch naiv. Ich weiß, was ich tue, und habe mich bewusst dazu entschieden. Ich muss nicht gerettet werden … von einem Fremden auf dem Klo.

»Ich habe einen Job. Das hier würde mir aber sehr weiterhelfen. Ich will unbedingt hier arbeiten. Aber …« Ich deute auf meine Hose.

Er beäugt die zerfransten Stellen. »Könnte als Grunge-Look durchgehen.«

»Echt?«, erwidere ich hoffnungsvoll, weil er einen Look darin sieht. Tut er aber nicht wirklich – er grinst.

»Nein. Ich wollte nur irgendetwas Aufmunterndes sagen, weil du anscheinend ein nettes schräges Mädchen bist. Bist du sicher, dass du hier sein willst?«

»Ja! Also nicht unbedingt in diesen Hosen, aber ja!«

Er ermuntert mich zu einem weniger nervösen, selbstbewussteren Tonfall. Sein Seufzen verunsichert mich aber wieder ein wenig.

»Na gut. Von mir aus. Ich kämpfe nicht mehr gegen die ›Ich tue, was ich will‹-Windmühlen – habe ich vor Jahren aufgegeben. Tu, was du nicht lassen kannst, aber pass auf dich auf.«

»Danke?«

Schräges Gespräch. Wirklich schräges Gespräch!

»Geh so bloß nicht zu Vincent. Warte hier. Ich schicke dir jemanden, der dir hilft«, kündigt er an, seufzt noch mal und wendet sich ab.

Kurz bevor er das Badezimmer verlässt, hält er plötzlich inne und dreht sich zu mir um. Sein selbstbewusster, etwas strenger Blick wirkt plötzlich schockiert.

»Sag mal … waren die letzten beiden Sätze, die ich vorhin am Telefon rausgehauen habe, tatsächlich ›Ich ruf dich zurück. Da steht ein Mädchen mit kaputter Hose, das meinen Penis gesehen hat‹?«

Ich nicke.

Er verzieht leidend die Miene. »Herrlich! Jetzt ist sie garantiert sauer! Es stimmt: Ich bin total anstrengend, wenn ich sage, was ich denke, bevor ich höre, was ich denke! Ich hasse es, wenn sie recht hat …«

Er knurrt noch etwas vor sich hin, aber im Gang, nachdem er die Tür geschlossen hat.

Okay. Ich weiß nicht genau, was gerade passiert ist, aber ich weiß, dass ich sofort diese Badezimmertür abschließen werde!

Gute Entscheidung – kaum dreißig Sekunden später drückt schon jemand die Türklinke nach unten.

DIE GUTE FEE

Emma?!«

Das ist Jan. Ich schließe ihm auf und spähe in den Gang, weil ich wissen will, ob der schwarzhaarige Typ noch in der Nähe ist.

»Hast du ihn gesehen?«, frage ich, während Jan sich mit meiner Jacke in der Hand an mir vorbeidrängt.

»Wen habe ich gesehen?«

»Schöner Mann. Schwarze Haare. Hammer Ausstrahlung, etwas schrullig – wahrscheinlich ein Handy am Ohr.«

»Er hatte zwar kein Handy am Ohr, aber ja, geiler Typ am Gang. Wieso? Wer war das?«

Ich überdrehe die Augen. »Du arbeitest hier! Das wollte ich eigentlich dich fragen!«

Jan legt meine Jacke am Badezimmerschrank ab und zuckt mit den Schultern. »Hab ihn noch nie gesehen. Ich kenne aber auch nicht jeden. Vielleicht einer von den älteren, superelitären Escorts, die sich kaum blicken lassen? Oder ein Kunde? Hoffentlich schwul!«

Nein, ich denke nicht, dass er schwul ist. Ich denke eher, dass er gerade Probleme mit seiner Freundin hat und versucht, ihr die Sache mit dem Mädchen, das seinen Penis gesehen hat, zu erklären.

»Okay. Ich habe folgende Idee! Wenn wir aus deinem Mantel eine Art Rock machen können …«

»Nein!«, unterbreche ich Jan, bevor er seine Bastelanleitung runterlabern kann. »Du hast echt zu viel ›Art Attack‹ gesehen, als du noch klein warst! Wir hören jetzt auf, alles zu zerschneiden! Es ist schon schlimm genug! Ich brauche zumindest irgendetwas, das halbwegs nach Klamotten aussieht und nicht, als ob es in einem explodierenden Schrank gehangen hätte!«

»Aber …!«

»Jan!«

»Doch!«

»Nein!«

Das geht jetzt eine ganze Weile so weiter. Mit Beschimpfungen, weil der andere schließlich ein Idiot ist.

Ich hüpfe davon und schlage seine Hände weg, während er versucht, an meiner Hose zu zerren. Andere Menschen bezahlen eine Stange Geld, damit Jan an ihnen herumfummelt, ich spritze ihn gleich mit dem Duschschlauch ab!

Wir stoppen die Rangelei und das Rufen der wenig schmeichelhaften Kosenamen, als die Tür aufspringt.

Nein – wieder nicht abgeschlossen. Wir waren beide scheinbar noch nie in einem Badezimmer.

»Gut. Wer braucht hier Hilfe, weil er total bescheuerte Klamotten anhat?«

Wir starren beide auf die hübsche Frau im dunkelblauen Kleid, die auf total abgefahrenen silbernen Stilettos im Türrahmen steht.

Ach stimmt ja. Der mysteriöse Typ wollte Hilfe schicken. Hat er anscheinend auch. Und er hat meine Klamotten ›bescheuert‹ genannt – wie unhöflich. Und wahr.

Jan fängt sich schneller als ich, weil er nicht ganz so überrascht scheint – zumindest nicht, was die Identität der dunkelhaarigen Frau betrifft.

»Claire! Tina hat gesagt, dass du hier bist, aber ich konnte dich nicht finden!«

»Ich war bei Victor und wollte eigentlich gerade zur Tür raus«, erklärt sie, verschließt das Badezimmer – sie war schon mal in einem – und macht ein paar Schritte auf uns zu.

Sie ist sicher älter als ich, aber trotzdem jung und verteufelt sexy, nicht nur wegen des hautengen kurzen Kleides. Da schwebt diese einnehmende Aura um sie herum. Ich bin mir sicher, kaum ein Mann würde sie von der Bettkante stoßen.

»Emma hat gleich ein Vorstellungsgespräch bei Vincent. Und sie hatte Hosen an! Ich wollte daraus Hotpants machen. Ging daneben. Sie braucht den Job aber dringend!«

Jan legt denselben Hang zu kurzen, informationsgeladenen Sätzen an den Tag wie ich, wenn er hibbelig ist.

Sie macht eine stoppende Geste mit der Hand, bevor er noch mehr ins Detail geht. Ist mir auch lieber. Ich denke, er war gerade dabei, zu erklären, dass mein Vater ein Arschloch ist.

»Hi, ich bin Claire«, stellt sie sich vor und lächelt mich an. Von meiner Nervosität lässt sie sich nicht anstecken, obwohl ich sicher damit um mich schlage.

»Ich heiße Emma. Freut mich. Entschuldige, dass …« Dass du hier sein musst, weil meine Hose kaputt ist? Wie wollte ich den Satz denn bitte beenden?!

Sie winkt zum Glück ab, mustert mich kurz und stemmt dann eine Hand an die perfekt gerundete Hüfte. »Schon gut. Kein Grund, die Nerven wegzuschmeißen. Wir kriegen das hin. Zieh die Hose aus.«

Ich starre sie verunsichert an, weil ich nicht weiß, was sie vorhat.

Claire zwinkert. »Soll ich anfangen? Steigst du dann leichter ein, Süße?«

Als sie nach ihrem Reißverschluss greift und beginnt, sich auszuziehen, setzt mein Gehirn kurz aus.

Was wird das? Habt ihr so was wie ein Aufnahmeritual, bei dem man es mit einem Fremden auf dem Klo treiben muss, bevor man zur Clique gehört? Falls ja, kannst du den Typen von vorhin bitte wieder reinschicken? Ich habe noch nie mit einer Frau geschlafen!

Rat suchend zu Jan zu schauen, bringt übrigens so viel, wie einen Frosch anzustarren und auf eine Wetterprognose zu hoffen: nichts. In seiner Gedankenblase ploppen nur zwei Prinzessinnen-Emojis und ein sabberndes Smiley auf. Danke. Du bist mir eine große Hilfe, sobald du geil wirst, du Muschi-Entzugs-Opfer!

»Ich bin zwar etwas größer als du, aber es müsste dir trotzdem passen.«

Jetzt macht es klick. Ich fange hektisch an, mich auszuziehen, weil ich endlich verstehe, dass Claire mir ihr Kleid geben will. Echt jetzt?! Hammer!

»Das ist so nett von dir! Wirklich! Du kennst mich doch gar nicht. Du bist …« Ich will ›superlieb‹ sagen, aber es würde ›ultrascharf‹ rauskommen, wenn ich weiterspreche.

Als sie sich das Kleid von der Haut streift, bleibt mir selbst als vollkommen heterosexuelle Frau die Luft weg. Ihr Körper ist bombastisch. Die Proportionen, die definierten Linien – außerdem verströmt sie einen unheimlich betörenden Duft.

Ja, genau so sehen sündhaft teure Escorts aus.

Das wäre ein sehr angemessener Zeitpunkt, um Komplexe zu bekommen, aber eines der guten Dinge, die ein verpeiltes Chaos-Flittchen zu sein mit sich bringt, ist, dass mir das Eifersuchts-Gen fehlt. Schon immer. Eine andere Frau sieht klasse aus und zieht alle Blicke auf sich? Cool. Eine andere bekommt den Typen, auf den ich scharf war? Who cares? Es gibt so viele Männer auf der Welt.

Es kann durchaus sein, dass etwas mit mir nicht stimmt und diese negativen Gefühle normaler wären, aber im Moment bin ich froh, dass ich ausschließlich dankbar für Claires Anwesenheit sein kann. Man könnte ihr aber selbst als missgönnendes, eifersüchtiges Biest nicht mit negativen Gefühlen begegnen. Was sie hier so spontan für mich tut, nur weil sie gehört hat, dass ich Hilfe brauche, ist einfach zu großherzig.

»Du rettest mir wirklich das Leben! Ich brauche diesen Job. Und ich passe gut auf dein Kleid auf – du bekommst es sofort zurück, sobald das Gespräch vorbei ist!«

Sie schmunzelt nur und streckt mir auffordernd ihre Hand hin, als ich aus den provisorischen Hotpants steige. »Schon gut. Behalt das Kleid. Ich fahre nur nach Hause, da ist es egal, wie ich aussehe.«

»Aber …« Ich mustere das zerstörte Stück Stoff mit schuldbewusstem Blick und sehe dann auf das Kleid, das sie in der anderen Hand hält. Ich bin mir sicher, es sieht nicht nur teuer aus.

Will sie wirklich Klamotten tauschen? Einfach so?

Ja, sie will. Claire nimmt mir die Hose aus der Hand, legt sie mit dem Kleid auf den kleinen Beistelltisch und kommt näher.

»Mach die Haare auf, die sind unheimlich schön. Ist das deine Naturfarbe?«

Sie greift nach meinem Dutt. Dass ich dabei auf ihr Dekolleté schiele, kann ich nicht verhindern. Es ist aber auch wirklich hypnotisierend perfekt. Sie trägt schwarze Spitzenunterwäsche, die meiner ähnelt, nur bin ich mir sicher, dass sie sie nicht bei H&M gekauft hat.

»Ich habe die Haare nur als Teenager gefärbt. Grufti-Phase …«, beantworte ich ihre Frage.

Sie grinst, während sie meine Frisur ordnet. »Mach das bloß nie wieder. Die Farbe ist genial. Ein extrem ungewöhnliches Rot – Kupfer. Und so glänzend.«

Im Gegensatz zu meinen Haaren werden meine Wangen karminrot. »Danke …«

Ihr Blick schweift von meinem Kopf zu meinem Körper. »Zieh mal den BH aus.«

»BH?«

Ja, sehr eloquent, ich weiß. Aber diese schöne, halb nackte Frau, die will, dass ich mich weiter ausziehe, bringt mich ein wenig aus dem Konzept.

»Gepolsterter Push-up«, stellt sie wissend fest. »Sieht unter dem Kleid bescheuert aus und Vincent kann ausgestopfte BHs nicht leiden.«

Ich nicke einsichtig und dankbar für die Info und greife nach hinten, um die Haken zu lösen.

Dass ich mich ausziehen muss, kommt nicht wirklich überraschend. Ich war gedanklich schon darauf vorbereitet, als ich mich entschlossen habe, hierherzufahren. Hätte ich jetzt ein Problem damit, wäre ich definitiv am falschen Ort.

Ich nehme die Hände runter und lasse mich mustern. Claire macht das mit so koketter, aber freundlicher Miene, dass ich mich kein Stück unwohl fühle.

Ich denke, ich bin nicht die einzige Frau, der das Bitch-Gen fehlt, wenn es um andere Frauen geht. Claire hat eine unheimlich lockere, hilfsbereite Ausstrahlung.

»Dachte ich mir! Wahnsinnsbusen! Schmeiß alle gepolsterten BHs weg. Absolut unnötig. Männer stehen auf wenig Stoff und alles, was sich natürlich anfühlt, wenn sie dir unters Kleid fummeln.«

»Soll ich gar keinen BH unter dem Kleid tragen?«, frage ich, weil ich natürlich keinen anderen dabeihabe.

»Nein. Das Kleid drückt sie automatisch hoch, aber nicht mal das hättest du nötig. Sag mal, sind die echt?«

Noch während sie diese Frage stellt, legt sie die Hände auf meine Brüste und ertastet die Antwort.

»Ja! Wahnsinn! Meine haben 20.000 Franken gekostet, um so symmetrisch und voll auszusehen wie deine.«

Ich schmunzle verlegen vor mich hin. Wenn dir ein Mann sagt, dass deine Brüste scharf sind, ist das, als ob dir ein Labrador versichert, dass sein Leckerchen schmeckt. Klar, du würdest auch alles für dein Leckerchen tun, oder?

Von einer Frau ist das Kompliment aber etwas Besonderes.

Claire macht wieder einen Schritt zurück und reicht mir das Kleid. Während ich hineinschlüpfe, höre ich sie schnauben.

»Sag mir jetzt nicht, dass dich das scharfgemacht hat«, tönt sie mit amüsierter, aber überraschend strenger Stimme. Das geht nicht an mich, sondern an Jan, der die ganze Zeit mit halb geschlossenen glänzenden Augen geschmachtet hat.

Er lacht dunkel. »Natürlich nicht! Wenn meine heiße Ex-Freundin von meiner scharfen Kollegin befummelt wird, lässt das nur ganz asexuelle Gefühle in mir hochsteigen«, entgegnet er in gewohnt kokettem Tonfall.

So kenne ich ihn. Die Nervosität lässt von ihm ab. Wirklich raten würde ich ihm nicht dazu – bisher haben wir nur das Klamottenproblem gelöst, nicht das ›Emma labert vor Vincent Scheiße‹-Problem, mit dem wir vielleicht konfrontiert werden.

»Du vögelst professionell und viel – da sollten dich zwei Frauen beim Umziehen eigentlich kaltlassen«, neckt Claire Jan weiter, der eine Hand um ihre Hüfte schlingt, als sie so provokativ dicht vor ihm stehen bleibt.

»Macht Victor keine Selbstbeherrschungsproben mehr bei den männlichen Escorts? Zu meiner Zeit wurden keine Jungs eingestellt, denen schon beim Anblick nackter Körper einer abging.«

»Ich bin ganz cool, Baby. Immer.«

Sogar ich weiß, dass er lügt und scharf ist. Obwohl es nicht meine Hand ist, die sich gerade so abrupt auf seinen Schritt legt. Jan zuckt kurz zusammen und fängt dann an zu brummen. Teils amüsiert, teils erregt.

»Was denn nun, mein Hübscher? Hart oder nicht hart? Entscheide dich mal. Halb durch macht nur für Pasta Sinn.«

Ich lache über Claires Spruch. Mit dieser Art von Humor komme ich klar. Ich mag schmutzige Witze. Hier wird sich dabei nur mehr angefasst, als ich es gewohnt bin.

»Sag ein Wort und ich bleibe so lange hart, wie du willst«, bietet Jan selbstbewusst an.

Klar, er muss ja auch ein wenig übertreiben – Werbelügen gibt es wohl in jeder Branche.

Claire lacht mit klarer, melodischer Stimme. »Lass gut sein, Süßer. Ein anderes Mal. Da draußen wartet eine Mitfahrgelegenheit auf mich.«

Die Absage enttäuscht ihn – aber nur kurz, dann wird ihm bewusst, dass er eigentlich keine Zeit für hammer Sex mit seiner bestimmt sehr erfolgreichen Kollegin hat.

Nachdem Claire ihren heißen Körper von ihm wegbewegt, blinzelt Jan zu mir rüber. Ich steige gerade wieder in meine Pumps und erwarte das Urteil der Fashion-Polizei.

Das Kleid fühlt sich angenehm auf der Haut an und es passt auch wie angegossen. Dass ich es tatsächlich behalten darf, kann ich kaum fassen. Es bekommt definitiv einen Ehrenplatz in meinem Schrank. Und ich muss mir unbedingt ein Dankeschön für Claire überlegen – hoffentlich sehe ich sie heute nicht zum letzten Mal.

»Superscharf!«, beflügelt Jan mein Selbstbewusstsein und lässt seinen Blick über meinen Körper schweifen. »Aber die Hotpants sahen auch nicht so schlecht aus!«

Der letzte Satz kommt ihm nur ohne Ironie über die Lippen, weil Claire gerade in die kaputte Hose gestiegen ist und etwas macht, für das ich und Jan schlichtweg zu blöd waren: den abgeschnittenen Rand nach innen umklappen. Das versteckt das Basteldesaster und lässt das Outfit weniger nach ›Walking Dead‹-Statisten-Kostüm aussehen. Außerdem sind Claires Beine doppelt so lang und doppelt so gebräunt wie meine – das hilft auch.

»Du siehst klasse aus – das Blau schmeichelt dir viel mehr als mir. Es gibt keinen Grund mehr, nervös zu sein«, versichert sie mir und adjustiert ihre perfekten Brüste in meinem Zehn-Franken-Top. »Vinc wirkt auf die meisten erst mal einschüchternd, aber ich versichere dir: Er hat noch niemanden aufgefressen, also keine Angst.« Sie zwinkert und klatscht dann in die Hände. »So, ich muss los. Sonst fährt meine Mitfahrgelegenheit ohne mich. Er wartet nicht gern – und er ist im Moment etwas verpeilt, also könnte es sein, dass er vergisst, dass er auf mich warten soll, weil er am Telefon hängt.«

Was Claire sagt, erinnert mich daran, dass die gute Fee nur aufgetaucht ist, weil mein Pinkel-Stalking-Opfer sie geschickt hat. Total schräges Märchen, aber bitte.

»Vielen, vielen Dank! Ich weiß nicht, wie ich mich bei dir revanchieren kann, aber falls wir uns wiedersehen …«

»Schon gut, Emma. Wenn das Leben uns schon den abgefuckt steinigen Weg zumutet, sollten wir uns zumindest auf der Reise die Hand reichen«, entgegnet sie. »Ich weiß, wie sich das alles am Anfang anfühlt. Aber es wird einfacher, versprochen.«

Ihre Worte berühren mich. Claire kann gar nicht von der Sache mit meinem Vater und der Rechnung für Kevins Schule wissen. Und ich kenne ihre Geschichte nicht. Trotzdem ist da diese Verbindung.

»Viel Glück. Ich bin sicher, wir sehen uns bald wieder – spätestens an Vincents Geburtstag. Riesige Agentur-Sause.«

Ihre Zuversicht tut gut. Gegen die Nervosität, die jedes Mal in mir aufsteigt, wenn ich den Namen ›Vincent‹ höre, gibt es aber kein Heilmittel.

Jan bedankt sich auch bei Claire für das spontane Auftauchen. Als sie schon in der offenen Tür steht, muss ich noch etwas loswerden.

»Kannst du … ihm Danke von mir ausrichten, weil er dich geschickt hat? Und eine Entschuldigung für das Zusehen beim Pinkeln?«

Claire weiß, wen und was ich meine. Sie lacht. Jan ist verwirrt.

»Wem hast du denn bitte beim Pinkeln zugesehen?!«, fragt er irritiert, weil ich den Teil der Geschehnisse vorhin ausgelassen habe.

Claire zwinkert. »Ich sag's Remo. Und keine Angst, ihm sind schon schrägere Dinge passiert.«

RUHIG BLEIBEN

Ich fasse nicht, dass du einem fremden Mann beim Pinkeln zugesehen hast …«, murmelt Jan leise vor sich hin und wippt nervös mit dem Fuß. »Das hätte Vincent sein können! Oder Victor! Das hätte in einer Katastrophe enden können! Die sehen es tausendprozentig nicht so cool, wenn sie in ihrer Privatsphäre gestört werden!«

»Mhm …«

»Dass du an einen Kumpel von Claire geraten bist, war reines Glück!«

»Hmm …«

»Bist du sicher, dass er nicht schwul ist? Der war hammerscharf. Von hinten. Ich hab ihn nur kurz gesehen …«

»Mm, mm.«

Jan plappert vor sich hin und erwartet gar keine wirkliche Antwort, weil er gerade nur gegen seine Anspannung anredet. Wir sitzen in dem kleinen, hellen Wartebereich und das Vorstellungsgespräch kann jede Minute beginnen.

Claire hat mit ihrem Verschwinden auch diese ›Alles wird gut‹-Ausstrahlung mitgenommen. Die Nervosität greift wieder um sich, aber ich muss trotzdem den verdammten Fragebogen ausfüllen. Und ich muss mich konzentrieren, weil ich dazu neige, bescheuerte Antworten zu geben, sobald ich die Nerven wegschmeiße. Während ich schreibe, speise ich Jan mit Summgeräuschen ab.

Name: Emma Elisabeth Reichalt

Nein, der mittlere Name muss wieder weg! Das liest sich, als wäre ich jemand, der 1980 ein Sachbuch über Gartenpflege veröffentlicht hätte. Danke, Mama!

Alter: 21

Scheiße. Ich vergesse immer, dass ich schon 22 bin. Dieser Geburtstag ist an mir vorbeigegangen …

Durchstreichen.

»Claire ist unheimlich heiß. Und nett. Als ich neu war, hat sie mir auch geholfen.«

»Mhm …«

Größe: 163 m

»Ich würde echt gern mal mit ihr vögeln.«

Gewicht: 52 kg

Oder 50, weil ich seit ein paar Tagen auf einer unfreiwilligen Reis-Diät bin, seit ich all mein Geld für diesen Monat an diesem geschichtsträchtigen Abend in Situations-Bewältigungs-Cocktails investiert habe. Sehr schlau …

Ich bleibe bei 52 – alles andere klingt vielleicht unweiblich, zumindest für meine Größe. Zum Glück haben mich meine Brüste nie im Stich gelassen …

»Ich glaube aber, sie hat einen Freund. Trotz des Jobs. Vielleicht der Typ, der mit ihr hier war?«

Nein. Er ist nicht Claires Freund. Er hängt mit seiner Freundin am Telefon, wahrscheinlich noch immer.

Berufserfahrung: …

Was jetzt? Vögel-technisch? Was schreibt man denn in dieses Feld?! 21 Männer? Oder 20 – ich bin mir nicht sicher. Wann ist es Sex und wann nur heftiges Fummeln? Oder zählt für das Feld nur bezahlter Sex? Ich war mal mit einem Typen zusammen, der mir sein Grafik-Tablet geschenkt hat. Nur kurz. Aber hauptsächlich aus Schuldgefühlen.

Zählt das?! War ich damals schon eine Nutte oder nur ein grenzdebil gutmütiger Idiot mit einem schlechten Gewissen?

»Ich bin mir sicher, sie ist hammergut im Bett! Die anderen erzählen sich, dass sie Vincents Liebling ist. Sie macht das auch schon ziemlich lange und …«

»Jan! Ich liebe dich, aber halt die Fresse! Ich muss nachdenken, ob ich schon an der Fachhochschule Nuttentendenzen gezeigt habe!«

Ich brülle das nicht, ich fauche es nur – möglichst leise, damit uns niemand hört. Der kleine Bereich und der Gang sind zwar leer, aber man weiß nie.

»Gib mal her!«

Jan nimmt mir den Zettel ab und beginnt zu lesen.

»Sag mal, weißt du nicht, wie du heißt?! Wieso streichst du denn deinen Namen durch?!«

»Nur den zweiten Namen! Das sah so bescheuert aus!«

»Und du bist 163 Meter groß?! Das bezweifle ich!«

Er reißt mir den Stift aus der Hand und setzt das fehlende Komma nach der 1.

Mann, ich bin wirklich ein Idiot …

»Ich leide unter Prüfungsangst …«, gestehe ich kleinlaut.

»Das sind doch keine Wissensfragen. Reiß dich zusammen, Emma! Du bist unheimlich intelligent und eloquent – aber wenn du das hinter Dämlichkeit versteckst, haben wir ein Problem!«

Er hat recht. Also nicht mit dem unheimlich intelligent und eloquent, aber ich bin eigentlich kein Dummchen. Ich kann allerdings hervorragend so tun als ob – unfreiwillig. Jeder geht anders mit Nervosität um. Jan plappert von Sexfantasien mit scharfen Frauen und ich beantworte die Frage nach meinem Geburtsdatum mit Rot.

»Bleib einfach ruhig, Emma. Vincent ist cool, du wirst sehen«, versichert er.

Als die Tür neben uns aufgeht, zucken wir beide zusammen. Die Frau vom Empfang macht eine auffordernde Handbewegung. »Ihr könnt jetzt reingehen.«

Ich springe auf, Jan tut es mir gleich.

»Warte mal, Tina!«, ruft er ihr hinterher, weil sie schon wieder verschwinden will. »Wir? Ich auch?«

Sie nickt. »Ja. Vincent will euch beide sehen.«

Jan starrt mich genauso irritiert an wie ich ihn. Mir war nicht klar, dass wir da zusammen reingehen würden, aber ich freue mich darüber. Zumindest so lange, bis mir auffällt, dass sich in seinem Gesicht keine Erleichterung spiegelt.

»Willst du nicht mit rein?«, flüstere ich, weil er gerade so aussieht, als hätte er herausgefunden, dass er auch eine Wurzelbehandlung bekommt, obwohl er mich nur zum Zahnarzt gefahren hat.

Jan schüttelt den Kopf. Nicht verneinend, schneller, so als wollte er seine Nervosität abschütteln. »Doch. Schon gut. Ich wusste nur nicht, dass er noch mal mit mir sprechen will …«

Mich beschleicht das Gefühl, dass Jan ein wenig Schiss hat.

Von wegen ›bleib ganz ruhig‹. Bleib selbst ruhig!

Ich folge ihm in den Gang. Er weiß, wohin wir müssen. Zu der großen, weiß glänzenden Tür, neben der ein silbernes Schild hängt.

›Vincent Christensen‹

Das ist nicht fair. Manche Menschen bekommen so coole Namen ab wie Vincent Christensen und andere schlagen sich als

Hans-Peter Sackbauer durchs Leben. Ich gehöre zur zweiten Fraktion, deshalb fällt es mir auch auf, wenn jemand besonders cool oder sexy klingt.

Vielleicht hat er sich aber auch nur ein Pseudonym zugelegt. Ist das in der Szene üblich? Bestimmt, oder?

Jan übernimmt die Sache mit dem Klopfen, schließlich ist er deutlich entspannter als ich. Er weiß, was ihn gleich erwartet. Auch wenn er irgendwie nicht so aussieht.

Schwitzt du?

Wir lauschen beide angestrengt und warten auf ein ›Herein‹ oder dergleichen. Einfach die Tür aufmachen dürfen wir wohl nicht.

Ich fühle mich plötzlich, als hätte ich einen Termin bei meinem Schuldirektor. Mann, bin ich da ungern reingegangen. Der Typ war aber auch eine missgelaunte Mumie.

»Ja«, tönt es von der anderen Seite.

Ich versuche herauszuhören, ob er genervt geklungen hat, aber vielleicht hat seine Stimme von Natur aus diesen dunklen Ton.

Jan öffnet vorsichtig die Tür und ich erhasche einen ersten Blick auf das Büro, das ich mir irgendwie düsterer vorgestellt hatte. Keine dunklen Möbel, keine schweren Vorhänge oder eine Venus-Statue als Blickfang – ja, ich weiß auch nicht, wieso ich das erwartet habe. Das ganze Gebäude ist unheimlich modern und schick designt. Aber das Büro des Chefs einer Escort-Agentur hätte trotzdem ein Klischee bedienen können. Tut es nicht. Der Raum ist durch die hohe Fensterfront lichtdurchflutet. Die Wände sind weiß, sein Schreibtisch ist aus Glas, mit silbernen Beinen. Und Vincent selbst …

Wieso bleibst du denn so plötzlich stehen?!

Ich knalle gegen Jan, als er entgegen meiner Erwartung keinen Schritt nach vorn macht, sondern die Bremse zieht. Nachdem er eine entschuldigende Geste mit der Hand gemacht hat, spähe ich an ihm vorbei.

Der Mann hinter dem Schreibtisch telefoniert. Er sieht nur kurz und beiläufig zu uns und macht dann eine auffordernde Kopfbewegung. Wir sollen trotzdem reinkommen.

Jan geht wieder los und ich folge ihm zu den beiden silbernen Stühlen, die vor dem stylischen Schreibtisch stehen. Die Glasplatte hat unzählige Risse, aber die zersprungene Optik ist Absicht und trifft meinen Geschmack.

Wir setzen uns erst, als Vincent mit dem Finger auf die Glasplatte tippt und auffordernd eine Braue nach oben zieht.

Während ich mich auf dem Stuhl niederlasse, beginne ich, den Mann, der uns gegenüber so salopp nach hinten gelehnt dasitzt, zu mustern.

Jared Leto ist mit einem ziemlich scharfen Vampir fusioniert – das Ergebnis leitet jetzt eine Escort-Agentur in der Schweiz.

Ich weiß nicht, ob ich überrascht bin oder mich in meiner utopischen, fiktionsverseuchten Erwartungshaltung bestätigt fühle. Beides.

Ganz ehrlich: Vincent klang scharf. In meiner Vorstellung war er aber ein verschlagener Dwayne-Johnson-Verschnitt in einem italienischen Anzug. Damit lag ich zwar meilenweit daneben, aber dass er trotzdem so attraktiv ist, als wäre er für die Rolle des Agentur-Bosses für einen Film über scharfe Menschen, die illegale Dinge tun, gecastet worden, entspricht dem Kern meines Wunschdenkens.

Hätte ich realitätsnaher spekuliert, hätte ich mit einem älteren, schmierigen Dickwanst gerechnet, der Samthosen trägt und sechs Tage die Woche im Solarium liegt.

UV-Strahlung ist aber offenbar so gar nicht Vincents Fall. Der auffallend helle Hautton steht in Kontrast zu den tiefschwarzen Haaren und den dunklen Augen.

Er trägt ein schwarzes Hemd und eine dunkelgraue Hose. Seine Statur wirkt schlank, aber er versteckt mit ziemlicher Sicherheit Muskeln unter dem Stoff. Darauf lässt zumindest sein Unterarm schließen, der auf dem Tisch liegt: sehnig, tätowiert und mit Lederbändern geschmückt. Er trägt einen silbernen Ring, allerdings an der linken Hand.

Die schlanken Finger klopfen langsam auf die Glasplatte. Eine hypnotisierende Bewegung, auch weil sein Unterarm sehr sexy aussieht. Mir war nicht klar, dass dieser Körperteil so viel Anziehungskraft ausstrahlen kann.

Er hat das Hemd nur bis zum Ellbogen hochgekrempelt, trotzdem starre ich wie gebannt auf dieses sehnige, mit Tinte verzierte Kunstwerk.

Ich mag Tattoos. Vor allem wenn sie so gut gemacht sind. Die schwarzen Federn sind detailverliebt und sehr realistisch gehalten. Düster, cool, ein Hauch von Gothic-Chic. Ich würde liebend gern ein Foto von seinem Arm schießen. Daraus könnte man ein hammer Cover entwerfen.

»Nein. Sie schicken ihn Dienstagnachmittag. Ich bin mir sicher, das lässt sich für Sie einrichten. Falls nicht, könnten wir ein Problem bekommen, für das wir beide keine Zeit haben, also ersparen Sie uns leidige Momente der Schadensbegrenzung und fixieren Sie Dienstagnachmittag.«

Schon das erste ›Nein‹ hat mich aus meiner Bewunderungs-Trance gerissen und mich in Schockstarre versetzt. Seine Stimme hat einen so tiefen, dunklen Ton, dass sie wahrscheinlich selbst dann einschüchternd klingt, wenn er das ›Calimero‹-Intro aufsagen würde.

Es ist aber nicht nur seine Stimme, sondern auch dieser Tonfall und seine Wortwahl. Höflich, bestimmend, so einschüchternd kalt, dass ich mir den Termin am Dienstagnachmittag auch freihalten werde.

Mir wird wieder bewusst, dass ich nicht hier bin, um seinen Unterarm anzuschmachten und ihn um ein Foto zu bitten, sondern um einen Job.

Ist es zu spät, um jetzt zu kneifen?

Vincent beendet das Telefonat ohne ein ›Danke‹ oder ein ›Auf Wiederhören‹. Er legt das Handy auf den Tisch, dreht den Stuhl gerade und stützt das angehobene Kinn zwischen Zeige- und Mittelfinger ab.

Dieses Gesicht ist beeindruckend: beeindruckend schön und beeindruckend einschüchternd.

»Entschuldigt. Mein Modem muss ausgetauscht werden«, erklärt er das Telefonat und rollt leidig mit den dunklen Augen.

Ich starre ihn bestimmt wie eine Eule an. Ich hatte vermutet, dass es um irgendeinen wichtigen Geschäftstermin geht, bei dem viel auf dem Spiel steht. Aber er lässt seinen Internetanbieter nur wegen eines neuen Modems erzittern.

Zu seiner Verteidigung: Die brauchen auch immer verteufelt lange, um einen Techniker zu schicken.

Wenn ich vom Stuhl falle, liegt es übrigens daran, dass ich Angst habe, zu laut zu atmen, und deshalb vorerst ganz damit aufgehört habe.

Vincent mustert mich kurz, aber so auffallend beiläufig, als wäre ich absolut nicht sein Typ. So sieht man jemanden an, bei dem man auf die Frage nach einem Date mit ›Ich kann leider nicht, ich wandere morgen aus‹ antwortet. Obwohl ich denke, dass er kein Mensch ist, der mit lächerlich eindeutigen ›Ich will dich nicht verletzen‹-Lügen um sich wirft, wenn er jemanden abserviert.

Ich bin gerade mal drei Minuten in diesem Büro und glaube, das Gespräch ist schon gelaufen. Jetzt weiß ich, wie sich die Kandidaten bei ›DSDS‹ fühlen, kurz bevor Dieter Bohlen mit der Schimpftirade loslegt.

»Danke noch mal, dass du dir Zeit für Emma nimmst. Ich weiß, ihr habt im Moment viel zu tun«, versichert Jan.

Ich habe beinahe vergessen, dass er neben mir sitzt.

Gott sei Dank ist er hier! Kaum sehe ich ihn an, werde ich etwas ruhiger und kann wieder Luft holen.

Vincent neigt den Kopf leicht zur Seite und konzentriert sich auf Jan. »Gab es bei der Doppelbuchung am Samstag irgendwelche Probleme?«, fragt die dunkelste Stimme der Welt, ohne irgendeine Emotion durchklingen zu lassen.

Keine Ahnung, ob er sauer, froh oder einfach nur neugierig ist. Was ich aber deutlich sehen kann, ist, dass Jan die Nerven wegschmeißt. Er rutscht auf dem Stuhl herum, merkt selbst, dass er zappelt, und hält dann übertrieben still.

»Nein. Nein, keine Probleme. Ich denke, der Kunde war sehr zufrieden. Mit mir … und … Maik.«

Vincent reagiert nicht, er sieht Jan nur weiter an. Er verbrennt gerade neben mir. In so gleißenden Flammen des Unbehagens, dass ich auch jeden Moment Feuer fange, obwohl ich nicht mal weiß, worum es hier geht.

»Keine Probleme«, wiederholt Vincent nach einer gefühlten Ewigkeit, aber kurz bevor von Jan nur noch ein Häufchen Asche übrig ist.

Er sagt das so ruhig, aber betont, dass ich Gänsehaut bekomme. Mir wird klar, dass Jan irgendetwas verschweigt. Aber er macht den Mund nicht auf, weicht nur dem starken, durchdringenden Blick aus.

Es macht plötzlich Sinn, dass er nervös wurde, als er gehört hat, dass Vincent ihn auch sprechen will. Da war doch irgendetwas. Am Samstag. Bei dieser Doppelbuchung.

Vincent gibt ihm noch ein wenig Zeit, von sich aus mit der Sprache rauszurücken. Als Jan weiter schweigt, seufzt der schwarzhaarige Mann, lehnt sich in seinen Stuhl und richtet den Blick auf die Fensterfront. Im Profil sieht er wahnsinnig gut aus. Und wahnsinnig streng.

»Mir ist bewusst, dass ihr euch manchmal aus einem Loyalitätsgedanken heraus gegenseitig deckt«, setzt er an und spricht so langsam, dass er beinahe gelangweilt von seinen eigenen Worten wirkt. Gefährliche Langeweile. Furchteinflößende Langeweile.

Jetzt hat Jan übrigens aufgehört zu atmen. Er starrt auf Vincent und lauscht den langsamen Worten.

»Ich habe nichts dagegen, wenn ihr euch ein gewisses Maß an Gemeinschaftsgefühl und Gruppendynamik aufbaut. Aber zu denken, ich würde nichts davon erfahren, nur weil ihr euch verschwörerisch zuzwinkert und euch irgendwelche Versprechen abringt, ist lächerlich naiv. Nur weil ich zu gewissen Dingen nichts sage, heißt das nicht, dass ich nichts davon weiß.« Er sieht wieder zu Jan. »Nichts, was in der Agentur passiert, entgeht mir. Wenn ich schweige, schweige ich bewusst. Und wenn du schweigst, solltest du das auch bewusst tun.«

Jans Blick wird grenzenlos schuldbewusst. Er hadert mit sich. Ich denke, vor allem deshalb, weil Vincents Tonfall irgendwann von unterschwellig drohend zu eindringlich ratsam umgeschwenkt hat.

»Sei Menschen gegenüber loyal, wenn sie es verdienen, nicht aus irgendeinem falschen Pflichtbewusstsein heraus. Du schuldest Maik nichts, nur weil ihr denselben Job macht. Oder hat er dir irgendetwas im Gegenzug dazu versprochen, dass du es verschweigst?«

Jan schüttelt den Kopf. »Nein! Hat er nicht. Er hat mich nur gebeten, nichts zu sagen …«

Vincent nickt. Er glaubt Jan. Zu Recht. Er ist kein Lügner und er würde auch nie irgendetwas tun, das einem anderen schadet. Er ist einfach ein guter Mensch, der sich leicht zu etwas bequatschen lässt.

Dieses Gespräch ist übrigens spannender als jede Ami-Krimiserie. Meine Neugier hilft mir dabei, ruhiger zu werden. Ich will unbedingt wissen, was am Samstag passiert ist.

»Es tut mir leid. Ich wollte dich nicht anlügen. Ich wollte nur nicht, dass Maik …«

»Schwierigkeiten bekommt?«, vervollständigt Vincent Jans Satz und verändert seinen Tonfall. Er klingt wieder so, als würde er der Internetfirma drohen. Deren Angestellten im Übrigen bestimmt gerade im Kreis laufen um das schönste, beste Modem in ihrem Lager ausfindig zu machen, um es am Dienstag liefern zu können.

»Du würdest dich wundern, wie viel ich toleriere. Über wie viele Dinge ich hinwegsehe, weil ich weiß, dass ihr jung seid und manche von euch Anschluss suchen. Aber …«

Dramatische Pause. Wenn jetzt Werbung kommt, schreie ich.

Vincent drückt den Kugelschreiber in der Hand mit der Spitze so fest auf die lederne Schreibtischunterlage, dass sie bestimmt einen Abdruck hinterlässt. »Meine Toleranzschwelle für Drogen liegt so niedrig, dass sie quasi nicht vorhanden ist. Das solltest du mittlerweile wissen. Du bist nicht neu. Du hast mich Leute rauswerfen sehen, die sich nicht an meine Regeln gehalten haben, oder?«

Jan nickt schwach. »Ja … aber Maik meinte, dass er …«

»Dass er nicht abhängig ist? Dass er sich nur ab und an etwas aufputscht? Dass er es unter Kontrolle hat?«, mutmaßt Vincent wissend. Seine Faust donnert auf den Schreibtisch und Jan und ich hüpfen vor Schreck beinahe vom Stuhl. »Junkie-Bullshit!«, knurrt er so eindringlich, dass es in meinen Gedanken widerhallt. »Ich dulde keine Drogen in meiner Agentur! Wenn er sein Leben wegwerfen und sich das Hirn wegkoksen will, dann nicht, während er für mich arbeitet! Das hier ist kein versifftes Bordell und ihr seid keine abgefuckten Straßenstricher!«

Vincent beißt sich kurz maßregelnd mit einem schneeweißen Eckzahn auf die Unterlippe und lehnt sich dann zurück in seinen Stuhl. Seine Gesichtszüge entspannen sich etwas.

Jan traut sich wieder, zu atmen. »Ich schwöre, ich habe das Zeug nicht angerührt. Habe ich nie. Werde ich nie«, versichert er eindringlich klingend, aber doch irgendwie leise.

Ich will den Mund aufmachen und beschwören, dass Jan nie etwas mit Drogen am Hut hatte und nie haben wird, aber Vincent öffnet auch die Lippen und mein erster Satz an ihn soll keine Unterbrechung sein.

»Ich weiß. Ich unterstelle dir das auch nicht«, stellt er klar und klingt fast schon … sanft? Insofern eine so dunkle, kräftige Stimme überhaupt so klingen kann. »Der Kunde, bei dem ihr wart, hat sich nicht über dich beschwert. Aber du hättest zu mir kommen können. Bevor ich Maik weiter buchen lasse und er euren und meinen Ruf durch den Dreck zieht.«

Er hätte ihn also verpetzen sollen. Meh … ich weiß nicht, ob das ein guter Rat ist. Macht man nicht. Ich kann Jans Entscheidung nachvollziehen.

»Du schenkst deine Loyalität jemandem, der seine eigenen Ideale schon längst verkauft hat. An Gift. Und Menschen, die das getan haben, scheuen selten davor zurück, dich unter Wasser zu drücken, bevor sie selbst untergehen. Maik hat behauptet, es sei dein Stoff gewesen und du hättest ihn dazu überredet.«

Erstens: Beste Drogenmetapher ever. Zweitens: Was zur Hölle?!

»Es war nicht mein Koks! Ich nehme es nicht und ich wüsste nicht mal, wo ich das Zeug herbekommen sollte!«, ruft Jan aufgeregt und springt dabei beinahe vom Stuhl.

Vincent macht eine beschwichtigende Geste mit der Hand und nickt ihm beruhigend zu. »Ich weiß. Ich glaube dir. Ich habe Maik schon gestern rausgeworfen. Aber merk dir das Gefühl, das du gerade hast, wenn du das nächste Mal vor der Entscheidung stehst, einem Junkie, den du kaum kennst, vor mir in Schutz zu nehmen, indem du schweigst. Vielleicht ist es klüger, dem Mann gegenüber loyal zu sein, der dein Verhalten auch zu schätzen weiß und honoriert – nicht einem Idioten, nur weil du glaubst, das Vertrauen an irgendwelche Hierarchiestrukturen gebunden ist. Ich bin dein Boss, aber ich bin nicht dein Feind. Ich bin niemandes Feind, solange man mich nicht hintergeht oder den Namen meiner Agentur mit selbstzerstörerischem Schwachsinn durch den Dreck zieht.«

Oh Mann, ist der Mann gut. Ich bin plötzlich auch der Meinung, dass Jan einen Fehler gemacht hat, als er sich dazu entschlossen hat, diesen Typen vor Vincent in Schutz zu nehmen.

Er hätte ihn so was von verpetzen sollen! Dieses Arschloch. Ich meine den Junkie – nicht den Vampir mit der tiefen Stimme, den man lieber nicht anlügen sollte.

Was Vincent über Loyalität und darüber, wer sie verdient, gesagt hat, klingt schlüssig. Und ich behaupte das jetzt nicht, weil ich Angst davor habe, ihn sauer auf mich zu machen – ich meine: Ja, Angst! Aber das ist nicht der Grund, warum ich ihm plötzlich zustimme. Oder zumindest nicht der einzige.

Mir ist noch nie ein Mann begegnet, der so viel Lebenserfahrung und Dominanz ausgestrahlt hat. Schon irgendwie faszinierend. Sehr sogar. Und furchteinflößend – das kann man gar nicht oft genug betonen.

»Es … tut mir wirklich leid«, murmelt Jan einsichtig. »Du hast recht. Ich hätte es dir sagen müssen. Aber … die Sache war mir unangenehm und ich dachte, alles würde sich von allein klären, wenn ich schweige. Ich wollte Maik glauben, als er mir versichert hat, dass er sonst nie high zu einem Job auftaucht.«

Vincent nickt. »Schweigen ist verführerisch, sobald etwas unangenehm wird. Aber gewöhn dir das ab. Unangenehme Situationen neigen dazu, zu entgleiten, sobald man ihnen leichtgläubig den Rücken kehrt.«

Der Satz brennt sich in mein Gedächtnis, vielleicht weil ich auch dazu neige, Unangenehmes totzuschweigen, in der Hoffnung, es würde vorübergehen.

»Komm zu mir, wenn du dieses Gefühl wieder haben solltest. Nicht nur, wenn es um Kollegen geht. Das gilt auch für Kunden. Sprich mit mir.«

»Das mache ich. Danke, dass du mir und nicht Maik glaubst!«

Vincent zuckt mit den breiten geraden Schultern und zieht einen Mundwinkel nach oben. »Zwanzig Jahre, fünfhundert Escorts. Man lernt, Lügen herauszuhören wie schiefe Töne auf einem Konzert.«

Jan schmunzelt erleichtert. Ich auch. Total bescheuert, ich muss das einstellen, weil das nicht mein Erleichterungs-Augenblick ist, sondern Jans.

Moment mal. Hat Vincent gerade gesagt, dass er die Agentur seit zwanzig Jahren hat?!

Wie alt bist du?!

Ich meine: Wie alt sind Sie?!

Ich konnte ihn zwar vom ersten Moment an nicht wirklich schätzen, aber höher als fünfunddreißig wäre ich auf keinen Fall gegangen. Irgendwas um die vierzig ist aber realistischer.

Vierzig! Er ist so … stylisch und … tätowiert und … scharf.

Oh mein Gott, er könnte mein Vater sein!

Oh mein Gott, ich wünschte, er wäre es. Ja, ich will den vampirmäßigen Zuhälter – auf den wäre ich bei Weitem stolzer als auf den aggressiven Narzissten, der wirklich in meinem Genpool mitgemischt hat.

Als Jan mir plötzlich gegen den Fuß tritt, funkle ich ihn an.

Das hat wehgetan! Und da prangt sowieso schon ein blauer Fleck auf meinem Bein, der von der unsanften Begegnung mit meinem Bettpfosten stammt.

Wieso machst du das denn!?

Mit dem Einsetzen der Erkenntnis macht sich auch die Nervosität wieder in mir breit. So breit, dass ich mir sicher bin, dass sie diesmal gekommen ist, um länger zu bleiben.

Es ist schon auffällig lange still, oder? Das Junkie-Loyalitäts-Thema haben wir abgehakt. Kann es sein, dass ich etwas verpasst habe, während ich über meine Vaterkomplexe nachgedacht habe?

EXTROVERTIERTE VAMPIRE

Mein Blick schweift vorsichtig zu Vincent und bleibt dann an dem Paar dunkler Augen hängen, das mich fixiert.

Er hat sich mit den Ellbogen am Schreibtisch abgestützt und zieht erwartungsvoll eine Braue nach oben. Seine Miene bleibt dabei vereist. Vielleicht können meine glühenden Wangen sie ja auftauen. Die haben mindestens 50 Grad!

»Bin ich zu langweilig? Bist du gedanklich abgeschweift?«, tönt die dunkle Stimme fragend.

Nein, du bist nicht langweilig! Du bist wahrscheinlich der spannendste Mann der Welt! Und ich habe ein klein wenig Schiss vor dir!

Sag das bloß nicht!

Perfekter Zeitpunkt, um aufzutauchen! Hilfe!

Cool bleiben!

Guter Rat. Überhaupt nicht zu allgemein.

»Entschuldigeee …«

Hängt die Tonspur?

Nein! Ich weiß nur nicht, ob ich noch ein ›n‹ anhängen soll, um aus dem informellen ›Entschuldige‹ ein ›Entschuldigen Sie‹ zu machen. Man siezt fremde erwachsene Geschäftsmänner doch. Gilt das auch für Escort-Agentur-Bosse?! Oder wirkt das zu steif?!

Schon mal vom Wort ›Verzeihung‹ gehört?

»Verzeihung. Ich wollte mich nur nicht in euer Gespräch einmischen.«

Gut gerettet!

Vincent lehnt sich nach hinten in seinen Stuhl und sieht mich wieder genauso unbeeindruckt an wie vorhin.

Klar hast du schon heißere Frauen gesehen – wahrscheinlich allein heute zehn –, aber ich bin doch wirklich kein optischer Weltkrieg.

Ich überschlage die Beine – vielleicht sitze ich ja nur erschreckend unattraktiv da.

Als er die Hand ausstreckt und auffordernd mit den Fingern wackelt, reiche ich ihm zögerlich den Zettel, den ich ausgefüllt habe.

»Ich bin nicht ganz fertig geworden …« Weil ich dreißig Minuten und drei Menschen gebraucht habe, um meine Hose loszuwerden. »Aber ich habe meinen Lebenslauf dabei, falls das von Interesse sein sollte.«

Ja, der Satz klang etwas gestelzt, aber ich will es unbedingt vermeiden, ihn direkt anzusprechen, weil ich mir noch immer unsicher wegen des Siezens bin.

Vincent überfliegt das Stück Papier. Ich greife in meine Tasche und reiche ihm den Lebenslauf, den ich bisher zu jedem Vorstellungsgespräch mitgebracht habe. Persönliche Daten, Abschlüsse, nur im Feld Berufserfahrung steht vermutlich nicht das, was er wissen will.

Auch wenn auf dem zweiten Stück Papier deutlich mehr Infos sind, sieht er es sich nur flüchtig an. Als er aufsteht, bin ich mir sicher, dass das Gespräch gelaufen ist.

»Danke, Jan. Du kannst uns allein lassen.«

Ich drehe mich zu Jan. Er erhebt sich und nickt mir ermutigend zu. In seinem Blick steht: Verbock es bloß nicht. Und: Ich warte draußen.

»Danke noch mal«, sagt er zu Vincent, bevor er nach der Türklinke greift.

»Dein Kunde von Freitagabend will dich wieder buchen. Tina schickt dir den Terminvorschlag.«

»Geht klar. Danke.«

Kaum schließt er die Tür, drehe ich den Kopf wieder nach vorn. Vincent lehnt an der Fensterfront, die Arme vor der Brust verschränkt. Die Sonne, die hinter seinem Rücken in den Raum scheint, lässt seine Silhouette glühen.

Mein Künstler-Ich will ein Foto schießen. Mein Ich-Ich will in meiner Tasche nach homöopathischen Beruhigungskügelchen wühlen.

»Warum bist du hier?«

Die Frage irritiert mich. Er weiß, warum ich hier bin. Ist das so was wie ein Test? Kann ich eine falsche Antwort geben? Mit ziemlicher Sicherheit sogar.

»Ich habe keine Erfahrung mit Escort«, setze ich an, weil ich nicht vorhabe zu lügen. »Aber ich will hier arbeiten, weil ihr die beste, exklusivste Agentur seid und …«

»Das war nicht meine Frage«, unterbricht er mich und schüttelt den Kopf. »Du brauchst keinen Lobgesang auf meine Agentur zu singen. Ich weiß, dass du keine bessere finden wirst – es gibt keine. Ich will wissen, warum du hier bist.«

Meine Augen werden groß und fragend. Möchte er wirklich hören, dass ich mich prostituieren will? Das liegt doch auf der Hand!

Vincent seufzt leise und schließt kurz die Augen. Er schmunzelt dabei aber – eine Sekunde lang, dann wird seine Miene wieder neutral. »Wozu brauchst du das Geld?«, präzisiert er und neigt den Kopf ein wenig zur Seite.

Ich würde gern an meinen Nägeln beißen, weil meine Nervosität überhandnimmt. Dass er diese Frage so direkt und auf den Punkt gebracht stellt, ist ziemlich unangenehm. Damit hatte ich nicht gerechnet. Klar, jeder, der hierherkommt, möchte Geld machen. Wozu ins Detail gehen?

»Ist es wichtig, wozu ich es brauche?«, will ich wissen, weiche den dunklen Augen aber aus.

»Ja. Deshalb stelle ich die Frage auch immer.«

»Gibt es falsche Antworten?«

Er schnaubt amüsiert. »Heroin wäre eine schwer bescheuerte Antwort.«

Ich muss schmunzeln. »Hat das jemals jemand so offen zu dir gesagt?«

»Nach zwanzig Jahren im Business hat man schon jede Antwort gehört. Auch grenzdebile.«

Mir fällt auf, dass ich ihn geduzt habe. Unbewusst, weil er gerade zugänglicher wirkt. Jetzt ist die Katze aus dem Sack und sie hört auf den Namen Vincent. Er stört sich Gott sei Dank nicht daran.

»Ich muss eine Rechnung begleichen. Für … meinen Bruder.«

»Hat er Ärger?«

Ich schüttle den Kopf. Was Vincent unter ›Ärger‹ versteht, fällt, denke ich, nicht in die Kategorie: Papa zahlt das Schulgeld nicht.

»Ich will ihm nur seine Ausbildung finanzieren. Er weiß davon nichts. Und er darf es auch nicht herausfinden.«

»Diskretion ...«, entgegnet Vincent und stößt sich dabei von der Fensterfront ab. »Du hast schon selbst herausgefunden, dass unsere Escorts nicht online für jeden buchbar sind«, mutmaßt er richtig. »Der Katalog ist digital, Zugriff hat nur, wer in unserer Kundendatei geführt wird. Wir durchleuchten unsere Kunden besser, als es jede andere Agentur tut.« Er öffnet einen der weißen Schränke. Dahinter liegt eine Minibar versteckt. »Wer für mich arbeitet, ist diskret und wird auch so behandelt.«

Genau dieses Gefühl hatte ich auch, als ich auf der Homepage war. Jan hat mir ebenfalls versichert, dass er noch nie Probleme mit Kunden oder dem Überschneiden mit seinem Privatleben hatte. Das ist mir wichtig. Noch wichtiger als das Geld.

Wenn Kevin herausfindet, was ich tue, rastet er aus. Außerdem könnte ich seine ganze Zukunft zerstören, wenn rauskommt, dass ich mich verkaufe. Er möchte in die Politik. Da sind solche Skandale gefundenes Fressen für die Öffentlichkeit. Damit würde ich seiner Karriere den Todesstoß versetzen. Durchaus ironisch. Ich will seine Träume möglich machen, indem ich etwas tue, das sie für immer platzen lassen könnte.

Wenn mich aber tatsächlich irgendwann jemand wiedererkennt, müsste er sich selbst als Escort oder Kunde outen. Unwahrscheinlich. Hoffentlich.

»Eistee?«

Mir wird bewusst, dass ich etwas geistesabwesend auf die Tischplatte gestarrt habe. Vincent hebt fragend die Brauen.

»Nein danke!«

Ich kann jetzt wirklich nichts Koffeinhaltiges trinken, sonst fängt mein Bein wieder an zu zucken.

Er lässt sich auf seinem Schreibtischstuhl nieder und stellt die kleine Glasflasche neben sich ab. »Bist du gut im Bett?«

Seine vorletzte Frage lautete ›Eistee?‹. Dass er so plötzlich die Intimität steigert, bringt mich etwas aus der Fassung. Ihn nicht. Vincents Blick bleibt durchdringend, aber da ist auch wieder dieses stumpf glühende Desinteresse in seinen Augen, das mich vorhin am Ausgang dieses Gesprächs hat zweifeln lassen.

Er hätte mir aber gerade nichts über die Diskretion innerhalb der Agentur erzählt, wenn er kein Interesse daran hätte, mir einen Job anzubieten. Oder?!

»Ich … also …«

Was antwortet man auf so eine Frage?!

Lüg!

Ich muss nicht lügen! Ich bin gut im Bett!

Ja, genau so!

»Also … ich war schon mit einigen Männern zusammen. Beschwerden gab es nie.«

»Du und Jan wart ein Paar«, spricht er an. Ich hätte nicht gedacht, dass Jan ihm erzählt hat, dass wir mal zusammen waren.

»Ja. Ein paar Monate. Jetzt sind wir nur Freunde.«

»Hast du Fetisch-Erfahrung?«

»Fetisch-Erfahrung?«, wiederhole ich langsam.

Mann, Emma! Du stellst dich gerade kolossal blöd und prüde an.

Ich weiß! Aber ich bin es nicht gewohnt, mit Fremden über so etwas so offen zu reden! Deshalb musste ich das auch erst mal peinlich berührt wiederholen!

»Bondage und SM«, antworte ich schließlich und sehe Vincent schmunzeln.

»Wenn du behauptest, du hättest Bondage- und SM-Erfahrung, heißt das, dass dir das jemand mal fundiert beigebracht hat oder dass du Jan nach einer Flasche Wein mal am Bettgestell festgebunden und mit deiner Zwanzig-Franken-Peitsche aus dem Sexshop versohlt hast?«

»Ähhh …«

»Keine Fetisch-Erfahrung«, schlussfolgert er, ohne darauf zu warten, dass ich endlich einen Satz zustande bringe. Er notiert sich etwas auf meinem halb ausgefüllten Fragebogen und sieht mich dann wieder an. »Schon mal mit einer Frau geschlafen?«

»Nein. Nur Männer. Ich bin nicht bi.«

»Hättest du ein Problem, einen Kunden mit einer zweiten Frau zu bedienen?«

»Ich … ähm … nein?«

Echt? Du könntest mit einer zweiten Frau im Bett umgehen?

Keine Ahnung! Aber ich kann doch nicht alles ausschlagen und nichts auf die Reihe kriegen!

Du willst mit Sex Geld verdienen? Was kannst du denn, Emma?

Still daliegen. Und nackt sein.

Vincent notiert sich wieder etwas. »Analsex?«

»Ja!«

Das klang viel zu überschwänglich. Kein Wunder, dass er eine Braue hochzieht. So viel Begeisterung hat bestimmt noch keine Frau für Analsex gezeigt. Peinlich ohne Ende, aber ich war eigentlich nur froh, dass er endlich mal etwas aufzählt, in dem ich wirklich Erfahrung habe und das ich mir auch zutraue. Wer mal mit einem bisexuellen Mann zusammen war, lernt zwangsläufig, sich zu entspannen.

»Wo liegt dein Limit, was Sex mit mehreren Männern gleichzeitig betrifft?«

Wo liegt mein was?

Meine Augen werden groß und fragend. Ich sehe ihn bestimmt an wie ein Reh im Scheinwerferlicht.

Limit? Wie meint er das denn? Er will eine Zahl hören? Also rein körperlich betrachtet ist bei drei Schluss. Aber das weiß er bestimmt selbst – ich schätze, er hatte schon mal Sex.

Sag endlich etwas!

»Fünf.«

Fünf?! Er hat dich nicht gefragt, wie viele ›Harry Potter‹-Filme du aufzählen kannst, sondern wie viele Männer gleichzeitig über dich herfallen dürfen!

Vincent schmunzelt schief, während er schreibt. »Meine besten Mädchen brauchen nach einer Nacht mit vier Männern zwei Wochen Urlaub. Vielleicht kannst du ihnen ja noch etwas beibringen.«

Er verarscht mich. Absolut verdient. Zumindest weiß er, dass er mich nicht fünf Männern zum Fraß vorwerfen kann. Das weiß er doch, oder?!

»Vielleicht doch lieber …«

Ich will meine utopische Zahl gerade nach unten korrigieren, schrecke aber mitten im Satz auf, weil die Tür aufspringt.

»Lernst du eigentlich irgendwann, anzuklopfen?«, knurrt Vincent. Sein einschüchterndes Missfallen prallt an einer versteinerten Miene ab.

»Schließ ab, wenn du ungestört ficken willst«, tönt es mit ebenso starker Stimme zurück.

Er steuert zielstrebig auf den Tisch zu, bleibt neben Vincent stehen und knallt ihm eine Mappe vor die Nase.

Ich starre auf den mindestens eins neunzig großen Mann, dessen Körper jeden Actionfilmstar vor Neid erblassen lassen würde. Sein Oberkörper ist wahnsinnig muskulös – ein Zustand, den das hautenge hellgraue T-Shirt perfekt unterstreicht. Ich kenne Jungs, die trainieren oder ins Fitnesscenter gehen, aber der Mann ist ein verdammter Wikinger. Zu diesem Vergleich inspirieren mich wahrscheinlich auch die schulterlangen Haare. Wikinger sind aber eigentlich blond, oder? Seine Haare sind tiefschwarz und seine Haut genauso hell wie die von Vincent. Er ist ein Wikinger-Vampir. Und er hat schlechte Laune.

»Kannst du mir erklären, was der Scheiß soll?«

»Deine fehlenden Manieren? Ich weiß nicht. Kindheitsdefizit?«

Vincent erntet für den Kommentar keine Reaktion. Es scheint, als ob sich die beiden sehr gut kennen – gut genug, um sich zu verarschen, selbst wenn es der andere ignoriert.

»Das ist die schlampigste Buchhaltung, die ich jemals gesehen habe! Hält sie SAP für die neuste Version von Minesweeper?! Sie klickt dort doch nur auf gut Glück herum!«

Vincent blättert die Mappe halbherzig durch. »Gib ihr Zeit, sich einzuarbeiten.«

»Sicher! Wir betreiben ja auch ein Auffangzentrum für gestrandete Seelen! Wann hast du mich zum letzten Mal einen Zauberstab schwingen sehen?! Ich bin nicht die verfickte gute Fee! Sie soll ihr Leben woanders auf die Reihe kriegen!«

Ich bin mir nicht sicher, aber ich denke, das ist Victor. Der Name fiel schon öfter im Zusammenhang mit der Agentur. Vinc und Vic – sehr klanghaft.

Vincent zuckt mit den Schultern. »Dann schmeiß sie raus.«

Ich dachte, er würde ihn beschwichtigen, aber es scheint ihm doch ziemlich gleichgültig, ob ihre Buchhalterin eine zweite Chance bekommt oder nicht.

Irgendwie kann ich Vincent nicht einschätzen. Oder vielleicht doch, ich will es nur nicht, weil ich dann wieder Schiss vor ihm bekommen würde. Er hat vorhin trotz der harten Schale irgendwie zugänglich gewirkt. Aber diese ›Rede mit mir über Zwischenfälle‹-Sache dient vielleicht nur dem Geschäft.

Keiner von euch beiden ist die verfickte gute Fee, oder? Weil das hier auch kein Märchen ist.

»Wer bist du?«

Die geknurrte Frage lässt mich aufschrecken. Ich habe mich nicht getraut, Victor weiter anzustarren, also habe ich auch nicht mitbekommen, dass er meinen Fragebogen in die Hand genommen hat. Er sieht nicht zu mir rüber, liest nur mit versteinerter Miene.

»Ich … ähm … Emma. Ich heiße Emma.«

Ja, ich weiß! Aber wer vor diesem missgelaunten Schrank von einem Mann nicht ins Stottern gerät, hat seine Nerven verkauft und würde auch gechillt in einen laufenden Mixer greifen.

»Absolut unbrauchbar für Fetischkunden. Keine Erfahrungen mit Frauen. Und du kannst deinen Namen und dein Alter nicht fehlerfrei auf ein Formular schreiben.«

Ich brenne gerade in meinem Unbehagen, vor allem weil er das alles in so genervtem Tonfall aufzählt.

»Kann sie überhaupt etwas? Hast du sie ausprobiert?«, fragt er Vincent, der kurz in meine Richtung schmunzelt und dann mit den Schultern zuckt.

»Nein. Jan hat sie hergebracht. Er hat mit ihr geschlafen und gemeint, sie wüsste, was sie tut.«

Jan hat wirklich alle Register gezogen, um mir diesen Job zu verschaffen. Dafür bin ich ihm unheimlich dankbar, aber ich zweifle gerade trotzdem sehr stark daran, dass das hier mit einer Zusage für mich endet. Ich brauche das verdammte Geld aber. Und ich will in keinem abgefuckten Bordell arbeiten. Es kommt nur die Agentur der beiden Vampire infrage.

»Ach. Ich wusste gar nicht, dass Jan jetzt unsere Personalentscheidungen trifft, indem er mitbringt, wen er am Wochenende gebumst hat.«

Vincent verfinstert den Blick. »Hör auf, mich so passiv aggressiv von der Seite anzuficken, Vic. Ich kann nichts dafür, dass sie den Cupcake-Laden um die Ecke zugemacht haben, die Kleine auch nicht.«

Victor zieht eine Braue nach oben, seine Mimik wird etwas weicher. »Von heute auf morgen geschlossen. Ohne Vorwarnung. Wieso? Die haben doch genügend Umsatz gemacht.«

»Ich weiß es nicht. Aber such dir eine andere Zuckerquelle, sonst heult Tina wieder jeden Abend und das geht mir auf den Sack.«

»Ach, das bipolare Miststück heult doch schon, wenn uns der Süßstoff ausgeht. Sie kennt mich seit zehn Jahren, da sollte sie sich langsam mal an mich gewöhnt haben.«

Ich blicke zwischen den beiden schwarzhaarigen charakterstarken Männern hin und her und weiß nicht, ob ich Angst haben oder mich unterhalten fühlen soll. Sie sind schon irgendwie schrullig. Und definitiv schön anzusehen. Würde das hier als Show im Fernsehen laufen, würde ich jeden Abend einschalten und die beiden feiern.

In der Realität weiß man aber nicht, woran man bei Vincent und Victor ist. Ich denke, diese spitzzüngige, nahbare Art erlauben sie sich nur untereinander. Ich bekomme nichts weiter als einen kurzen Einblick in ein Verhältnis, das ich nie zu den beiden haben werde. Verständlicherweise. Man trennt Arbeit und Privatleben. Und wenn es ums Business geht, ist da nur diese einschüchternde Dominanz, die einem aber auch versichert, dass sie auf einen aufpassen werden. Schrägerweise will ich genau deshalb noch viel unbedingter hier arbeiten als vor dem Beginn dieses Gesprächs.

Ganz ehrlich: Vic schüchtert mich aber noch mehr ein als Vinc.

»Wie sieht sie nackt aus? Wo sind die Fotos?«, fragt Victor und bringt mich dazu, nervös meine Haltung zu begradigen.

Hätte ich Fotos mitbringen sollen?! Jan hat nichts davon erwähnt!

»Ich habe keine dabei … Ich wusste nicht, dass …«

»Hier.«

Vincent schiebt Victor sein iPhone hin, auf dem er gerade herumgedrückt hat. Als er es hochnimmt und zu wischen beginnt, strecke ich mich irritiert, aber der große Mann hält das Handy zu hoch, ich kann nicht auf das Display schielen.

Woher hat Vincent denn bitte Fotos von …

Jan! Das hast du nicht getan, oder?!

Genau deshalb sollte man seinen Freund niemals Nacktfotos von einem schießen lassen. Irgendwann ist er dein Ex und schickt sie via WhatsApp an deinen zukünftigen Zuhälter.

Victor wischt und wischt und wischt. Mir war nicht klar, dass Jan so viele Nacktaufnahmen von mir gemacht hat. Wir waren aber auch oft beschwipst und die Snapchat-Filter waren witzig.

Gott, wenn er sich gerade Fotos von meinem Arsch mit Häschenohren ansieht, töte ich Jan!

Victor überdreht die Augen. Das war's dann wohl. Als er Vincent sein Handy zurückgibt, sieht er ihn so vorwurfsvoll ungläubig an, als wäre ich die mieseste Escort-Anwärterin, die er jemals gesehen hat.

»Dass du dieses haarige Biest tatsächlich in dein Haus gelassen hast, widert mich an«, sagt Victor und schüttelt den Kopf.

Hey … das war verstörend verletzend und abgrundtief gemein! Ich bin nicht haarig! Ich habe mich immer für Jan rasiert! Meistens … Gegen Ende vielleicht nicht mehr so gründlich, aber da hatte er schon was mit seinem Fitnesstrainer laufen!

»Es liebt mich zufällig. Das kennst du natürlich nicht«, entgegnet Vincent.

Es liebt ihn? Ich gehe mal davon aus, dass es nicht um mich geht und sie so abgeschreckt von mir sind, dass sie mir ein sachliches Personalpronomen verpassen.

»Schießt du deshalb am Tag hundert Fotos von der Ratte?«

»Es ist keine Ratte, es ist ein Eichhörnchen. Und ich schieße Fotos davon, weil es aus einer Kaffeetasse trinkt. Jeder Mensch mit einem Funken Positivität im Körper hat Freude an so was.«

Ich atme erleichtert aus. Gut – es geht um ein Eichhörnchen. Eichhörnchen sind haarig. Und bestimmt verteufelt süß, wenn sie aus einer Kaffeetasse trinken! Wieso hat Vincent denn ein Eichhörnchen?

Ihr beide seid wirklich kuriose extrovertierte Menschen. Damit komme ich eigentlich hervorragend klar, aber wir wollen keine Freundschaft schließen, sondern einen Vertrag.

»Hast du Implantate?«, will Victor wissen, nachdem er damit fertig ist, wegen ›der Ratte‹ den Kopf zu schütteln. Ich gehe mal davon aus, dass er sich vor den niedlichen Tierfotos auch meinen nackten Körper angesehen hat.

»Nein. Ich habe nichts machen lassen.«

Ob das in den Augen der beiden gut oder schlecht ist, kann ich nicht einschätzen.

»Steh auf«, verlangt der große, dominant klingende Mann und macht eine auffordernde Handbewegung.

Ich rücke den Stuhl nach hinten und stelle mich hin.

So akribisch gemustert zu werden, fühlt sich befremdlich an. Models erleben das aber bei jedem einzelnen Casting, ich muss den Optiktest nur einmal bestehen.

»Sehr klein, sehr schlank«, fasst Victor zusammen und klingt nicht gerade begeistert.

Nein, ich bin kein Kurvenstar. Wenn er auf ausladend weibliche Formen oder große Frauen steht, kann ich einpacken.

Ich streife mit den Händen das Kleid glatt, weil ich nicht weiß, was ich sonst mit ihnen machen soll.

»Sehr zierlich, sehr jung«, meint Vincent, sagt damit annähernd das Gleiche wie Victor, klingt aber nicht so kritisch.

Ich denke, er mag sehr schlanke junge Frauen.

Man kann nie jedem gefallen, aber ich hoffe, sie sehen Potenzial in mir.

Sich bei einem Vorstellungsgespräch nur auf sein Aussehen verlassen zu können, ist ein bescheuertes Gefühl. Wenn meinen Körper niemand will, weiß ich nicht weiter.

Ich bin mir gerade nicht sicher, ob mein Leben eine Sex-Komödie oder ein Drama ist.

Victor lässt seinen Blick über meine Beine schweifen. »Du könntest sie in die Clubs schicken, dort, wo das Publikum jung ist. Kannst du tanzen?«

Sie haben auch Clubs? Soll ich so was wie ein Go-go-Girl werden?! Aber ich kann nicht …!

»Sie kann nicht tanzen«, vervollständigt Vincent meinen Gedankengang und weist Victors Idee ab. »Ich habe sie vorhin auf der Straße herumzappeln sehen – bis sie lernt, damit Geld zu machen, sind wir beide längst tot.«

Sie starren mich an, als sich mein Schamgefühl in einem schrägen Geräusch akustisch manifestiert.

Jetzt ist es so weit! Schlumpfine sieht wieder Horrorfilme! Ich habe Schluckauf!

Dass Vincent vorhin durchs Fenster meine nervositätsbedingten Pirouetten gesehen hat, ist aber auch der Super-GAU. Verdammte getönte Scheiben, die einem das Gefühl geben, unbeobachtet zu sein!

Hör auf zu hicksen, Emma!

Ich kann nicht!

»Machst du die Geräusche auch beim Sex?«, fragt Victor.

Der genervte Tonfall hilft mir kein Stück dabei, das Feuer aus Unbehagen in mir zu löschen. Vincent schmunzelt nur milde.

»Nein. Ich …« Schlumpfine erschreckt sich. »Ich hatte nur einen stressigen Tag. Ich kann mich zusammenreißen. Entschuldigt.«

Victor blickt zu Vincent, mustert ihn kurz und brummt dann. »Sie gefällt dir. Du willst sie aufnehmen«, mutmaßt er.

Ich weiß nicht, wie er darauf kommt, aber ich starre hoffnungsvoll auf den Mann hinter dem Schreibtisch, der es in der Hand hat, ob ich beginnen kann, meine Probleme zu lösen, oder an ihnen ersticke.

Bitte sag Ja! Ich schwöre, ich strenge mich an. Ich brauche das verdammte Geld!

»Die verqueren Mäuschen waren schon immer dein Fall. Von mir aus.«

Victors Kommentar folgt eine winkende Handbewegung. Er wirft meinen Fragebogen auf den Tisch und bewegt seinen muskulösen Körper auf die Tür zu, durch die er gekommen ist. Als er sie hinter sich schließt, bleibt es still im Raum.

Vincent mustert mich nicht wirklich, er sieht vielmehr durch mich hindurch, während er in langsamem Rhythmus mit den Fingern auf die Tischplatte klopft. Er denkt nach, schätzt ab.

Ich halte die Luft an, um nicht zu hicksen. Meine Nervosität zu unterdrücken, gelingt mir nur so lange, bis Vincent plötzlich aufsteht und auf mich zukommt.

Mir steigt sein Parfum in die Nase, weil er mir so nah kommt. Kräftig, einprägsam, ausgefallen – seine Duftnote spiegelt seinen Charakter wider.

»Du bist ein sehr hübsches Mädchen«, sagt er und schafft es, seine sowieso schon tiefe Stimme noch dunkler klingen zu lassen.

Ich weiß, ich sollte so etwas wie Freude oder Erleichterung wegen des Kompliments empfinden, aber mein Herz überhämmert diese Emotionen mit viel zu festen Schlägen.

Vincent hebt die Hand und greift mein Gesicht. Seine Finger drücken sich an meinen Unterkiefer. »Ich hätte mehr als genügend Arbeit für dich. Lukrative Jobs. Du könntest viel Geld machen.«

Meine Hand legt sich vorsichtig auf seinen Unterarm, auf die schwarzen Federn, die auf die blasse Haut gestochen wurden. Ich will ihn nicht festhalten, aber die Berührung gibt mir zumindest ein klein wenig das Gefühl von Kontrolle.

Er dreht meinen Kopf ins Profil und wieder zurück, mustert mich mit genießerischem Blick. Ich habe zum ersten Mal den Eindruck, dass er mich wirklich einstellen will, trotzdem wirkt er gerade so einschüchternd, dass mein Herz flattert.

»Ich will das unbedingt. Wenn du mir eine Chance gibst, dann …«

»Das bezweifle ich nicht, Kleines. Dass du es willst. Ich zweifle daran, dass du es kannst.« Er lockert den Griff, streift mit der Hand sanft meinen Hals entlang. »Wenn ich dich zu einem

Kunden schicke und du kneifst, schadet das dem Ruf der Agentur – meinem Ruf. Ich stelle keine Mädchen ein, die Angst vor der Arbeit haben. Ich dränge niemanden, herzukommen, aber ich dränge diejenigen, zu gehen, die nicht wissen, auf was sie sich einlassen.«

»Ich weiß …« Verdammter Schluckauf! »… auf was ich mich einlasse. Ich habe keine Angst vor Sex mit fremden Männern. Ich habe genügend Erfahrung und ich bin kein verzweifeltes, naives kleines Mädchen, das nicht weiß, was es tut.«

Genau das denkt er, oder? Kann es sein, dass er mich gerade mit seiner Dominanz erdrückt, weil er mich testen will?

Es ist an der Zeit, ein wenig Mut zu zeigen und ihm zu beweisen, dass ich mehr als ein stotterndes, hicksendes junges Ding bin.

»Ich laufe nicht weg. Ich mag dominante Jungs«, sage ich und beiße mir im nächsten Moment auf die Zunge. Vincent schnaubt amüsiert, weil meine Wortwahl beschissen war.

»Dass du mit Jungs klarkommst, stelle ich nicht infrage.« Er hebt die Hand von meinem Hals und streichelt mir über die Wange. »Aber ich führe keine Jungs in meiner Kundendatei. Wenn du für mich arbeiten willst, musst du mit Männern zurechtkommen.«

Sein Daumen fährt über meinen Mund, drückt sich gegen meine Lippen.

Ich öffne sie leicht und berühre seine Haut mit der Zungenspitze. Vincent schmunzelt.

Als ich mich gedanklich auf dieses Vorstellungsgespräch vorbereitet habe, bin ich auch diese Szene durchgegangen. Mir war klar, dass der Agenturchef nicht die Katze im Sack kaufen würde. Natürlich probiert er mich aus.

»Willst du, dass ich dich ficke?«, raunt die tiefste Stimme der Welt.

Ich sehe in die dunklen Augen und muss nicht mal lügen. Vincent ist wahrscheinlich der faszinierendste Mann, der mir jemals begegnet ist. Dass ich so viel Respekt und ein klein wenig Schiss vor ihm habe, lässt sich problemlos in erotische Energie wandeln.

Ich nicke. »Ja. Das will ich.«

Er macht einen Schritt zurück und lässt die Hände in den Hosentaschen verschwinden. Ich blinzle ihn irritiert an.

Wolltest du nicht …?

»Wenn du mich willst, bin ich der Falsche, um zu beweisen, dass du nicht kneifst. Victor hat dich mehr eingeschüchtert als ich, oder?«

Ich mache den Mund auf, es kommt aber kein Ton raus. Doch, ein Hicksen.

Das ist nicht dein Ernst, oder?!

Vincent hebt das Kinn und deutet auf die Tür. »Victor soll dich ausprobieren. Oder ist das ein Problem?«

Ein Problem? Du meinst, weil du weißt, dass ich Angst vor ihm habe, da er ein zwei Meter großer, muskelbepackter Vampir-Wikinger mit schlechter Laune ist?! Der mich nicht annähernd attraktiv findet? Und denkt, ich sei eine verquere, dürre Trulla, die seltsame Geräusche macht? Das ist doch kein Problem! Das ist eine Katastrophe!

»Nein. Kein Problem«, entgegne ich leise.

Ich will zwar mehr Selbstsicherheit vortäuschen, aber meine Gedanken stumm zu schalten und mich zu zwingen, die noch stärker werdende Nervosität zu ertragen, raubt zu viel Kraft.

»Sieh mich nicht so an, Kleines«, meint Vincent mit ungewohnt weicher Stimme und streckt wieder die Hand nach mir aus. Das Schmunzeln auf seinen Lippen wirkt zum erstem Mal nicht kalt. Er streichelt mir mit dem Handrücken über die Wange. »Wenn du für mich arbeiten willst, hältst du dich an meine Regeln. Im Gegenzug passe ich auf dich auf und bezahle dich gut. Aber entweder ist der Job etwas für dich oder nicht. Du musst das nicht tun, du kannst gehen und dir etwas anderes suchen.« Er füllt die kurze Pause zwischen seinen Sätzen mit einem leisen Seufzen. »Ich bin nicht der Teufel, ich bin nur …«

Ein Zuhälter. Ich weiß.

FREUNDE MIT BUMS-TASCHEN

Ich trete aus Vincents Büro in den Flur und bleibe dort erst mal stehen.

Es gibt jetzt zwei Richtungen, in die ich gehen kann. Ich gehe entweder nach links, zurück in den Empfangsbereich, dort, wo ich an dem ›Evig Roses‹-Schriftzug vorbeilaufe und das Design für mich für immer eine verruchte Welt symbolisieren wird, vor der ich davongelaufen bin. Oder ich gehe nach rechts, dort, wo Victors Büro liegt, werde Teil dieser Welt und löse meine Probleme.

Du weißt doch schon längst, was du machen wirst.

Ja, aber man wird doch noch dramaturgische Entscheidungs-Monologe halten dürfen, während man seinen Tanga zurechtrückt, oder?

»Emma.«

Ich ziehe die Hand schnell von meinem Hintern und sehe zur Seite. Jan kommt auf mich zu. Er hat mich wohl hicksen gehört. Nein, das konnte ich noch immer nicht abstellen.

»Und? Was hat Vincent gesagt? Nimmt er dich auf?«

In seinen hoffnungsvoll neugierigen Blick mischt sich Unsicherheit, weil ihn meine Mimik irritiert. Zu neutral und unsicher für gute Nachrichten.

»Was?«, hakt er nach, da er nicht sofort eine Antwort von mir bekommt.

Ich zucke mit den Schultern. »Er will wissen, ob ich das kann.«

Jan zieht mich an der Hand ein Stück in Richtung Wartebereich, damit wir dort weiter flüstern können. So nah vor Vincents Bürotür wird man leicht paranoid, auch wenn er sicher Besseres zu tun hat, als mit dem Ohr an seiner Tür zu kleben, um uns zu belauschen.

»Ob du was kannst? Sex?«

»Sex mit fremden Männern. Er glaubt, ich könnte einen Kunden stehen lassen, wenn er mich nervös macht.«

»Hast du ihm von deiner haarprachtlosen Eroberung vom Wochenende erzählt? Wenn er weiß, dass du mit dem geschlafen hast, hat er keine Zweifel mehr daran, dass du selbst Geisterhaus-Statisten bumst.«

Ich boxe Jan für den Arschloch-Spruch in die Seite. Der Typ war total nett! Glaube ich … Und ich hatte definitiv keinen Schiss vor ihm. Er hatte einen Bienenpullover an …

»Vincent will herausfinden, ob ich mit dominanten Männern klarkomme«, erkläre ich.

Jan nickt. »Er will dich ausprobieren. Das dachte ich mir schon. Das überrascht dich doch nicht, oder? Vincent ist verdammt heiß! Er wirkt etwas einschüchternd, ich weiß, aber das macht ihn doch nur noch heißer! Jetzt geh da rein! Zieh dich aus! Sieh heiß aus! Und mach bloß nicht das, was du damals an meinem Geburtstag gemacht hast. Das war total schräg …«

Ich trete Jan gegen den Fuß. »Das damals war ein Scherz, du Idiot! Du hast ihn nur nicht verstanden! Dass du noch immer davon anfängst!«

Er lacht sein Ungezogener-Junge-Lachen, das er bestimmt schon zum Besten gibt, seit er fünfzehn ist. Ich wäre damals so was von verknallt in ihn gewesen. Aber ich weiß seinen Charme heute noch viel mehr zu schätzen. Wenn Jan lacht, muss ich zumindest mitgrinsen. Immer. Was dazu führt, dass die Nervosität ein wenig von mir ablässt und Schlumpfine endlich den Horrorfilm ausmacht.

»Vincent will nicht mit mir schlafen. Er möchte, dass ich zu Victor gehe.«

Jans Miene friert ein. »Warte. Hast du Victor gesagt?«

Ich nicke.

Er runzelt die Stirn, kneift die Augen zusammen. »Okay. Jaaaa. Macht keinen Unterschied. Victor ist auch heiß. Alles cool.«

»Jan?«

»Ja.«

»Sag nicht ›alles cool‹. Du hast gerade ein Gesicht gemacht, als hättest du in eine Zitrone gebissen.«

Er winkt ab. »Nein. Nein. Das war nur … weil mir eingefallen ist, dass ich den Herd angelassen habe. Ich denke, meine Wohnung brennt.«

Nur Kleinkinder lügen noch schlechter als Jan.

»Hast du schon mal mit ihm geschlafen?«, will ich wissen und lasse meine Stimme möglichst eindringlich und ernst klingen, damit er nicht wieder auf die Idee kommt, mir irgendetwas vorzulügen.

»Vincent und Victor sind beide hetero. Vic bildet eigentlich die Escorts aus, die sich auf BDSM spezialisieren wollen. Und er beurteilt die Hetero-Escorts, die alle erst mal mit einer Kollegin schlafen müssen, bevor sie einen Job bekommen. Dabei sieht er aber nur zu. Bei mir war das anders, ich habe mich als Escort für Männer beworben und mit einem ehemaligen Angestellten geschlafen, der gut mit Vinc und Vic befreundet ist und dessen Meinung sie wertschätzen.«

Ich weiß, er hat viel gesagt, aber ich habe nur ›Victor ist ein BDSM-Lehrer‹ herausgehört. Sicher! Warum den muskelbepackten Berg von einem Mann nicht auch noch eine Peitsche in die Hand drücken?

Der Ausgang war dort hinten, oder?

»Eigentlich probiert Vincent die jungen, unerfahrenen Mädchen selbst aus. Vic nimmt sich nur die erfahrenen Mädchen und …«

Macht sie zu SM-Experten – bringst du das gerade nicht raus?!

Jan beendet den Satz nicht, seufzt nur und fährt sich durch die Haare. »Du kriegst das hin, Emma. Er tut dir nichts, er vögelt dich nur. Ich habe noch nie gehört, dass sich eines der Mädchen über den Sex mit Vic beschwert hat … Sie haben nur … ein sehr von Respekt geprägtes Bild von ihm.«

Nett, wie blumig Jan das Wort ›Angst‹ umschreibt.

Ich schließe die Augen und visualisiere etwas, das mir in letzter Zeit den Schlaf raubt und immer rauben wird, wenn ich nichts dagegen unternehme. Der dicke, raue Briefumschlag, der noch immer in meiner Sofaritze steckt und trotzdem wie ein Damoklesschwert über meinem Leben schwebt.

Ich muss nicht mal zwei Sekunden darüber nachdenken. Das Gefühl, Kevin nicht helfen zu können, ist so schlimm, dass es in seiner Unerträglichkeit mit nichts konkurrieren könnte.

Es ist nur Sex. Ich stehe auf Sex. Und Victor ist ein Mann, nach dem sich bestimmt unzählige Frauen die Finger lecken würden. Wieso stelle ich mich eigentlich so an? Weil man vor jedem neuen Job nervös ist.

»Wenn ich da für dich reingehen könnte, würde ich es machen«, versichert Jan und schmunzelt. »Ich steh auf harten Sex mit muskulösen Typen.«

Würde ich auch behaupten, müsste ich es nicht gleich wirklich tun. Ich mag die Vorstellung von hartem Sex mit muskulösen Typen auch, aber die Realität ist mir neu. Klar hatte ich schon dominantere Sexpartner, aber ich denke, Victor fällt in eine andere Kategorie.

»Ich will mich kurz frisch machen. Du musst nicht auf mich warten. Ich ruf dich an, wenn ich hier fertig bin.«

Ich habe keine Ahnung, wie lange die ganze Sache dauert. Jemand, der so erfahren ist und anderen Leuten Sexpraktiken beibringt, kommt bestimmt nicht nach drei Minuten. Wenn er überhaupt kommt. Falls nicht, wird Vincent mir wohl kaum einen Job anbieten.

»Nein. Ich warte. Lass uns nachher einen Kaffee trinken, zu mir gehen und etwas quatschen«, schlägt Jan vor und macht mir damit bewusst, wie sehr ich nach einem Starbucks-Besuch giere. Für Karamell-Macchiato würde ich mich glatt prostituieren.

»Kann ich dir irgendwie helfen?« fragt er, als er merkt, dass ich mich zum Gehen abwenden will. »Ich könnte dich im Badezimmer heiß machen? Dann gehst du schon mit Bock auf mehr zu Victor.« Er untermalt seinen Vorschlag mit hungrigem Lippenbeißen. »Ein wenig anlecken? Was sagst du?«

»Ich sage, dass du unter Muschi-Entzugserscheinungen leidest und heute Abend von allen Kardashians träumen wirst.«

Jan lacht und hört auf, seine Unterlippe mit den Zähnen zum Kribbeln zu bringen. »Du hast ja recht. Das war egoistisch. Aber ich kann mich wirklich nützlich machen. Brauchst du irgendetwas zum Frischmachen?«, will er wissen und klopft auf seine lederne Umhängetasche, die eigentlich wie eine Laptoptasche aussieht. »Parfum? Deo? Hautcreme? Feuchttücher?« Er grinst, während er sein Zeug wie im Verkaufsfernsehen anpreist.

»Du hast echt alles dabei, oder?«

»Escort-Standardausrüstung. Legst du dir auch noch zu. Und die richtig speziellen Dinge zum spontanen Frischmachen habe ich noch gar nicht erwähnt.« Er wackelt mit den Augenbrauen.

Ich verziehe das Gesicht, weil ich zu wissen glaube, was er meint.

»Hey! Spar dir den verurteilenden Blick. Du wirst mir noch dankbar sein, wenn ich dir zeige, wie dein ganzer Körper zu jeder Tages- oder Nachtzeit überall nach Veilchen duftet!«

Ich schmunzle und bitte dann wirklich um Jans Tasche. Dass ich ihm dankbar sein werde, stimmt nicht. Ich bin ihm schon dankbar.

Was kann im Leben eigentlich schieflaufen, wenn man Freunde hat, die ihre Bums-Tasche mit einem teilen?

Ab in die Höhle des Löwen!

DOMINANT ODER DEVOT?

Jap. Diesen plötzlichen Euphorieschub von wegen ›die Höhle des Löwen stürmen‹ bin ich losgeworden. Ich stehe vor der weißen Tür und traue mich nicht, zu klopfen, obwohl mein Körper nach Veilchen duftet.

›Victor Rasmussen‹ steht auf dem Schild.

Christensen, Rasmussen. Mir fällt auf, dass ihre Namen sehr skandinavisch klingen. Und mir fällt auf, dass ich mir wieder mehr skandinavische Rockbands anhören sollte. The Rasmus, HIM, Volbeat … Mann, machen die im Norden gute Musik.

Klopf an, du kannst nicht ewig hier stehen.

Ich weiß. Das ist wie damals auf dem Dreimeterbrett im Schwimmbad. Steht man mal an der Kante, muss man auch springen. Und ich war im Nachhinein ziemlich stolz auf mich.

Ich will wirklich nicht zu zögerlich klopfen, aber diese Tür ist so verdammt dick, dass meine Knöchel schmerzen, obwohl sie ein so leises Geräusch erzeugen.

Ob er mich überhaupt gehört hat?

»Nein!«

Ja, hat er. Und seine Antwort auf das Klopfen ist ›Nein‹? Echt jetzt? Das antwortet doch niemand! Was mache ich denn jetzt?!

»Vincent schickt mich«, sage ich, verliere aber schon den Glauben daran, dass er mich hört, als ich ›schickt‹ sage. Die verdammte Tür ist so dick, dass ich viel lauter sprechen müsste, vor allem mit meiner bescheuert hellen Mädchenstimme. Ein wenig Bass im Tonfall könnte jetzt nicht schaden. Ich will nicht wie ein aufgebrachtes Huhn durch den Flur piepsen, dass Vincent mich schickt.

Dann muss ich die Tür eben aufmachen!

So mutig ich mir diesen Satz in Gedanken vorbrülle, so zögerlich setze ich ihn in die Tat um. Ich drücke die Tür langsam auf, gerade mal so weit, dass mein Kopf durchpasst.

»Entschuldige. Ich will dich wirklich nicht stören. Vincent schickt mich.«

Ihre Büros sind sehr ähnlich geschnitten, aber gespiegelt. Die Fensterfront erstreckt sich auf der anderen Seite und Victors

Schreibtisch ist aus schwarzem Glas. Der Raum wird nicht annähernd so stark vom Licht durchflutet, weil er die elektrischen Rollläden hinuntergelassen hat. Die silbernen Paneele lassen die Sonne nur stellenweise einfallen.

Er stützt den Kopf mit zwei Fingern an der Schläfe ab und sieht dann brummend von seinem Laptop auf. »Vincent …«, wiederholt er genervt. Dass er genervt klingt, unterstelle ich ihm mal. Vielleicht ist der Tonfall auch Standard bei ihm und er stellt das mit Vincent nur fest.

»Darf ich reinkommen?«

Ich mache die Tür ein Stück weiter auf, trete aber noch nicht auf den dunkelgrauen Teppich. Der Boden ist Lava.

Victor schweigt, lässt seinen Blick von mir auf den Bildschirm gleiten und lehnt sich dann in den Stuhl. Entweder kommt das brummende Geräusch aus seiner Kehle oder da hockt ein Löwe hinter ihm im Schrank. Ich weiß nicht, ob mir das echte Raubtier nicht lieber wäre.

»Mach die Tür zu«, tönt er nach einer Weile und macht eine irritierende Handbewegung.

Heißt das, ich soll verschwinden oder …?

»Hinter dir! Reinkommen! Zumachen!«, knurrt er und sieht dann zu, wie ich hüpfe, um die Anweisungen möglichst schnell umzusetzen.

Wenn unser Land im Krieg steckt, sollte Victor das Kommando über die Soldaten übernehmen. Bei dieser durchdringenden Stimme springt jeder umgehend an der Front herum.

»Danke! Du hast sicher viel zu tun.«

»Ja.«

»Euer Bürogebäude ist unheimlich schick. Hattet ihr einen Innenarchitekten oder habt ihr alles selbst eingerichtet?«

Victor fasst sich an die Stirn und streift seufzend über seine Augenbrauen. »Hat dich Vincent hergeschickt, damit ich herausfinde, ob du Small Talk führen kannst? Setz dich. Willst du einen Kaffee?«

Oje, Falle. Bloß nicht nicken oder Danke sagen, da schwingt purer Sarkasmus in den Angeboten mit, auch wenn er seine Stimme dabei übertrieben sanft klingen lässt.

Victor weiß, wieso Vincent mich hergeschickt hat. Ich wollte nur etwas Konversation betreiben, weil ich keine Ahnung habe, wie ich die Sache mit dem Sex ins Laufen bringe.

Ich kann doch nicht einfach um den Schreibtisch herumlaufen und ihn abknutschen! Der beißt mich doch!

»Na ja, zumindest hörst du Sarkasmus heraus«, lobt er, weil ich mich nicht hingesetzt und nach Kaffee mit Zucker verlangt habe.

»Ich weiß, ich bin nicht dein Typ …«, setze ich an und trete etwas näher an seinen Schreibtisch. »Aber ich will den Job wirklich und wenn du mir eine Chance gibst, zu beweisen, dass ich …«

Er macht eine stoppende Geste mit der Hand und ich verstumme umgehend. Victor steht auf, lässt die Hände in den Jeanstaschen verschwinden und kommt auf mich zu.

»Ich habe keinen ›Typ‹«, stellt er klar. »Aber ich kann Menschen nicht leiden, die diesen Beruf unterschätzen.«

Bist du sicher, dass der Satz nicht einfach nur ›Ich kann Menschen nicht leiden‹ hätte lauten sollen?

»Im Gegensatz zu Vincent ist es mir egal, wozu du das Geld brauchst. Kauf dich aus deinen Problemen raus oder kauf dir ein Auto, Schuhe – es ist mir gleichgültig.«

Mein Kopf neigt sich nach oben, weil er schon so nah steht, dass ich zu ihm aufsehen muss. Er ist mindestens eins fünfundneunzig. Und sein Alter ist so schwer zu schätzen wie das von Vincent. Sie tragen einen sehr ähnlichen Duft.

»Wenn du denkst, das Geld würde dir in den Schoß fallen, weil das hier jeder machen kann, der nett aussieht und bereit ist, sich ficken zu lassen, bist du in der falschen Agentur.«

»Das denke ich nicht«, entgegne ich und schaffe es, selbstsicher zu klingen, obwohl der muskulöse, dominante Mann von oben auf mich herabsieht.

Ich denke wirklich nicht so. Mir ist klar, dass der Job nicht einfach ist und nicht darin besteht, die Augen zuzumachen und zu warten, bis es vorbei ist. Vielleicht hatte ich dieses Bild, bevor Jan mir von der Agentur erzählt hat, aber ich bin in dem Bewusstsein hergekommen, dass mehr von mir verlangt wird als die Bereitschaft, mich vögeln zu lassen.

»Ich weiß, was der Job bedeutet und dass ihr hohe Ansprüche an eure Escorts stellt. Ja, ich brauche das Geld, aber mir ist bewusst, dass ich mich dafür anstrengen muss. Sex macht mir

Spaß und ich habe keine Angst, neue Dinge auszuprobieren. Ich habe zwar keine Fetisch-Erfahrung, aber ihr könnt mich trotzdem zu Kunden schicken, die darauf stehen. Das macht mir nichts aus. Wirklich nicht.«

70 Prozent Wahrheit, 30 Prozent heiße Luft – gute Mischung, Emma. Man merkt dir kaum an, dass du doch Schiss hast und dich über Wert verkaufen willst.

Danke, ich gebe mir auch Mühe. Tut jeder bei einem Vorstellungsgespräch, oder?

Victor schmunzelt. Mir fällt auf, dass sein Gesicht überdurchschnittlich attraktiv ist, sobald es nicht von Strenge oder schlechter Laune gezeichnet ist.

Er hat eine auffallend schöne Lippenform. Und die langen Haare, die diese sanften Wellen werfen, rahmen seine markanten Züge.

»Wir schicken keine unerfahrenen Mädchen zu Fetischkunden. Und ich kann dir, ohne dich einmal gefickt zu haben, versichern, dass aus dir nie eine Domina wird. Aber selbst für den devoten Part kommen unausgebildete Mädchen nicht infrage. Wir sprechen hier nicht von einem Klaps auf deinen kleinen heißen Arsch oder davon, dass jemand dich mit gefesselten Händen scharf findet. Richtiges BDSM verlangt Kontrolle, die man erlernen muss, bevor man es verkaufen kann.«

Ich nicke einsichtig. Auch wenn Jan mir nicht erzählt hätte, dass Victor hier die BDSM-Koryphäe ist, wüsste ich jetzt, dass er im Fetischbereich zu Hause ist. Man hört seine Erfahrung heraus und auch seine Intention, ein Bewusstsein für die Sexpraktik zu schaffen.

Was ist nur mit diesen beiden Männern los? Einschüchternd ohne Ende, schmunzeln wie Luzifer persönlich und trotzdem geben sie einem das Gefühl, dass man gut bei ihnen aufgehoben ist.

»Ich bilde unsere devoten Escorts länger und härter aus als unsere dominanten. In erster Linie zu ihrer eigenen Sicherheit, nicht um den Kunden zufriedenzustellen. Wenn du nicht weißt, wo deine Grenzen liegen und wie du ihre Einhaltung verlangst, ohne aus der Rolle zu fallen, kannst du sehr, sehr unangenehme Erfahrungen machen.«

Ja, genau das habe ich gemeint. Er hält die Hand über seine Mädchen – nachdem er sie damit versohlt hat.

Aus Victors Kehle dringt ein Brummen. Tief, leise – seine Miene wird wieder strenger. »Aber schlag dir diese ganze Fetisch-Nummer aus dem Kopf. Das ist nicht deine Welt. Du bist ein verpeiltes junges Ding, das sich gerade viel zu viel zutraut. Dabei wird dein Blick schon unsicher, sobald ich das Wort ›ficken‹ sage.« Er hat sich zu mir hinuntergebeugt, haucht mir das Wort gegen die Lippen. Seine Hand legt sich auf meine Schulter. »Vincent steht auf die erregt zitternden Mäuschen. Viele Kunden auch. Ich nicht.«

Victor richtet sich auf und macht einen Schritt nach vorn, obwohl ich so dicht vor ihm stehe, dass er gegen mich läuft. Bevor ich das Gleichgewicht verliere, mache ich ein paar Schritte zurück.

»Denkst du, du kannst mir trotzdem Spaß machen?«

»Ich … Ja. Wenn du willst, kann ich …«

»Stottern? Mich ansehen, als hättest du noch nie mit einem Mann geschlafen?«

Ich schüttle den Kopf und versuche, meine Gedanken zu ordnen, während ich noch einen Schritt zurück mache, weil er wieder gegen mich läuft.

»Ich gebe dir noch drei Sekunden, um es dir anders zu überlegen, durch diese Tür zu laufen und nie mehr wiederzukommen. Verstanden?«

Ich nicke. Seine Dominanz ist so erdrückend, dass ich kaum einen klaren Gedanken fassen kann.

Ich frage mich, was gleich passiert, stelle mir vor, was er mit mir macht und wie er sich anfühlt. Die Bilder in meinem Kopf überschlagen sich.

»Eins … zwei …« Victor streckt die Hand nach mir aus. » … drei …« Er verfinstert den Blick.

Ich rühre mich nicht.

»Zieh dich aus. Du gehörst mir.«

DU KOMMST, WENN ICH ES SAGE!

Ich falle. Und ich denke, ich lande auf dem Boden. Victor hat mich nach hinten geschubst, so plötzlich und fest, dass ich nicht mal den Hauch einer Chance habe, mich abzufangen.

Mein Körper schlägt mit dem Rücken auf und ich warte mit zusammengekniffenen Augen auf den Schmerzimpuls.

Als er nicht einsetzt, wird mir bewusst, dass ich nicht so tief gefallen bin wie vermutet und auch nicht so unsanft.

Ich raffe mich wieder ein wenig auf, meine Handflächen drücken sich gegen den schwarzen Lederbezug des Sofas. Dass hier eines steht, ist mir nicht aufgefallen. In der Nähe der Tür, an der Wand, zu der er mich gedrängt hat.

Nach einer Schrecksekunde sehe ich zu Victor hoch. Er verdunkelt den Blick.

»Jedes Mal, wenn ich mich wiederholen muss, stelle ich die Stimme in mir leiser, die mir ausredet, dich so rücksichtslos zu ficken, dass du morgen nicht mal mehr die Beine übereinanderschlagen kannst! Zieh dich aus!«

Um seiner Anweisung nachzukommen, stehe ich auf. Das heißt, ich versuche es. Victor befördert mich aber so schnell wieder auf den Rücken, dass mir kurz die Luft wegbleibt – auch, weil er mich am Hals zurückgedrückt hat.

»Habe ich dir gesagt, dass du aufstehen sollst?!«, knurrt er mir ins Gesicht und kommt dabei so nah, dass ich seinen Atem an meinen Lippen fühlen kann. Er hat sich über mich gebeugt. Ich fasse intuitiv nach seiner Hand, die noch auf meinem Hals liegt. Als mir bewusst wird, dass er kaum Druck darauf ausübt, kann ich die Panik wieder zu Nervosität werden lassen.

»Ich würge dich nicht, ich halte dich nur fest«, versichert er und pustet gegen mein Gesicht, um die Haarsträhne, die sich dorthin verirrt hat, wegzubefördern.

Die Strenge in seiner Stimme verschafft mir seltsamerweise ein Gefühl von Sicherheit. Ich glaube, was er sagt, und ich werde tun, was er verlangt, weil er mit Sicherheit weiß, was er da tut.

Mir fällt auf, dass Victors Augen einen sehr hellen, warmen Braunton haben. Mein Blick schweift zu den perfekten Lippen, die so nah sind, dass ich ihn küssen kann, obwohl er mich noch festhält. Küssen könnte …

Er weicht zurück. »Ich bin nicht dein Freund, ich bin dein Boss. Meine Lippen gehen dich nichts an.« Er richtet sich auf und zieht sich das T-Shirt aus.

Küssen ist also verboten. Der Versuch ist mir peinlich. Hat das zu verknallt gewirkt? Prostituierte küssen nicht. Stimmt das Klischee oder liegt es einfach an Victor, dass er …?

Heiliger SM-Gott! Dieser Körper ist gestählt! Seine Muskeln sehen aus, als wären sie mit Photoshop für eine Bodybuilder-Werbung bearbeitet worden. Der breite Oberkörper geht in schlanke Hüften über, deren Knochenstruktur das Augenmerk auf seine Männlichkeit lenken würde, die er aber noch unter den Jeans versteckt.

Shit, ich muss mich ausziehen, bevor er sich noch mal wiederholen muss!

Ich strecke meinen Körper durch und mache ein Hohlkreuz, um den Reißverschluss zu erreichen. Gar nicht mal so einfach im Liegen, vor allem wenn man dabei versucht, möglichst sexy auszusehen. Der Reißverschluss hängt irgendwie fest.

Als Victor sich umdreht und auf seinen Schreibtisch zusteuert, nutze ich die Gelegenheit, um das Kleid möglichst schnell loszuwerden. Das geschieht mit Sicherheit sehr unerotisch, weil ich mich wie eine Schlange winde, die in einer Socke feststeckt, aber die Technik erfüllt ihren Zweck.

Während seine Aufmerksamkeit noch auf die Schublade gerichtet ist, positioniere ich meinen Körper. Er hat noch keinen Blick auf meine nackte Haut geworfen – wenn er es tut, gefällt ihm hoffentlich, was er sieht.

Ich mag meinen Körper eigentlich. Er hat mich nie wirklich mit schrägen Dellen überrascht oder mir zu viel Zucker und Koffein übel genommen. Auch den ungewollten Kalorienentzug in letzter Zeit lässt er tapfer über sich ergehen. Trotzdem bin ich gerade etwas unsicher.

Auch wenn Victor behauptet hat, er habe keinen speziellen Typ, denke ich, dass er eher auf fittere Frauen mit runderen Formen steht. Bauchmuskeln kann ich mir zwar spontan keine durch Posieren erschleichen, aber ich kann meinen Körper ein wenig zur Seite drehen und meine Brüste gut aussehen lassen. Vielleicht auch ein wenig die Hüfte rausstrecken und dabei die Körperspannung nicht vergessen.

Läuft!

Läuft nicht! Läuft nicht!

Scheiße …

»Bist du gerade tatsächlich vom Sofa gefallen?«, tönt es hinter mir.

Meine Hände liegen noch auf der Sitzfläche, mein Hintern ist am Boden aufgeschlagen.

Wie bescheuert glatt kann Leder eigentlich sein!? Ich wollte nur das Bein über das andere werfen – etwas zu schwungvoll.

Was ist das nur mit mir und Sofas?! Kein Mensch fällt da ständig runter! Ich muss eine motorische Störung haben!

Als ich mich zu Victor umdrehe, glühen meine Wangen. Er steht wieder direkt hinter mir, hat eine Braue nach oben gezogen und brummt.

Ich will mich hochraffen, aber er legt eine Hand auf meinen Kopf und hindert mich daran.

»Wenn du schon vor mir kniest, dann lass uns mit deinem Mund beginnen.«

Victor greift seinen Gürtel und beginnt, ihn zu öffnen. Er sieht nicht auf seine Hände, mustert mich und meine Reaktion.

Die Jeans und die schwarzen Shorts zieht er nur so weit nach unten, bis seine Männlichkeit frei liegt. Ein schmaler Streifen aus kurzen schwarzen Härchen bahnt sich von seinem Bauchnabel nach unten, verläuft aber auf der glatt rasierten hellen Haut.

Ich seufze erleichtert in mich hinein, weil ich Angst hatte, dass er überdurchschnittlich gut bestückt ist. Nicht, dass ein großer Penis keine tolle Sache wäre, aber Victor ist der muskulöseste und größte Mann, mit dem ich jemals geschlafen habe, und mit ungewohnten Größen zu arbeiten, wenn man sich besonders anstrengen will, ist nicht sonderlich wünschenswert.

Ehrlich gesagt wäre mir ein besonders kleines Exemplar sogar am liebsten gewesen – das macht den Blowjob einfacher.

Victor ist absolut normalgroß. Was allerdings schon auffällt, ist die Tatsache, dass er noch nicht wirklich hart ist, obwohl ich hier nackt vor ihm knie und mir schon über die Lippen lecke, weil ich ihn gleich meinen Mund spüren lassen will. Die Vorstellung scheint ihn nicht sonderlich zu erregen. Das hatte ich so auch noch nie.

Meiner Erfahrung nach braucht man nur ›Blowjob‹ zu sagen, wenn man eine Latte sehen möchte. So einfach macht er es mir wohl nicht.

Ich neige den Kopf zu seiner Mitte und will ihn meine Lippen spüren lassen. Als er die Finger in meine Haare krallt und mich stoppt, blicke ich zu ihm auf. In meinen Augen spiegelt sich bestimmt der Schmerzimpuls, weil er so fest zugreift, aber auch Verwunderung.

Ich darf dich nicht mal da küssen?! Echt jetzt?!

»Wenn du noch einmal einen Schwanz ohne Gummi in die Nähe deines Mundes oder deiner Muschi lässt, packe ich dich ein, fahre mit dir für ein Wochenende in mein Haus in die Berge und spanke dir deinen Arsch so lange wund, bis du dir die törichte Dummheit aus dem Leib geschrien hast!«

Meine Augen sollten groß und schockiert werden, ich kneife sie aber zusammen, weil er noch fester an meinen Haaren zieht.

»Haben wir uns verstanden?!«

»Ja! Ja! Entschuldige, ich war …«

Total bescheuert. Victor hat recht. Ich bestehe eigentlich immer auf ein Kondom, es sei denn, ich kenne meinen Sexpartner gut oder bin mit ihm zusammen. Das war tatsächlich dämlich, aber ich werde es garantiert nie wieder vergessen. Victor könnte es mir nicht nachdrücklicher eintrichtern.

»Dummes Ding!«, knurrt er und lässt meine Haare los.

Zu meiner Verteidigung: Diese Situation versetzt meinen Verstand ein wenig in den Ausnahmemodus. So nervös und kopflos habe ich normalerweise keinen Sex.

Er zieht ein Kondom aus der Hosentasche und hält das Päckchen dann mit den Schneidezähnen fest. Eine seiner Hände drückt mich zurück, bis ich die Armlehne des Sofas an meinem Rücken fühle. Die andere Hand greift seine Männlichkeit.

Victors Blick schweift über meinen nackten Oberkörper, während er sich selbst stimuliert. Ihm dabei zuzusehen, ist heiß, seine Bewegungen sind rhythmisch und routiniert.

In den sonst ausschließlich strengen Blick mischt sich die Erregung, die seine Augen schmäler, aber glänzender werden lässt.

Als ich wieder nach unten sehe, fällt mir etwas ein, das ich eigentlich schon im Biologieunterricht in der Schule gelernt haben sollte, aber im Moment verdrängt habe: Er wird größer, wenn er erregt ist. Manche ein bisschen, manche beachtlich und manche einschüchternd größer.

»Du siehst aus, als hättest du noch nie einen Schwanz gesehen«, stellt Victor fest, nachdem er sich das Kondom aus dem Mund genommen hat. Eine Ecke des Plastiks ist aufgerissen. »Wenn du noch Jungfrau bist, lassen wir das hier.«

Ich wundere mich eine Sekunde lang über die verständnisvolle Sanftheit in seiner Stimme.

»Dann verkaufen wir dich lieber zum Neuwagenpreis an den Höchstbietenden.«

Merke: Wenn Victor sanft oder freundlich klingt, ist es immer Sarkasmus.

»Ich habe schon viele gesehen, aber die Größe ist mir neu«, entgegne ich und schmunzle ihn an. Der erste selbstbewusste Satz, gefolgt von einem nicht schockierten, sondern koketten Gesichtsausdruck. Ich hätte gern Applaus.

Er streift das dünne Latex über seine Härte und neigt den Kopf. »Was wird das? Subtiler, schmeichelnder Dirty Talk? Lass das bei Männern über zwanzig. Das klingt, als hättest du den Satz aus der BRAVO.«

Mein Selbstbewusstsein schultert gerade einen Rucksack und stapft mit gesenktem Kopf aus dem Raum. Im Rucksack befinden sich alle weiteren koketten Gesichtsausdrücke, die ich draufhabe. Auf Wiedersehen, ich arbeite ab jetzt wohl ohne euch.

Victor macht eine auffordernde Bewegung mit dem Zeigefinger. Ich soll mich wieder nach vorn lehnen.

»Zeig mir, was du kannst, Kleine.«

Ich nicke. Mein Kopf neigt sich zu ihm, diesmal lässt er die Berührung zu. Victors Haut riecht und schmeckt vertraut. Jan benutzt das gleiche Boss-Duschgel.

Meine Lippen drücken sich zuerst an die Stelle, an der der schmale Haarstreifen ins Leere verläuft. Ich greife an seine Hüfte, bevor ich mit der Zunge über seine Härte gleite. Kein kurzer Weg, was mich nervös macht, weil ich nicht denke, dass ich ihn sehr tief in meinen Mund gleiten lassen kann, ohne einen Reflex auszulösen, den ich nicht auslösen will.

Das Kondom lässt ihn meine Berührungen etwas weniger intensiv fühlen, also presse ich die Lippen stärker zusammen, als ich meinen Mund auf ihn drücke.

Victors Hand legt sich auf meinen Kopf, während ich anfange, ihn zu stimulieren. Ich lasse ihn nicht tief in mich gleiten, konzentriere mich auf die empfindlichste Stelle an seiner Härte, weil er mich auch so schon zur Genüge ausfüllt.

Ich warte die ganze Zeit darauf, dass er mit seiner Hand Druck auf meinen Kopf ausübt, aber er lässt mich über Tempo und Tiefe selbst bestimmen.

Mein Blick schweift zu ihm hoch, während ich ihn mit der Zunge massiere und endlich auf ein Stöhnen hoffe. In seinen Augen spiegelt sich zwar die Erregung, aber Victor öffnet die schönen Lippen nicht mal leicht.

Das hier ist für ihn wahrscheinlich Routine. Jemanden, der in einer Escort-Agentur arbeitet und tagtäglich von schönen Menschen und Sex umgeben ist, beeindruckt ein einfacher Blowjob nicht mehr.

Oder es liegt einfach an meiner Technik.

Mir wird bewusst, dass es mir nicht nur peinlich wäre, ihn nicht zum Höhepunkt zu bringen, sondern dass es auch mit ziemlicher Sicherheit dazu führen würde, dass ich heute zum letzten Mal hier bin. Vincent wird wohl kaum jemanden einstellen, der keine Orgasmus-Garantie bei einem Job gewährt.

Ich erhöhe den Druck mit den Lippen, reibe mit der Hand über den Teil seiner Härte, den ich mit dem Mund nicht erreiche, will ihn aber trotzdem tiefer in mich gleiten lassen.

Seine Finger drücken plötzlich stärker gegen meinen Kopf. »Versuchst du es doch noch?«, raunt er fragend.

Als er mir sein Becken entgegendrückt, will ich ein Stück zurückweichen, aber er hält meinen Kopf fest.

»Entspann die Kehle. Atme ruhiger. Du kannst ihn nicht verschlucken und daran ersticken – entspann dich.«

Der kleine Scherz in seiner Anweisung lässt mich wirklich ruhiger atmen, zumindest bis er anfängt, sich weiter in mich zu drücken.

»Du hältst das aus, Kleine. Glaub mir.«

Meine Finger drücken sich fester an Victors Hüfte, als er das Tempo und die Tiefe mit einem Mal selbst bestimmt.

Das hier wird gerade zum forderndsten Oralsex meines Lebens. Ich versuche, genügend Luft durch die Nase zu bekommen und nicht dem Reflex nachzugeben, ständig zu schlucken.

Aus Victors Kehle dringt ein Knurren. Ich will zu ihm aufsehen, aber ich kneife die Augen zusammen, weil ich gleich nicht mehr kann.

Kaum denke ich den Gedanken zu Ende, drückt er meinen Kopf weg und lässt mich Luft holen.

Ich blicke atemlos zu ihm hoch und nicke ihm dankbar für die Pause zu. Nachdem ich ein paar Mal Luft geholt habe, will ich weitermachen, aber er lässt es nicht zu.

»Das reicht.«

Victor greift mich an den Oberarmen und hebt mich so mühelos hoch, als würde ich nicht mehr als sein Laptop wiegen. Als ich vor ihm stehe, wird mir wieder bewusst, wie groß er ist. Und wie schön diese Lippen sind, die ich nicht küssen darf.

»Leg dich hin. Ich will dich ficken.«

Er lässt mich los und wartet, bis ich mich auf das Sofa gelegt habe. Während er sich über mir abstützt, fallen mir seine Haare ins Gesicht. Ich glaube kurz, er will mich doch küssen, aber er haucht mir nur gegen die Lippen.

»Spreiz die Beine, zeig mir, ob du scharf bist.«

Ich hebe die Knie ein wenig an und lasse zu, dass er seinen Körper zwischen meinen Beinen positioniert. Victor rutscht ein Stück nach unten und richtet den Blick auf meine Mitte. So intensiv gemustert zu werden, fühlt sich seltsam an.

Als er die Finger auf mich drückt, schickt die Nervosität einen ungewohnt starken Schwall aus Erregung durch meinen Körper. Er gleitet mit dem Zeigefinger über meine Hitze und schiebt ihn dann in mich.

»Hat dich mein Schwanz in deinem Mund so scharfgemacht?« Victor reibt mit dem Daumen über meine empfindlichste Stelle und fingert mich weiter. »Bist du ein notgeiles kleines Stück, das kommen möchte?«

Seine Worte steigern nicht nur meine Nervosität, sondern auch meine Erregung. Ich fühle jedes Gleiten über meine Hitze so intensiv, als hätte er mich zuvor oral heiß gemacht.

Als er seine Stimulation plötzlich stoppt und sich wieder auf Augenhöhe mit mir begibt, beiße ich mir maßregelnd auf die Lippen, um die Enttäuschung, dass er aufgehört hat, nicht meine Miene zeichnen zu lassen. Er schuldet mir keinen Orgasmus. Nur einen Job, wenn ich ihm guttue.

»So funktioniert das übrigens mit dem Dirty Talk«, sagt er und erinnert mich wieder daran, dass ich vorhin darin versagt habe. »Tipp dir die Sätze ins Handy – besser zu gebrauchen als die Doktor-Sommer-Leserbriefe, die du anscheinend bisher als Quelle benutzt hast.«

Ich will gerade peinlich berührt den Blick abwenden, aber ich fixiere sein Gesicht und stöhne laut auf. Er hat sich in mich gedrückt, so tief, dass sich ein stechender Schmerzimpuls durch mein Inneres zieht.

»Bist du sicher, dass du keine Jungfrau bist? Du bist so eng wie eine«, raunt er mir ins Gesicht.

Ich kann gerade nicht darüber nachdenken, ob das ein Kompliment ist oder nicht, weil ich versuche, mich an seinen harten, schnellen Rhythmus zu gewöhnen. Mein Körper weiß nicht, ob er sich verkrampfen oder die Stöße genießen soll.

»Sieh mich an, Kleine!«

Mein fokusloser Blick findet die hellbraunen Iriden, hinter denen die Erregung leuchtet. Sein Körper fühlt sich schwer auf meinem an, obwohl er sich mit den Händen abstützt.

Ich schlinge die Arme um Victors Nacken. Meine Hände legen sich auf die harten Muskeln, die sich an seinem Rücken abzeichnen.

»Traust du dich, mich anzufassen? Gefällt es dir langsam?«

Er schmunzelt verdorben und ich fühle mich, als würde mich Luzifer persönlich nehmen. Ein scharfer, großer Dämon, dessen schwarze Haare mir bei jedem Stoß über die Stirn streifen.

Ich lese wahrscheinlich zu viele Fantasyromane, aber die Vorstellung macht mich heiß.

Kaum schickt mein Kopf diesen Schwall aus Erregung durch meinen Körper, zwingt die Lust alle anderen Gefühle in die Knie. Seine Stöße fühlen sich plötzlich gut an und ihre Intensität lässt das angenehme Empfinden ungewohnt schnell wachsen.

Ich weiß nicht, wann ich angefangen habe, zu stöhnen, aber ich verliere auch gerade das Zeitempfinden. So viel heißer Dämon in mir und über mir, dass ich nicht mal mehr die Frage nach dem aktuellen Wochentag beantworten könnte.

Meine Fingerspitzen drücken sich fester gegen die weiche, blasse Haut, unter der sich diese steinharten Muskeln wölben.

»Wenn du mit deinen Nägeln auch nur eine Kratzspur auf meinem Rücken hinterlässt, degradiere ich dich zum Escort-

Kätzchen!«, brummt er drohend, ohne seine Stöße dabei langsamer werden zu lassen.

Ich habe keine Ahnung, ob das jetzt heißt, dass ich ihn kratzen soll oder nicht. Kätzchen klang süß – degradieren und der Tonfall nicht.

»Weißt du, was mit einem Escort-Kätzchen passiert?«, fragt er, als er meine Unsicherheit durch meine zuckenden Finger fühlt.

Sein Kopf beugt sich nach unten, vorbei an meinen Lippen, hin zu meinem Ohr. Als er zubeißt, mischt sich ein leidender Ton unter mein Stöhnen. Mein Ohrläppchen prickelt, der kurze Schmerzimpuls geht aber schnell in den Wellen aus Erregung unter, die seine Stöße durch meinen Unterleib schicken.

Victor streift mit der Zunge über mein Ohr, bevor er hineinflüstert. »Ich bestelle alle männlichen Escorts her, die für uns arbeiten, und lasse dich von jedem einzelnen ficken – hintereinander, ohne Pause.«

Die Vorstellung sollte mich wahrscheinlich nicht anmachen, weil das in der Realität bestimmt eine absolut auslaugende Grenzerfahrung ist, aber ich kann gerade nicht anders, als mich von seinen versauten Worten beflügeln zu lassen. Meine Libido hat das Steuer über meine Gedanken übernommen und die trifft nicht unbedingt immer die klügsten oder auch nur annähernd realitätsnahe Schlussfolgerungen.

Bei Victor ist man sich aber auch nicht sicher, ob er einem droht oder einen scharfmachen will.

Herausfordern will ich den Dämon trotzdem nicht. Meine Finger hören auf, so viel Druck auf seine Haut auszuüben. Ich fahre die Krallen wieder ein.

»Kluges Mädchen. Und jetzt …« Seine Bewegungen stoppen. Er zieht sich aus mir zurück und richtet sich auf. »Umdrehen. Zeig mir deinen Arsch.«

Als ich aufstehe, merke ich, dass es mich ziemlich stark nach links zieht. Mein Gleichgewichtssinn fühlt sich wohl beleidigt von der Mischung aus Anspannung, Nervosität und Erregung.

Ich lasse mich möglichst schnell mit den Knien auf die Sitzlehne fallen, damit ich nicht schon wieder am Teppichboden lande und Victor endgültig das Vertrauen darin verliert, dass ich es schaffe, einen Kundentermin wahrzunehmen, ohne unmotiviert hinzufallen.

Ich halte mich an der Lehne fest und drücke den Rücken durch, um meinen Hintern in Szene zu setzen. Die Erregung prickelt zwischen meinen Beinen, als sich seine Hände darauf platzieren. Er presst die Finger gegen meine Haut, so fest, dass ich aufstöhne.

»Das tut nicht weh«, widerspricht er meinem leidenden Schnauben.

Meine Pobacken entspannen sich, als er sie loslässt und ich durchatmen kann. Die Erleichterung hält nicht mal zwei Sekunden an, dann ziehe ich scharf die Luft durch die Zähne, weil mein Hintern plötzlich wie Feuer brennt.

Ich weiß nicht, was lauter war: das Geräusch seiner aufschlagenden Handfläche oder mein Wimmern.

Er ist nicht der erste Mann, der mir einen Klaps auf den Arsch gibt, aber das war kein Klaps, das war ein verdammter Schlag.

»Zu fest! Hör auf damit!«, zische ich zurück, weil der Schmerz so unheimlich beißend war. Mein Blick ist bestimmt glasig, aber finster.

Victor schmunzelt und beginnt, meine brennende Pobacke zu massieren – sehr fest, aber das Zupacken ist angenehm und trägt den stechenden Schmerz davon.

»Gut gemacht. Brave Kleine«, raunt er plötzlich.

Ich schüttle den Kopf, weil ich nicht verstehe, was er meint. Das Geräusch, das aus meiner Kehle dringt, ist noch immer eine Mischung aus leidendem Stöhnen und Knurren. Mein Körper steht unter so viel Anspannung, dass mein Herz pocht, als würde ich gerade einen Berg hinauflaufen.

Victors Massage wird sanfter und so angenehm, als hätte er das Massieren professionell erlernt. Ich entspanne mich ein wenig.

»Wenn jemand etwas mit dir macht, das du nicht aushältst oder aushalten willst, beendest du das genau in diesem energischen Ton.«

Was jetzt? Ist das ein Lob für mein Fauchen?

»Sollte jemand trotzdem nicht aufhören, statten Vinc und ich ihm einen Besuch ab, den sich niemand wünscht. Das wird also nicht vorkommen.«

Nach meinem Körper entspannt sich nun auch mein Nervenkostüm ein wenig. Mir wird wieder klar, dass die beiden zwar keine Schutzengel, aber Schutzdämonen sind. Und mir wird klar, dass das gerade wohl so etwas wie ein Test war.

Wehre ich mich dagegen, wenn jemand persönliche Grenzen überschreitet, obwohl das hier ein Geschäft ist, oder lasse ich alles mit mir machen?

Nein, ich lasse nicht alles mit mir machen und Victor scheint sehr zufrieden damit.

Dass er mir so nachhaltig eintrichtert, wie ich ›Nein‹ sagen soll, beweist, dass sie wirklich großen Wert darauf legen, dass ihren Escorts nichts zustößt.

Ich will gerade erleichtert nach Luft schnappen, als Victor meine Hüften greift. Die kurze Lehreinheit ist wohl vorbei. Ich schulde ihm noch einen Orgasmus.

Dass er so schnell und fest in mich eindringt, überrascht mich diesmal nicht. Ich bin eigentlich feucht genug, um seine Stöße nicht als schmerzhaft wahrzunehmen, aber mein Körper kämpft mit seiner Größe.

Jedes Mal, wenn er sich ganz in mich drückt, durchzuckt mich ein Stromstoß, der von meiner Erregung abgedämpft wird. Es fühlt sich aber auch verdammt gut an, so viel Dämon in so schnellem Rhythmus in sich zu spüren.

Die stechenden Blitze werden mir immer egaler – ein sicheres Indiz dafür, dass sich etwas in mir aufbaut, das in einen Höhepunkt gipfeln kann. Er trifft diesen Punkt in mir so regelmäßig, dass ich mir plötzlich wünsche, dass er nie wieder aufhört, mich zu nehmen.

Obwohl das Abstützen an der Sofalehne eigentlich nicht anstrengend sein dürfte, beginnen meine Muskeln zu zittern. Ich fühle, wie überhitzt mein Körper ist und wie sehr mich das harte Nehmen beansprucht. Mein Becken würde bei jedem Stoß beben, wenn Victor es nicht so festhalten würde.

»Habe ich dir erlaubt, zu kommen, du notgeiles kleines Stück?«

Wahrscheinlich spürt er, dass mein Muskelzucken rhythmischer wird.

»Nein … aber …«

»Aber was?«, knurrt er und drückt die Fingerspitzen wieder fester gegen meine Haut. »Du kommst, wenn ich sage, dass du kommen darfst!«

Ich werfe den Kopf in den Nacken und konzentriere mich, um die wohltuenden Wellen kleiner werden zu lassen. Dass das so schwer ist, wusste ich nicht. Eigentlich konzentriert man sich als Frau auf irgendetwas Scharfes, um zu kommen, nicht darauf, alles Scharfe auszublenden, um den Orgasmus zu unterdrücken.

Victor macht es mir plötzlich leichter. Er hört auf, mich zu nehmen. Ich atme durch, aber mein Herz hämmert noch immer im Marathon-Modus.

In dem Moment, als ich anfange, darüber nachzudenken, ob sich das Sofa ganz leicht bewegt oder ob mir schwindelig ist, fühle ich ihn plötzlich zwischen meinen Beinen. Es ist nicht seine Härte, die mich in Flammen aufgehen lässt, sondern seine Zunge. Sie drückt sich gegen meine empfindlichste Stelle, streift darüber und kitzelt mich dem Feuerwerk wieder ein großes Stück näher.

Victor leckt mich kaum zwanzig Sekunden, aber länger hätte ich den Orgasmus auch nicht unterdrücken können. Sicher, mein Körper ist schon überreizt, aber er ist auch so verdammt gut mit der Zunge, dass ich mir absolut sicher bin, dass es keine Frau gibt, die er nicht zum Höhepunkt bringen kann. Wenn er es ihr erlaubt …

Er schlägt mit der flachen Hand auf meine Pobacke – bei Weitem nicht so fest wie beim ersten Mal. Es prickelt trotzdem ein wenig. Das ist wohl so etwas wie Streicheln für ihn.

»Du darfst kommen, wenn ich komme«, stellt er eine Regel auf, von der ich nicht weiß, ob ich sie einhalten kann.

Victor stößt sich wieder in mich. Meine Mitte pocht noch von der Stimulation mit der Zunge, die wohl nur so etwas wie kurzes Antesten war.

Ich versuche, mich stärker darauf zu konzentrieren, dass seine Größe nach wie vor dieses Stechen in mir auslöst. Würde ich mich auf die wohltuenden Gefühle konzentrieren, würde Victor mich bestimmt gleich anknurren, weil er mich kommen spürt.

»Du fühlst dich gut an, Kleine«, raunt er, während er wieder meine Hüften greift, um mehr Gegendruck aufzubauen. Meine Hände geben seinen Stößen zu leicht nach.

Dass er mir mit dieser tiefen, angeturnten Stimme sagt, dass ich ihm guttue, lässt meine Erregung wieder das Ruder über meine Gedanken übernehmen.

Oh Gott, ich will so unbedingt, dass er kommt, dass ich …

Victor gleitet aus mir raus und stößt mich zur Seite. Ich lande auf dem Sofa. Er beugt sich über mich, seine schwarzen Haare fallen mir wieder ins Gesicht.

»Zeig mir, ob du heiß aussiehst, wenn du kommst.«

Ich denke, ich nicke, bin mir aber nicht sicher. Meine ganze Aufmerksamkeit gilt diesem muskulösen Körper, der sich gerade wieder auf mir schwer macht. Eine meiner Hände legt sich auf seinen Nacken, die andere fährt durch sein Haar. Dass er das zulässt, liegt wahrscheinlich nur daran, dass seine Gedanken auch von der Lust verschleiert sind.

Victors Augen glänzen und obwohl seine Miene so dunkel aussieht, macht sie mich unheimlich an. Er stöhnt mir ins Gesicht, während er wieder anfängt, in mich zu stoßen.

Der Positionswechsel gibt meinem Körper den Rest. Wenn er nicht gleich kommt, komme ich ihm zuvor. Was ich eigentlich nicht will, aber das Zurückhalten des Höhepunkts zerreißt mich innerlich.

»Bitte …«

»Bitte was?«, raunt er mir ins Ohr und beißt erneut in mein Ohrläppchen. »Was will das notgeile Stück?«

»Kommen«, ächze ich.

Er hebt den Kopf und funkelt mich an. Seine perfekten Lippen sind geöffnet, er stöhnt im Rhythmus seiner Stöße.

»Na gut. Dann lass mich deine pochende Muschi spüren.«

Sein versauter Satz ist wie der Funken für die Zündschnur, die das Feuerwerk in mir startet. Ich lasse die Zügel meiner Erregung los und meinen überstimulierten Körper endlich tun, wonach er verlangt.

Jedes Eindringen ist heißer als das zuvor. Mein Stöhnen beschallt den Raum. Ich beiße mir auf die Lippen und drücke den Kopf gegen das schwarze Leder, während mich der Orgasmus überrollt.

Das Pulsieren, das ich fühle, stammt nicht nur von mir. Victor wird härter und größer und durchbricht meinen Höhepunkt mit einem Schmerzimpuls, weil mein Körper mit der Größe nicht mehr umgehen kann.

Seine letzten Stöße sind fordernd, auch weil er das Tempo noch mal erhöht, um zum Abschluss zu kommen.

Ein dunkles Knurren, gefolgt von einem tiefen Aufstöhnen, begleiten seinen Orgasmus.

Dass ich mich an ihn geklammert habe, merke ich erst, als er sich aus mir zurückzieht und meine Muskeln sich entspannen. Ich lasse ihn los, liege atemlos auf dem Sofa und fühle meine Hände kribbeln. Irgendwie seltsam.

BIST DU SO VERZWEIFELT?

Ich will die Augen schließen, weil mein Gleichgewichtssinn mir plötzlich wieder vorgaukelt, das Sofa würde schwanken, aber Victors Berührung hält mich davon ab.

Ich blinzle ihn irritiert an, als er die Finger an meinen Hals drückt und abschätzend den Kopf schief legt. Seine Miene ist wieder so emotionslos wie vor dem Sex. Das hier hat ihn kein Stück angestrengt – mich schon. Sehr sogar.

»Wird es besser oder schlechter?«, fragt Victor und richtet sich über mir auf.

»Was?«, murmle ich verwirrt und will den Oberkörper auch hochraffen.

Er legt die Hand auf meine Brüste und drückt mich nach unten. »Liegen bleiben. Sag mir, ob deine Kreislaufprobleme unangenehmer werden oder abklingen.«

Kaum spricht er es an, wird mir auch bewusst, dass mir hier gerade der Kreislauf abkacken wollte. Der Schwindel, das Kribbeln und der plötzlich viel zu langsame Herzschlag – ich hatte das zum letzten Mal mit vierzehn in einem stickigen, zu vollen Bus. Das dumpfe Gefühl von drohender Ohnmacht verschwindet aber langsam.

»Es geht schon. Entschuldige.«

Victor schnaubt abwertend. »Entschuldige dich dafür, dass du nicht blasen kannst. Nicht für etwas, das du nicht beeinflussen kannst.«

Ich hätte beinahe vergessen, dass er nicht nur ein Dämonen-Sexgott, sondern auch ein verdammt schwieriger Mensch ist. Einerseits hat er in seiner Dominanz etwas Fürsorgliches versteckt, andererseits gibt er einem auch das Gefühl, dass ihm alles, was man zu ihm sagt, auf die Nerven geht.

Victor steht auf, macht aber eine energische und unmissverständliche Geste mit der Hand, die mir signalisiert, dass ich es ihm nicht gleichtun soll. »Bleib liegen. Mindestens fünf Minuten. Beine hoch, aber ohne mein Sofa mit den Schuhen zu zerkratzen!«

Ich nicke und schließe die Augen, um mich auf meinen Herzschlag zu konzentrieren. Er wird wieder etwas schneller – normalisiert sich nach dem plötzlichen Verlangsamen.

Der Klang einer sich öffnenden Tür lässt mich die Augen wieder aufmachen. Victor hat sich angezogen und ist im Begriff, das Büro zu verlassen.

»Ähm …« Solltest du mir nicht irgendeine Form von Feedback geben? Oder mir zumindest sagen, ob ich nach Ablauf der fünf Minuten hierbleiben oder nach Hause gehen soll? Darf ich für euch arbeiten?

Das tatsächlich so zu fragen, traue ich mich nicht, aus Angst vor seiner Kritik. Es bleibt bei einem irritierten ›Ähm‹.

Er dreht sich nach mir um und zeigt mit dem Finger auf mich. »Liegen bleiben!«

Ich befürchte, das bleibt die einzige Anweisung, bevor er verschwindet, aber er murmelt noch etwas vor sich hin.

»Dass ich tatsächlich für ein Scheißtörtchen zu McDonald's fahren muss … beschissener Cupcake-Laden … schließt einfach.«

Die Tür donnert ins Schloss.

Okay …? Wieso habe ich plötzlich das Gefühl, dass er mit den Gedanken bei einem Törtchen war, während er mich gevögelt hat? Oder er switcht einfach irrsinnig schnell von seinem Erotik-Master-Modus in den Süßkram-Junkie-Modus. Das liegt wohl nahe, wenn man so viel Erfahrung hat. Man ruft die Leistung auf Knopfdruck ab und schaltet sie genauso schnell wieder ab.

Was mich mehr wundert, ist, dass er Zucker in das muskulöse Kunstwerk, das sein Körper ist, lässt. Fitness-Freaks naschen eigentlich nicht, oder?

Victor nimmt die Sache mit der Schließung des Cupcake-Ladens aber so mit, dass ich mir sicher bin, dass er ohne Naschkram nicht leben kann. Irgendwie süß. Im wahrsten Sinne.

Ja. Denk nur weiter darüber nach, ob der große Mann ein Naschkätzchen ist. Gibt ja auch gerade nichts Wichtigeres zu reflektieren.

Hey! Gönn mir mal kurz die gedankliche Schonkost. Ich hatte beinahe einen Kreislaufkollaps! Wobei … das ist wahrscheinlich nicht unbedingt gut. Ich denke, sie stellen niemanden ein, der beim Vögeln ohnmächtig wird. Man stellt auch keine Kassiererin ein, die nach hinten wegknallt, während sie Waren über das Laufband zieht. Die Waren waren aber auch groß! Und schwer!

Scheiße.

Ich seufze gegen die weiße Decke und lege mir dann den Unterarm über die Augen.

Victor hat sich auch über den Blowjob beschwert. Und beim Sex war ich die ganze Zeit unheimlich passiv. Das hat er aber irgendwie verlangt. Ich sollte devot sein.

Ob ich ihm wirklich Spaß gemacht habe, kann ich …

Die Tür springt auf und ich zucke erschrocken zusammen.

Während ich den Oberkörper hektisch hochraffe und die Beine von der Sofalehne hebe, betätigt Vincent den Schalter an der

Wand, der die elektrischen Rollläden nach oben fahren lässt. Der Raum wird mit Licht geflutet. Meinen Augen gefällt das nicht, da sie an die Düsterkeit hier gewöhnt sind. Ich kneife sie zusammen, bevor sie tränen und er am Ende noch denkt, ich würde heulen.

»Du bist blass.«

Mir ist tatsächlich entfallen, wie dunkel seine Stimme klingt. Selbst im Vergleich zu der des Dämons, der vorhin in mir gekommen ist.

Als ich die Augen wieder öffne, steht Vincent vor mir. Er hat eine schwarze Mappe in der Hand, an der der silberne Ring steckt.

»Es geht mir gut. Ich bin immer blass. Vielleicht nicht so sehr, aber … das war nur … das ist mir noch nie passiert. Und es passiert auch nicht wieder«, versichere ich.

Vincent hat im Gegensatz zu mir bestimmt nicht vergessen, wie nervös ich klinge, wenn ich mit ihm spreche. Die dunklen Augen zeigen keine Regung, genau wie seine Miene.

Victor hat bestimmt gerade mit ihm gesprochen. Die Zusammenfassung muss kurz ausgefallen sein – er ist kaum drei Minuten zur Tür raus.

Zeit für mein Urteil. Deshalb steht der Obervampir wohl vor mir.

Ich will aufstehen, obwohl es in meinen Ohren summt, seit ich mich so schnell hingesetzt habe, aber er legt mir die Hand auf den Kopf.

»Nebenwirkungen sind bei Victor nicht ausgeschlossen. Kein Grund, sich zu rechtfertigen. Ich weiß, wie er fickt – du bist nicht die erste Anfängerin, der das zu schaffen macht.«

Ich nicke.

Vincent nimmt die Hand wieder weg und neigt den Kopf. »Ruh dich kurz aus. Und dann geh nach Hause.«

Da ist sie. Die Absage, vor der ich solche Angst hatte, und es fühlt sich genauso beschissen an wie vermutet.

Mein Blick verliert die Fokussierung.

Was mache ich jetzt? Was wird aus Kevin? Wie sage ich ihm, dass sie ihn bald von der Schule schmeißen werden?

Ich lehne mich nach hinten und versuche, nicht in Panik zu verfallen. Ich will unser Leben zusammenhalten, es darf nicht zerbrechen.

»Kennst du vielleicht jemanden, der mich einstellen würde?«, frage ich und kann zum ersten Mal die Nervosität ablegen. Dafür ist kein Platz mehr in meinen Gefühlen. Da sind nur noch die Zukunftsangst und die Bereitschaft, alles zu tun, um meinen Bruder nicht verzweifeln zu sehen. »Es muss keine schicke Agentur sein. Es kann auch … ein Bordell sein … oder ich weiß nicht. Du kennst doch bestimmt Leute aus der Branche. Es spielt keine Rolle, was es ist, sie müssen mich nur haben wollen und mich bezahlen.«

Scheißegal, was Vincent gerade von mir denkt. Er sieht mich an, als würde er mich für ein verzweifeltes, armseliges dummes

Ding halten. Von mir aus. Solange er mir nur einen Namen oder eine Adresse nennt.

Er knurrt kurz und hebt das markante Kinn. »Dort, wo du gerade hinwillst, gehst du kaputt. Zwei Monate in einem dreckigen Bordell, in der du wie eine Sklavin behandelt wirst, und ich versichere dir, dass dir entweder die Depression, eine Nadel oder eine Geschlechtskrankheit dein Leben für immer kaputtmacht. Das ist wie russisches Roulette zu spielen, aber in dem Bewusstsein, dass in jedem Lauf eine Patrone steckt. Wärst du so verzweifelt?«

Ich starre durch Vincent hindurch und versuche mir einzureden, dass das, was er gesagt hat, nur die Überdramatisierung der Realität war. Ich würde nie von irgendetwas abhängig werden, weil ich keine Drogen anrühre. Und ich würde mich auch schützen.

Zu Depressionen neige ich nicht. Ich könnte das hinbekommen. Es wäre nur für eine Weile. Ein kurzer Lebensabschnitt, in dem ich die Augen zumache und hoffe, dass er spurlos an mir vorübergeht.

Sein Seufzen reißt mich aus meinen Gedanken. Ich fokussiere sein Gesicht wieder. Es hat weichere Züge angenommen, trotzdem schmunzelt er kalt.

»Gut, dass du mich vorhin falsch verstanden hast. Mir war nicht klar, wie verzweifelt du bist, du dummes Mädchen. Und das alles wegen Geld. Na gut …«

Ich kann ihm nicht folgen, aber ich werde plötzlich wieder nervös. »Was habe ich falsch verstanden?«, frage ich und setze mich gerade hin.

»Du sollst für mich arbeiten. Aber das hast du nicht hinterfragt, nur weil ich gesagt habe, dass du nach Hause gehen sollst. Natürlich sollst du das. Auch wenn du hier arbeitest. Was soll ich denn heute noch mit dir machen? Siehst du hier irgendwo Escorts in einem Schaufenster stehen? Ich brauche erst mal einen Gesundheitscheck von dir und dann machen wir Fotos für den Katalog.«

Meine Augen werden groß. Ich erlaube meinen Gefühlen noch nicht ganz, umzuschlagen – der Sprung wäre zu groß, der Fall zurück in die Verzweiflung zu tief.

»Meinst du das ernst? Ich darf für dich arbeiten?« In meiner Stimme ist die überschwängliche Freude schon angekommen, ich muss diese Frage trotzdem stellen. »Du verarschst mich auch nicht?«

Vincent zieht die Brauen hoch. »Doch. Ich bin genau für diese Art von Humor bekannt. Das bringt mich zum Lachen. Dich nicht?«

Er ist vielleicht nicht für seinen Humor bekannt, aber bestimmt für den Sarkasmus. Und für die Tatsache, dass er verzweifelte Mädchen davor rettet, ihr Leben den Bach hinunterzufahren.

Gott, ich würde Vincent gerade wirklich gern umarmen, aber zum einen bin ich noch immer nackt und zum anderen gehe ich davon aus, dass er einer dankenden Umarmung genauso wenig abgewinnen kann wie Witzen, wenn es ums Geschäft geht.

Er klopft mir mit der schwarzen Mappe, die er noch immer in der Hand hat, auf den Kopf. »Komm noch mal in mein Büro, nachdem du dich angezogen hast. Dieses Gespräch über deine Bereitschaft, dich erschreckend dumm zu verhalten, ist noch nicht vorbei.«

Ich nicke energisch – etwas zu energisch, aber ich bin so erleichtert, dass es mir nichts ausmacht, dass mein Kopf dabei dröhnt. Und es macht mir auch nichts aus, dass Vincent mir jetzt bestimmt gleich einen Vortrag darüber halten wird, dass ich total bescheuert bin.

Ich muss mich nicht in irgendeinem Bordell prostituieren, ich kann … das in Privatwohnungen und Hotels machen? Okay, der Vergleich bringt den Unterschied nicht gut zur Geltung. Obwohl er so gewaltig ist.

Ich werde keine Hure, ich werde eine Rose – ja, so klingt es gut.

DUMME MÄDCHEN BAUEN MIST

Das ging ja schnell. Aber wenn du nicht anklopfst, bevor du in mein Büro kommst, schicke ich dich zum Höflichkeitstraining zu Victor. Und Höflichkeitstraining nenne ich es nur, weil Unterwürfigkeits-Schmerztoleranz-Training ein zu langes Wort ist.«

Ich versteinere auf der Stelle und blinzle Vincent schuldbewusst an. Ja, ich habe einfach so sein Büro gestürmt, getragen von meiner überschwänglichen Freude über den Job.

Kaum hatte er Victors Büro verlassen, bin ich in meine Klamotten gesprungen und losgerannt. Ich wäre noch schneller hier gewesen, aber ich bin beim Anziehen über Victors Schreibtischstuhl gefallen. Und beim Abbiegen auf den Gang gegen den Türstock gelaufen.

Meinem Kreislauf geht es übrigens besser. Das mit dem Rammen von Möbeln oder Bauteilen ist eher ein Ausdruck davon, wie meine Verpeiltheit Party macht.

»Entschuldige! Das wird nie wieder vorkommen. Ich bin nur … so happy, dass du mich hier arbeiten lässt, und habe nicht nachgedacht.«

Vielleicht bin ich zu ehrlich und sollte lieber cooler und abgeklärter wirken, aber das kauft Vincent mir sowieso nicht mehr ab, nachdem ich ihn angefleht habe, mir zu verraten, an welchen Menschenhändler ich mich verkaufen kann.

Ein anweisendes Zucken mit dem Kopf von Mister Christensen und ich setze mich wieder in Bewegung. Er hat auf einen der beiden Stühle gedeutet. Nachdem ich mich darauf niedergelassen habe, wirft Vincent mir die schwarze Mappe vor die Nase.

»Meine Hausregeln. Lies sie dir durch und verinnerliche sie. Den Vertrag bekommst du, sobald du mir das ärztliche Attest vorlegst. Die Adresse des Arztes, der mit uns zusammenarbeitet, findest du auch dort drin. Tina macht einen Termin für dich. Gleiches gilt für unsere Kosmetikerin und unseren Fotografen. Lass ihr deine Handynummer hier, bevor du gehst. Sie schreibt dir eine Nachricht, wenn sie alle Termine gemacht hat.«

Ich nicke, obwohl ich nur die Sache mit dem Arzt und dem Fotografen verstehe. Er will sichergehen, dass ich keine Krankheiten habe, und dass er Fotos für den Katalog braucht, liegt auch nahe. Die Kosmetikerin kratzt aber irgendwie an meinem Ego. Stimmt etwas nicht mit meinen Augenbrauen? Ich zupfe sie sehr sorgfältig, ich schwöre!

Vincent lehnt sich zurück in seinen Stuhl und spielt wieder mit dem schwarz glänzenden Kugelschreiber. Er lässt ihn in so langsamem Rhythmus klacken, dass das Geräusch beinahe bedrohlich wirkt.

Ich habe noch immer einen riesigen Respekt vor ihm. Und ein wenig Schiss. Seine vampirartige Kälte füllt den Raum.

»Lass uns über Geld sprechen«, setzt er an und lässt ein leises Knurren aus seiner Kehle dringen, als wäre er das Thema schon längst leid.

Mit einer Gehaltsverhandlung hatte ich zwar nicht gerechnet, aber das Thema ist so wichtig, dass ich schlagartig noch aufmerksamer an seinen Lippen hänge.

»Welcher Betrag treibt dich dazu, deinen Körper an irgendwelche abgefuckten Bastarde in irgendeinem Bordell verkaufen zu wollen?«

Jetzt, da die Verzweiflung mein Schamgefühl nicht mehr überschattet, ist mir das, was ich zu ihm gesagt habe, peinlich. Nicht, dass ich es nicht so gemeint hätte, aber mir wäre es lieber, nur ich würde von meiner naiven Bereitschaft, mir alles zuzumuten, wissen.

Ich schweige, weil ich keine Ahnung habe, wie ich darauf antworten soll. Was will er hören? Eine Zahl? Das bringt doch nichts.

Das Klicken des Kugelschreibers ist so mahnend wie das Ticken einer Uhr, wenn man weiß, dass einem die Zeit davonläuft. Vincent mustert mich wartend. Als ihm der Geduldsfaden reißt, knurrt er.

»Ich will wissen, wie viel Geld du brauchst!«, zischt er und lässt mich erschrocken zusammenzucken.

»Fünfzigtausend!«, piepse ich und verschlucke beinahe die Buchstaben, weil ich es so schnell sage.

Mein Blick haftet an meinen verkrampften Händen. Die Zahl lässt mich selbst jedes Mal schwer schlucken.

Hoffentlich lacht er nicht und sagt mir, dass ich für die Summe für ihn arbeiten muss, bis ich dreißig bin. So lange habe ich garantiert nicht Zeit, auch wenn ich einen Ratendeal mit der Schule aushandeln kann. Es muss schnell gehen, aber ich will so viel für Vincent arbeiten wie möglich. Ich lehne bestimmt keine Buchung ab, auch wenn Jan mir versichert hat, dass das möglich ist. Kein anderer Job würde mir so schnell so viel Geld einbringen und wenn es nicht schnell genug geht, dann … ich weiß nicht. Das hier ist der einzige Weg.

Als ich mich traue, wieder zu Vincent aufzusehen, sehe ich ihn in seiner Schublade kramen. Da ist kein Zeichen von Belustigung auf seiner Miene zu erkennen, sie ist so neutral wie immer – vielleicht etwas konzentrierter.

Er hat wohl gefunden, nach was er gesucht hat, nachdem er den länglichen Notizblock vor sich auf den Tisch gelegt hat.

Vincent beginnt, etwas darauf zu notieren. Ich schiele verstohlen auf den Zettel, der wohl doch keine Seite eines Notizbuchs ist, sondern so etwas wie ein Formular. Er ist zumindest bedruckt.

Ich habe keine Ahnung, was er gerade macht. Die einzige und wohl gleichzeitig absurdeste Erklärung, die mir einfällt, ist, dass er vielleicht Medizin studiert hat und mir gleich ein Rezept für Anti-Dämlichkeits-Pillen ausstellt.

›Hier, schluck die gegen die Wahnvorstellungen, die dich glauben lassen, dein Körper wäre fünfzigtausend wert. Nebenwirkungen könnten Realitätsflashs und exzessiver Drang nach Sex mit Typen in Bienenpullovern sein.‹

Er macht ein paar schwungvollere Bewegungen mit dem Kugelschreiber, als würde er etwas unterschreiben. Danach greift seine Hand routiniert nach dem silbernen Stempel, der neben dem Stiftehalter steht. Er drückt ihn auf das Papier und pustet einmal dagegen.

Als Vincent mir den Zettel hinschiebt, neige ich den Kopf so fragend, als könnte ich nicht lesen. Kann ich auch nicht – Mann, ist der Druck klein und seine Handschrift beschissen.

»Die Voraussetzung ist, dass dein ärztliches Attest nicht gegen den Job spricht. Wenn du gesund bist, gebe ich ihn frei und du kannst ihn einlösen.«

Ich verstehe nur Bahnhof.

Auf dem Papier steht ›50.000 Franken‹.

Die Summe hat er selbst eingetragen. Und das da unten ist seine verschnörkelte Unterschrift.

Ist das ein …

»Weißt du, wie man einen Scheck einlöst?«, fragt er und zieht ungläubig eine Braue hoch. Ich laufe gerade in schockbedingtem Automatikmodus.

»Ja …« Nein! Aber für fünfzigtausend finde ich es heraus!

Nachdem dieser Satz durch meine Gedanken gestreift ist, wird mir erst bewusst, was hier gerade passiert.

»Du … Du … Du …« Ja, ich brauche allein für das Personalpronomen drei Anläufe. Das kann ja heiter werden. »Du kannst doch nicht …! Ich meine … Ist das dein Ernst?!«

Er brummt. »Es zehrt langsam an meinen Nerven, dass du mich für einen Spaßvogel hältst. Ich meine immer ernst, was ich sage und tue. Falls nicht, hast du mich mit drei Whiskey zu viel erwischt. Ich trinke allerdings nur am Wochenende.«

»Aber …! Du …«

Verkack das nicht, Emma! Nimm das verdammte Geld und hinterfrag erst später, wieso dein Leben plötzlich zum Märchen mit einem Vampir als guter Fee mutiert! Einfach nicken und Danke sagen! Und ihn bloß nicht fragen, ob er spinnt!

»Bevor du mir um den Hals fällst – davon rate ich dir übrigens in jeder Situation ab –, ich schenke dir das Geld nicht. Ich bin kein Wohltätigkeitsverein.«

Vincents Worte verpassen der aufkommenden Euphorie in mir einen Dämpfer. Ich traue mich nicht mal mehr, den Scheck anzusehen, ich hänge wieder an seinen Lippen.

»Du wirst für mich arbeiten. Und du wirst gut sein. Deinen Anteil behalte ich so lange, bis du die Summe abbezahlt hast.«

Das macht Sinn. Mehr Sinn als die Tatsache, dass mir ein verwegener schöner Mann, der mich kaum kennt, 50.000 Franken schenkt, weil ich ihm leidtue.

Das ist kein Märchen. Ich bin nicht Cinderella, ich bin eine Rose – seine Rose. Für lange Zeit …

»Danke. Danke, danke, danke«, beginne ich eindringlich zu wiederholen, weil ich mein Glück trotzdem kaum fassen kann. Klar, die Sache hat einen Haken, aber den Haken habe ich mir selbst ausgesucht. Ich bin hier, um dieses Geld zu verdienen. Dass er es mir jetzt vorstreckt, ist … Mir fehlen sogar in Gedanken die Worte!

»Du kannst mich überall hinschicken! Ich werde gut sein! Und mich anstrengen! Und ich werde so lange hier arbeiten, bis du dein Geld zurückhast!«

Er zieht eine Braue nach oben. »Das will ich dir auch raten. Es ist nicht angenehm, mir Geld zu schulden, ohne die Intention, es mir zurückzahlen zu wollen.«

Wieso höre ich plötzlich die Melodie aus ›Der Pate‹ in meinem Kopf spielen? Ach richtig! Wegen der Mafia-Vibes.

Ich kann überhaupt nicht einschätzen, wie Vincent reagiert, falls ich mich entschließe, aufzuhören, bevor meine Schulden beglichen sind, aber so weit wird es auch nicht kommen. Was er hier für mich tut, weiß ich zu schätzen.

So sehr, dass ich schon gesundheitlich nicht mehr in der Lage sein müsste, für ihn zu arbeiten, damit ich ihn hängen lasse – beide Beine gebrochen, Koma oder dergleichen. Sonst hält mich garantiert nichts auf.

Ich würde ihn wirklich gern umarmen, aber er pikst mich dann bestimmt mit dem Kugelschreiber.

Anfassen ohne Erlaubnis darf man wohl Vic und Vinc nicht.

»Ich tue das nicht aus reiner Nächstenliebe. Mädchen, die bereit sind, sich unter Wert zu verkaufen, bauen meistens Mist. Ich verkaufe dich garantiert nicht unter Wert und ich passe auf dich auf. Im Gegenzug erwarte ich drei Dinge: deine Diskretion, deine Loyalität und deine Bereitschaft, unseren Agentur-Standards jederzeit zu genügen.«

»Darauf kannst du dich verlassen«, versichere ich.

Vincent nickt zufrieden. »Gut. Dann fehlt mir zum Beweis deiner vollen Bereitschaft, für mich zu arbeiten, nur noch mein Firmenschriftzug in deiner Haut.«

Meine Augen werden groß.

Verstehe ich ihn gerade richtig? Spricht er von einem Tattoo?!

»Du kannst dir die Größe und die Stelle selbst aussuchen. Ich würde deinen Arsch oder deinen Ausschnitt bevorzugen, aber ich bin mir sicher, es sieht auch an der Innenseite deines Oberschenkels, knapp unter deiner Muschi, gut aus.«

»Ich … ähm …« Das wäre mein erstes Tattoo. Und es würde für immer auf meiner Haut prangen und mich daran erinnern, dass ich mal käuflich war und Vincent gehört habe. Ich fühle mich gerade ein wenig wie eine Ware, in die jemand sein Logo brennt. Nichts anderes bin ich wahrscheinlich. Aber ein Tattoo?!

»Ist das dein Ernst?«, frage ich vorsichtig, bevor ich etwas verstört, aber zustimmend nicke und ihn frage, ob seine Agentur denn auch einen Tätowierer hat oder ob ich mir einen suchen muss.

Vincent zieht einen Mundwinkel nach oben, lehnt sich nach hinten und verschränkt die Arme vor der Brust. »Nein. Das war ein Scherz. Ich dachte, ich mache mal einen, da du ja sowieso davon ausgehst, dass ich dich nur auf den Arm nehme und nichts ernst meine. Und jetzt lachst du nicht mal. Enttäuschend.«

Nein, ich lache nicht, ich seufze erleichtert, weil ich mir kein Brandmal zulegen muss. Kaum ist die Erleichterung durch meine Gefühle gestreift, ist da aber doch Platz für ein honorierendes Grinsen. Er hat mich ganz schön verarscht – ohne die Miene zu verziehen.

»Ich zwinge niemanden, sich zu tätowieren, ich bin kein Sklavenhändler. Aber du hättest es getan«, unterstellt er mir zu Recht.

Ich zucke schwach mit den Schultern und blicke auf den Scheck. Ja. Wenn ich bereit bin, meinen Körper zu verkaufen, wäre ich auch bereit, ihn dauerhaft mit Tinte verzieren zu lassen. Nicht gern, aber ich hätte diese Pille geschluckt, solange ich nur den Scheck mit nach Hause nehmen und nach dem Arztbesuch einlösen kann.

»Du schuldest niemandem, dich für alles hinzugeben«, stellt Vincent in ruhigem Tonfall klar und steht von seinem Stuhl auf. Er streckt sich, bevor er auf die Fensterfront zugeht und seine Silhouette wieder von der Sonne zum Glühen gebracht wird. »Na ja, vielleicht schuldest du mir alles. Aber wie schon erwähnt, ich bin nicht der Teufel.«

Ich sehe ihn nicht schmunzeln, aber sein Tonfall verrät, dass er es tut.

Schon irgendwie schräg, dass er abstreitet, der Teufel zu sein. Ich denke, genau das würde Luzifer sagen, während er als leuchtender Engel getarnt die Hände in den Hosentaschen verschwinden lässt.

Ich bin ihm trotzdem grenzenlos dankbar, dass er meine Seele gekauft hat.

»Ein paar meiner Mädchen haben sich eine Rose tätowieren lassen, aber das haben sie freiwillig getan. Ich schätze ihr Commitment, aber ich zwinge niemanden dazu.«

Ich glaube mich zu erinnern, auch an Claires Körper eine Rose entdeckt zu haben. An ihrem Hüftknochen. Das beweist, dass sie sich hier wohl schon länger sehr wohlfühlt.

»Wieso hast du die Agentur eigentlich ›Evig Roses‹ genannt? Sollte das nicht ›ewig‹ heißen?«, frage ich, weil es gerade zum

Thema passt und mir auch Jan keine Antwort darauf geben konnte. Das Wort sieht sehr elegant aus, aber ich habe keine Ahnung, was es bedeutet.

»Jeg er fra Danmark. ›Evig‹ vil sige ›ewig‹. Pa dånsk.«

Aha. Also entweder habe ich gerade einen Schlaganfall und höre nicht mehr richtig oder er spricht eine andere Sprache. Hört sich so Dämonisch an? Klanghaft, etwas hart und ein Hauch IKEA?

»Ich komme aus Dänemark. ›Evig‹ heißt ›ewig‹. Auf Dänisch«, wiederholt er für mich verständlich.

Dänemark – jetzt macht auch der Nachname Sinn. Er muss aber schon ziemlich lange hier sein, weil er überhaupt keinen Dialekt durchklingen lässt.

»Rosen sind das Sinnbild von Ästhetik und Schönheit und mit dem dänischen Einschlag wollte ich mir ein Stück Heimat bewahren. Der Name hat sich etabliert und die Escorts mögen ihn – sie werden gern als Rosen bezeichnet.«

Ja, das klingt auch schöner als ›Prostituierte‹. Blumiger – im wahrsten Sinne.

»Bist du zusammen mit Victor in die Schweiz gekommen? Er hat auch einen dänischen Nachnamen.«

Vincent macht ein paar Schritte auf mich zu und lässt mich seinen unterkühlten, strengen Gesichtsausdruck genauer mustern. »Frag das die anderen Escorts – ich bin mir sicher, sie haben mehr Muße und Zeit, dir unsere Gründungsgeschichte zu erzählen. Du hast mich schon eine ganze Stunde gekostet, normalerweise bekommt niemand so lange Meetings bei mir.«

Ich stehe schnell auf. Unmissverständlicher hätte er mir nicht klarmachen können, dass unser Treffen vorbei ist und ich verschwinden soll. Ich bin wirklich schon lange hier. Und Vincent hat viel mehr für mich getan, als ich gehofft hatte.

»Sicher. Entschuldige. Ich gehe und lasse Tina meine Nummer hier.«

Meine Finger tasten nach dem Scheck, aber ich zögere, ihn einzustecken.

Vincent kommt wieder näher. »Sag mir, was du dafür verinnerlichen sollst, dann kannst du ihn nehmen«, fordert er mich auf und bleibt so dicht vor mir stehen, dass mir sein Duft erneut in die Nase steigt.

So schließt sich der Kreis. Ich war beim Reinkommen nervös und ich verabschiede mich mit ebendiesem Gefühl im Bauch.

Nimmt er mir das Geld wieder weg, wenn ich mir seine Leitsätze nicht gemerkt habe? Zumindest ist er garantiert sauer!

Denk nach und verbock es bloß nicht auf den letzten Metern!

Ja doch!

»Ich werde diskret sein und loyal …«, flüstere ich und sehe verstohlen zu ihm hoch.

Verdammt, da war noch was! Irgendetwas Drittes. Das Dritte fällt mir nie ein! Bei keiner Prüfung, schon gar nicht, wenn ich nervös bin.

›Twilight‹, ›New Moon‹ … ich kriege nicht mal mehr die Titel meiner Lieblings-Vampirtrilogie auf die Reihe. Moment, es waren vier Bücher, oder?!

Denk jetzt nicht über ›Twilight‹ nach! Sag etwas!

»Und ich soll … dich nicht blamieren und keine Kunden küssen.«

Nein. Da habe ich etwas durcheinandergebracht.

Vincent schmunzelt. »Hat Vic dich das glauben gemacht? Dass du keine Kunden küssen darfst?«

Ich nicke, oder ich will es, aber Vincent greift mein Kinn und stellt seinen Körper noch dichter vor meinen. Er drückt meinen Kopf zu ihm hoch. Die dunklen Augen funkeln bedrohlich, dann schließt er sie.

Seine Lippen sind weich, der Kuss dafür umso härter. Er schiebt mir seine Zunge in den Mund, die sich gegen meine drückt. Dieser Kampf ist nicht annähernd fair, ich unterliege ganz deutlich und mir bleibt die Luft weg.

Er küsst so dominant und scharf, als hätten wir schon ein langes Vorspiel hinter uns und wären hungrig darauf, endlich zu vögeln. Sein Mund schmeckt frisch und seltsam kalt, als hätte er einen Menthol-Eiswürfel darin schmelzen lassen.

Meine Mitte fühlt sich noch wund vom Sex mit Victor an, trotzdem wecken Vincents Zungenspiel und seine Lippenbewegungen meine komatöse Libido auf.

Als er den Kuss beendet, sehe ich mit glänzenden Augen zu ihm hoch. Seine Hand liegt noch unter meinem Kinn.

»Wenn dich jemand küssen will, dann lässt du das auch zu«, spricht er mir gegen die Lippen. In seiner Stimme tönt ein Knurren mit. Ich weiß nicht, ob es von Erregung oder Strenge rührt. »Victor ist eigen, was das Küssen betrifft«, erklärt er, zuckt mit den Schultern und lässt mich los. Seine Stimme klingt wieder ganz normal – von jetzt auf gleich. Er legt den Schalter genauso schnell um wie Victor.

Das Knurren vorhin war definitiv streng gemeint, nicht scharf. Wieso sollten ihn solche Zungenspiele auch scharfmachen?

Ich vergesse leicht, dass hier kein überschwänglicher junger Mann vor mir steht, der Spaß haben will, sondern ein professioneller, erfahrener Vampir, der mein Vater sein könnte. Uhhhh, das war beschissen formuliert. Ich wollte mir eigentlich nur klarmachen, dass er alt ist. Wirklich fassen, dass er schon über vierzig ist, kann ich noch immer nicht.

»So, und jetzt verschwinde, Kleine. Ich habe zu tun.«

Ich bücke mich schnell nach meiner Handtasche. »Danke! Wirklich! Ich kann das gar nicht oft genug sagen! Du hast mir quasi das Leben gerettet. Und meinem Bruder. Ich …«

»Vergiss den Scheck nicht«, unterbricht er mich monoton und deutet auf den Schreibtisch. Er klingt, als würde ihm mein Dankesgesang auf die Nerven gehen, also stelle ich ihn ein.

Ich lasse das wertvolle Stück Papier in meiner Handtasche verschwinden. 50.000 Franken, und sie wiegen gerade mal ein paar Gramm. Der Ballast, der dafür von meiner Seele fällt, wiegt mindestens eine Tonne.

Ich nicke Vincent noch mal dankbar zu, erwarte aber keine Reaktion mehr von ihm. Als er doch noch den Arm ausstreckt und mir den Weg versperrt, stutze ich.

»Hier. Dein Honorar für den Fick mit Victor.«

Mein Blick schweift zu seiner Hand. Er hält einen Geldschein zwischen den Fingern. Ich starre darauf und beginne mich zu fragen, wie man spontan farbenblind werden kann. Das muss passiert sein, denn der Schein kann nicht violett sein. Er kann mir doch nicht einfach so 1000 Franken in die Hand drücken, oder?!

»Wenn du mich jetzt schon wieder fragst, ob ich es ernst meine, schmeiße ich dich raus, bevor ich dich richtig eingestellt habe«, droht Vincent.

»Du wolltest mein Honorar einbehalten, für die Rückzahlung«, erinnere ich ihn vorsichtig leise.

»Unsere Abmachung beginnt, sobald du den Vertrag unterschrieben hast und den Scheck einlösen kannst. Nimm das Geld. Und kauf dir davon ein paar Kleider. Dass Claire dir ihre gibt, kann keine Dauerlösung sein.«

Mein ertappter Blick schweift zu Boden. Wie hat er das denn herausgefunden?!

Während ich in meinem Unbehagen brenne, fällt mir wieder ein, was Vincent vorhin zu Jan gesagt hat: Ihm entgeht nichts, was in der Agentur passiert, auch wenn er es nicht immer sofort anspricht.

»Gib das Geld für Kleidung und Unterwäsche aus. Claire kennt gute Läden – sie soll dich begleiten. Kauf, was sie sagt.«

Ich nicke, obwohl ich nicht mal weiß, wie ich Claire kontaktieren soll. Vincent klingt immer kühler und etwas gehetzt. Ich habe ihm wirklich viel seiner Zeit gestohlen. Jetzt sollte ich verschwinden und mir das Vor-Freude-auf-der-Straße-Tanzen verkneifen, falls er wieder aus dem Fenster sieht. Ahhh. Daher wusste er, dass ich vorhin andere Klamotten getragen habe.

Ich steuere auf die Tür zu, während er sich wieder an seinen Schreibtisch setzt. Bevor ich sie hinter mir schließe, höre ich noch mal die dunkelste Stimme der Welt.

»Ich investiere nur in Profit versprechende Dinge. Enttäusch mich nicht.«

Nein, das werde ich nicht. Versprochen.

NÜTZLICHES FEEDBACK

Die dicke Boxspring-Matratze federt so gut, als würde ich auf einem Trampolin springen. Obwohl ich auf und ab hüpfe, rührt sich der gebräunte Männerkörper auf der anderen Seite kaum.

Er wischt gähnend auf seinem Handy herum, während ich meine Euphorie auslebe.

Ich bin so energiegeladen und fröhlich, ich könnte die ganze Welt umarmen – und dann umrunden!

»Oh Gott, wie kann man nur so schwer übermotiviert sein?«, brummt Jan vor sich hin und sieht dann mit hochgezogener

Braue, aber einem Schmunzeln auf den Lippen zu mir auf. »Ich hätte dich den dritten Karamell-Kaffee nicht trinken lassen sollen. Ich bin mir gerade nicht sicher, ob du einen Zucker- oder Koffeinschock hast.«

»Vorhin hat dich meine Energie noch begeistert!«, entgegne ich und hüpfe etwas näher an Jan heran, weil ihn seine überteuerte Matratze davor schützt, mit mir mitzuschwingen. Ich will ihn aber zum Schwingen bringen.

»Ja, vorhin bist du auch noch auf mir herumgehüpft!«, meint er, grinst schmutzig, packt meinen Fuß und raubt mir das Gleichgewicht.

Ich lache, während ich auf der Matratze aufschlage.

Das Bett ist der Hammer. Ich wusste, dass er sich ein neues zugelegt hat, aber ein Probeliegen hat sich bisher noch nicht für mich ergeben.

Jan und ich vögeln eigentlich nicht mehr.

Die Betonung liegt auf ›eigentlich‹, seit er vor zehn Minuten in mir gekommen ist.

Sex mit dem Ex kann schwierig sein, weil er so leicht passiert und meistens damit endet, dass einer der beiden zu lange kuscheln möchte und sich mehr verspricht. Ich würde jedem davon abraten. Es sei denn, der Ex-Freund ist auch dein neuer Arbeitskollege in der Rotlichtbranche. Dann ist es okay. Ich schätze aber, das passiert sonst niemandem – also niemals Sex mit dem Ex!

Nachdem ich fertig mit Kichern bin, lege ich mich neben Jan auf die Seite und stütze den Kopf an meiner Hand ab. Sein Blick klebt wieder an seinem Handy.

»Und? War ich gut?«, frage ich und drücke mit dem Zeigefinger gegen seine Hüfte, damit er mir seine Aufmerksamkeit schenkt.

Jan ist ein Smartphone-Zombie. Früher hat mich das wahnsinnig gemacht, jetzt ist es nur noch ein wenig nervig.

Zum Glück weiß ich, dass er kitzelig ist. Ein paar Mal mit dem Finger in seine Seite drücken und ihm fällt das Handy ins Gesicht. Das hat bestimmt wehgetan. Trotzdem zum Schießen!

Als er das Handy von der Nase auf die Seite legt, funkelt er mich an. »Monster«, mault er.

Ich grinse. »Sex-Monster? Oder Monster-Monster?«

»Du warst gut. Klasse. Die beste Muschi, die ich je hatte. Du hast meine Sexualität erschüttert! Ich liebe jetzt nur noch Frauen!«

Okay, das hat sich von schmeichelhaft zur Verarsche gesteigert. Ich ziehe die Braue hoch und beginne wieder, ihn mit dem Zeigefinger zum Lachen zu bringen.

»Du hast gesagt, du gibst mir ehrliches, nützliches Feedback!«, erinnere ich ihn an das Versprechen, das er mir gegeben hat, als er angefangen hat, an meinen Brüsten herumzufummeln.

Jan windet sich und packt dann doch meine Hände. Manchmal glaube ich, er vergisst, dass er ein Mann ist und für seine schlanke Statur beachtliche Muckis hat. Neben Victor würde er zwar knabenhaft schmächtig wirken, aber ich habe seinen Körper schon immer sehr heiß gefunden.

»Ich sage echt viel, wenn ich ficken will!«, entgegnet er und zwinkert mit rausgestreckter Zunge.

Ich setze mich auf ihn und versuche, meine Handgelenke aus seinen Händen zu lösen, aber er traut sich nicht, mich loszulassen, weil seine Antwort gerade etwas zu ehrlich war.

Während ich Jan anfunkle und doch zwischendurch lachen muss, setzt er seine unschuldige Engelsmiene auf, die verstecken soll, dass er ein Halbdämon ist.

»Du hast gesagt, du übst mit mir und gibst mir Rückmeldung!«, brumme ich ihm ins Gesicht.

Er nickt. »Klar. Okay. Rückmeldung: Ich mag, wie deine Brüste hüpfen, wenn du auf dem Bett herumspringst – zieh dir bloß keinen BH an, solange du hier und hyperaktiv bist!«

Ich beuge den Oberkörper ein wenig über ihn, mit der Konsequenz, dass Jan meine Hände loslässt, um sie auf meine Brüste zu legen.

»Ja. Sehr scharf …«, raunt er und sieht dann gespielt nachdenklich zur Decke. »Ich mochte deinen anfänglichen Enthusiasmus beim Vögeln«, lobt er weiter, zieht dann aber eine Braue nach oben. »Aber wenn ich dir etwas raten darf: Sätze wie ›Boah, meine Muschi brennt von Victor‹ haust du besser nur bei mir raus. Andere Männer könnte das irritieren.«

Jan nimmt die Hände von meinen Brüsten und verschränkt sie grinsend hinter dem Kopf. Ich blinzle ihn etwas beschämt an und stütze mich neben ihm ab. Er pustet meine Haare von seiner Haut.

»Sorry. Ich fühle mich wirklich etwas zerbumst.«

Außerdem würde ich das nie zu einem anderen Mann sagen – Jan ist so etwas wie meine beste Freundin, da knallt man schon mal einen peinlichen Spruch raus.

»Das tue ich an vier von sieben Wochentagen, aber hast du mich schon mal jammern gehört, dass mein Arsch wie Feuer brennt?«

Ich lache und beiße Jan kurz sanft in die Unterlippe. »Klar, jedes Mal, wenn ich dich bei Starbucks treffe und du dich auf einen der Hocker dort setzt.«

Er schnaubt amüsiert. »Okay. Wir sind beide wehleidige Flittchen. Jetzt geh von mir runter, du Koffein-Opfer. Ich will duschen!«

Jan hebt mich von sich runter, aber ich lasse ihn nicht aufstehen. Meine Arme schlingen sich um seinen Nacken.

»Bleib hier! Lass uns was spielen«, schlage ich vor und will ihm wieder in die Lippe beißen.

Er zieht den Kopf zurück. »Ich brauch eine Pause. Du musst mit deinem eigenen Spielzeug spielen, meines ist gerade unbrauchbar.«

Er löst sich von mir, aber ich lasse ihn nur widerwillig gehen.

»Hast du nicht vor Claire behauptet, du könntest immer, und so lange sie will?«, erinnere ich ihn zwinkernd und sehe ihn gespielt theatralische Gesten mit der Hand machen.

»Das ist wie im Verkaufsfernsehen! Wenn du den Leuten gleich sagst, dass der Füller nach zwanzig Seiten eine neue Patrone braucht, bestellt ihn doch keiner!«

»Seit wann verkaufen die denn Füller im Verkaufsfernsehen?«

»Seit ich meinen Schwanz nicht mit einem Staubsauger vergleichen will!«, tönt Jan belustigt und verschwindet im Raum nebenan. Er lässt die Tür angelehnt.

Ich mache es mir auf dem übergroßen Bett bequem und grinse vor mich hin. Mein schneller Herzschlag fühlt sich angenehm an, obwohl zu viel Koffein durch meine Blutbahn jagt. Karamell-Macchiato, ein Mozzarella-Bagel, eine Cola und der 50.000-Franken-Scheck in meiner Handtasche machen diesen Tag zum besten meines Lebens.

Vielleicht ist es bescheuert, so viel Euphorie für diesen neuen Lebensabschnitt zu empfinden, oder sogar naiv, aber mir ist eine riesige Last von der Seele gefallen und dafür nicht dankbar und fröhlich zu sein, kommt mir irrer vor, als in argloser Euphorie auf und ab zu hüpfen. Irrer und weniger spaßig.

Dass Jan den Tag mit mir verbracht hat, war auch unglaublich schön. Allein wäre ich nur durch meine Wohnung gesprungen und hätte versucht, mein unbefriedigtes Mitteilungsbedürfnis zu ertragen. Allein wäre ich aber nicht mal so weit gekommen. Was Jan für mich getan hat, werde ich nie vergessen. Ich liebe ihn. Wirklich. Total platonisch. Trotz dieser Sache hier. Es ist nur Sex, und Sex ist für uns Business oder Spaß. Wir können das von Gefühlen trennen.

War schon mal irgendjemand auf der Welt so stolz und glücklich darüber, erfolgreich bei einem Zuhälter angeheuert zu haben?

Als Jan plötzlich aus dem Badezimmer zurückkommt, blinzle ich ihn irritiert an. Die Dusche war schon an, er hat sie aber wieder ausgemacht.

»Na toll. Jetzt kann ich nur daran denken, dass du in meinem Bett liegst und an dir selbst herumspielst.«

Ich grinse, während er auf mich zukommt und dabei seinen Parkettboden volltropft. Mein Blick schweift zu seiner Mitte. Dass es ihn heiß macht, sich vorzustellen, wie ich es mir selbst mache, turnt mich wiederum an. Teufelskreis – scharfer Teufelskreis.

Mir fällt selbst auf, dass meine Libido heute ziemlich unersättlich ist, aber ich denke, das rührt von der ganzen Aufregung und den Glücksgefühlen. Außerdem waren Jan und ich schon früher gut darin, den Nachmittag mit Vögeln zu füllen.

Dass wir uns den Sex so lange verboten haben, aus Angst, er könnte uns irgendwohin zurückwerfen, wo wir nicht hinwollen, hat außerdem für viel aufgestaute Energie zwischen uns gesorgt. Weil wir so viel Zeit miteinander verbringen, war das Sexverbot nicht leicht einzuhalten, aber wir hatten zum Glück ein schlechtes Timing. Jan wollte immer dann vögeln, wenn wir zu lange zusammen auf dem Sofa rumgehangen und ›Mario Party‹ gespielt haben. Und ich habe ihn zuverlässig immer dann angegraben, wenn ich ihm leicht beschwipst in einer Bar oder einem Club begegnet bin. Der andere hat dann immer die rote Karte gezogen. Jetzt können wir die Karten aber wegwerfen, weil wir in derselben Situation sind. Rosen vögeln schon mal miteinander. Und sie machen es sich unheimlich gut.

Jan beugt sich über mich und wir beginnen uns zu küssen. Seine Lippenbewegungen fühlen sich so vertraut an, dass ich mich automatisch entspanne und trotzdem Lust auf mehr bekomme.

Ich streife ihm die nassen Haare zurück, während er beginnt, meinen Hals zu küssen.

»Schön, dass du den Staubsauger doch noch zum Laufen gebracht hast«, stelle ich mit Schalk in der Stimme fest und höre ihn knurren. Er beißt mich.

»Wenn du meinen Schwanz noch einmal nach einem Haushaltsgerät benennst, kündige ich dir die Fick-Freundschaft.«

»Du hast recht. Warte, ich entschuldige mich bei ihm.«

Meine Hand fährt seinen nassen Oberkörper entlang. Jan stützt sich etwas höher ab, damit ich auch genug Platz habe, um mich zu entschuldigen. Ich streife mit der Hand über seine Härte, ziemlich fest, weil ich weiß, dass er das so mag. Er stöhnt leise auf und schließt genießerisch die Augen.

Der Sex mit ihm war immer besonders. Er hat mir ziemlich viel beigebracht. Auch, dass Sex weder Sport noch Wissenschaft sein muss. Man probiert sich aus, man darf Fehler machen und Lachen war bei uns beiden nie verboten.

Dass das natürlich nicht alle so locker sehen, ist mir bewusst. Gerade wenn man Sex verkauft, sollte man es als Sport und Wissenschaft sehen.

Aber das hier ist nur Vergnügen, kein Job. Vielleicht ein bisschen Job, aber nur wenn Jan will.

»Soll ich dir einen blasen?«, hauche ich ihm ein Angebot zu, das er sicher nicht ausschlagen wird.

Er schlägt die Augen wieder auf und beißt sich hungrig auf die Unterlippe. »Sicher. Du kannst an mir üben, ich gebe dir Feedback.«

»Du bist so großzügig, ich weiß gar nicht, wie ich mich revanchieren soll«, säusle ich und kann mir das Grinsen nicht verkneifen.

Jans Mundwinkel ziehen sich auch nach oben, aber sein Lächeln wirkt schmutziger. »Ach, ich wüsste da was, aber mach erst mal, ich komme später darauf zurück.«

Er lässt sich neben mich auf die Matratze fallen. Ich knie mich zwischen seine Beine und streife mit der Zunge über seine Männlichkeit.

Ob wir es mit oder ohne Gummi treiben, haben wir schon vor unserem ersten Mal heute geklärt. Jan hat mir versichert, dass er sonst mit niemandem ohne Kondom vögelt. Sein letzter Arztbesuch liegt nicht mal zwei Wochen zurück – Vincent schickt seine Escorts alle zwei Monate zum Check.

Ich glaube Jan, wenn er mir sagt, dass ich die Einzige bin, die er ohne Gummi nimmt. Er glaubt mir auch, dass ich nicht leichtsinnig herumgevögelt habe. Wenn wir beide uns nicht vertrauen können, können wir wohl niemandem auf dieser Welt vertrauen.

Seine Haut ist noch feucht und schmeckt ebenso nach Veilchen wie meine. Seine Pflegeprodukte sind unheimlich appetitlich und lecker – ich werde ihm alles nachkaufen und wahrscheinlich mein Leben lang scharf werden, sobald irgendwo in meiner Nähe Veilchen blühen.

Ich lasse ihn in meinen Mund gleiten, während meine Finger hinter seine Härte wandern und vorsichtig die besonders empfindliche weiche Haut massieren.

Jan stöhnt heiser auf und legt die Hände an meinen Kopf. »Baby … das machst du wirklich geil! Seit wann kriegst du ihn denn so tief in den Mund?«, will er atemlos wissen und streift mir mit dem Daumen über die Wange.

Seit Victor mir spottend, aber eindringlich gesagt hat, dass ich mich nicht so anstellen soll, weil ich ihn weder verschlucken noch daran ersticken kann. Ich bin lernwillig. Und ich lerne schnell.

Jan drückt den Kopf in das Kissen und stöhnt die hohe Zimmerdecke an. Sein Becken drückt sich meinen Bewegungen entgegen, die immer intensiver werden, weil seine Erregung nach festerer Stimulation verlangt.

»Warte … warte.«

Er hält meinen Kopf plötzlich fest, obwohl er so kurz vor seinem Höhepunkt ist.

»Willst du nicht in meinem Mund kommen?«, frage ich mit rauer Stimme und lecke über die Spitze seiner Erregung.

Jan stöhnt noch mal knurrend auf, sieht dann aber kopfschüttelnd zu mir hinunter. »Nein. Ich will dich lecken. Ich sagte doch, deine Muschi fehlt mir, oder?«

Seine Stimme zittert noch ein wenig, obwohl er schmunzelt. Er ist dabei, seine Erregung in den Griff zu bekommen. Jan will noch nicht kommen, aber er will sich das scharfe Gefühl aufrechterhalten, während er mich stimuliert – dagegen habe ich absolut nichts einzuwenden.

Wir tauschen die Plätze. Ich bette meinen Kopf auf dem weichen, etwas feuchten Kissen und spreize die Beine für ihn. Seine nassen Haare streifen über meine Haut, während er die Zungenspitze gegen die heiße Stelle an mir drückt.

Ich mochte den Oralsex mit ihm schon immer. Als er es mir zum ersten Mal mit dem Mund gemacht hat, bin ich nach nicht mal zwei Minuten gekommen. Heute bin ich etwas standhafter, auch weil ich schon überbeansprucht bin und selbst seine Finger in mir dieses ziehende Gefühl auslösen, das an Muskelkater erinnert. Scharf ist es trotzdem. Seine Zunge fühlt sich kalt auf meiner überhitzten Haut an.

»Hat Victor dich auch geleckt?«, haucht er gegen meine Beine und sieht mit glänzenden Augen zu mir auf.

»Kurz.«

»War es heiß?«

Ich nicke und beiße mir dann auf die Lippen. Ich sehe ihm gern zu, wenn er es mir macht. Das weiß Jan auch, er blickt ziemlich oft zu mir hoch und zieht dabei selbstbewusst eine Braue nach oben.

Seine Neugier, was Victor betrifft, wundert mich nicht. Unser erster Sex heute hat damit begonnen, dass er mich über Victors Vorzüge ausgefragt hat.

Wer mit einem Mann schläft, der bi ist, darf bei solchen Fragen ins Schwärmen geraten und ins Detail gehen. Jan macht die Vorstellung, wie Victor mich gevögelt hat, ebenso heiß wie mich.

Dass ich seinen Vorschlag, einen zweiten Mann mit uns ins Bett zu bringen, nie angenommen habe, als wir noch zusammen waren, bereue ich im Nachhinein. Damals hat mich der Gedanke aber nervös gemacht, weil Jans Experimentierfreude mich schon zur Genüge vereinnahmt hat. Heute reizt mich die Erfahrung ungemein.

»Meine Zunge oder Victors Zunge?«, höre ich Jan plötzlich fragen. Er lässt seine Finger über mich gleiten, während sein Mund mit Sprechen und kokettem Grinsen beschäftigt ist.

Bi hin oder her, den Schwanzvergleich lassen Männer trotzdem nicht aus. In diesem Fall geht es aber eher um den Vergleich der Zungenfertigkeit – wahrscheinlich ahnt Jan, dass er in Sache Größe dem viel älteren, muskulösen Wikinger-Vampir unterlegen ist. Liegt auch rein anatomisch nahe. Victor ist ein

Löwe, Jan ist ein junger Leopard – beides spannende Raubtiere, da achtet doch kein Mensch auf die Schwanzlänge.

»Keiner macht es mir so geil wie du«, stöhne ich und kralle meine Finger in seine Haare, während er wieder anfängt, mich zu lecken. »Jan, du bist so gut …«

Von wegen, ich habe das mit dem Dirty Talk nicht raus. Ich versage nur total, wenn ich zu sehr unter Druck stehe.

Wer mich nur beim Sex mit Victor beobachtet hätte, würde denken, ich bin allgemein ein unsicheres, schwindeliges Mäuschen, sobald ein nackter Mann an mir herumspielt. Aber ich bin nicht die unschuldige, ahnungslose Jungfrau, die ihr Leben lang von allen Männern übersehen wurde und jetzt in eine Escort-Agentur stolpert. Ich war schon immer ein Flittchen. Ein nettes Flittchen, aber ein Flittchen.

Sex macht mir Spaß und ihn etwas versaut und kreativ zu gestalten ebenso. Solange ich dabei nicht im Prüfungsangst-Modus laufe. Dann stolpere ich beim Ausziehen gegen eine Kommode, zerstöre ein Aquarium und ziehe mir eine Gehirnerschütterung zu, während ich versuche, die Fische zu retten und dabei einen Glasschrank übersehe. Ist so noch nicht passiert, würde ich mir aber zutrauen. Und dabei müsste ich mich nur entspannen und es genießen. So wie gerade.

Ich kralle mich fester in Jans Haare, als die wohltuenden Impulse regelmäßiger und intensiver werden. Jedes Mal, wenn er über meine Hitze streift oder Unterdruck mit dem Mund erzeugt, sind die Wellen kurz davor, zu brechen.

»Ich komme gleich …«, stöhne ich gegen die Decke. Ich weiß, dass Jan will, dass ich mich ankündige. Er steht darauf, wenn wir gemeinsam kommen.

»Hast du etwas gegen eine kleine Sauerei einzuwenden?«, fragt er und streicht sich über den feuchten Mund. Der Glanz in seinen Augen lässt Neugier in mir wachsen, die sich unter meine Vorfreude mischt.

»Du kannst alles mit mir machen, was du scharf findest«, entgegne ich und sehe ihn grinsen.

Ich warte auf Anweisungen, aber Jan erteilt mir keine. Ich darf liegen bleiben, er ändert nur seine eigene Position.

Er setzt sich auf Höhe meiner Taille auf mich. Sein schlanker Körper lässt mir trotzdem genug Luft – würde Victor auf mir sitzen, würde ich wohl Atemnot bekommen.

»Du kannst gleich duschen«, versichert er, bevor er mit einer Hand nach hinten greift und beginnt, mit Zeige- und Mittelfinger über meine empfindlichste Stelle zu reiben.

Wieso er das ›gleich‹ betont, als wäre ich ein Hygienejunkie, der es nicht aushält, nicht sofort nach dem Sex unter die Dusche zu springen, macht für mich erst Sinn, als er seine zweite Hand ins Spiel bringt.

»Darf ich?«, fragt Jan noch mal, als er mir ansieht, dass ich verstehe, was er machen will.

Ja, er ist definitiv einer von den bösen Jungs, die ihre Fantasien genießerisch ausleben, aber er ist dabei nie rücksichtslos. Genau deshalb habe ich mich mit ihm auch kein einziges Mal unwohl gefühlt. Selbst wenn wir Dinge getan haben, die ich abbrechen musste, weil sie nichts für mich waren. Das hier gehört nicht zu diesen Dingen. Er darf auf meinen Brüsten kommen, wenn er es scharf findet. Und das tut er ganz offensichtlich, er mustert sie mit angeheiztem Blick.

Jan stimuliert uns beide mit den Händen. Ihn selbst deutlich fester als mich und natürlich auch routinierter.

Ich liebe sein Gesicht immer, aber stöhnend und von der Lust benebelt, ist er einfach zum Anbeißen süß und zum Beißen scharf. Es gibt Frauen, die seine Züge etwas zu jung oder feminin finden. Die fünfundzwanzig sieht man ihm wirklich nicht leicht an, aber ich mag sein etwas androgyn wirkendes Gesicht unheimlich gern. Wahrscheinlich auch, weil ich so viele positive Erlebnisse damit assoziiere.

Meine Erregung beginnt mir die Gedanken zu vernebeln. Das Stöhnen aus meinem Mund wird lauter und unbeherrschter, weil ich unter seinen Fingern zerschmelze.

»Du siehst so heiß aus, Emma …«, keucht Jan. »Komm für mich, Baby.«

Die Bewegungen seiner Finger werden schneller und fester. Er wird ungeduldig, weil er selbst kurz davor ist, zu kommen, und sich endlich auf mir ergießen will.

Ich schließe die Augen, um mich nur auf das heiße Gefühl zwischen meinen Beinen zu konzentrieren. Als der Orgasmus mich überrollt, will ich den Rücken durchdrücken, aber Jans Gewicht hält mich auf der Matratze.

Sein Aufstöhnen bringt mich dazu, die Augen schnell wieder aufzuschlagen. Ich will ihn unbedingt kommen sehen. Ich will …

»Oh Baby …!«

Es kommt – nass, heftiger, als ich für das zweite Mal erwartet hätte, und meine Angst, ihn nicht dabei zu sehen, war vollkommen unbegründet. Der Erguss seiner Lust rinnt über meine Haut.

»Hast du mir gerade ins Gesicht gewixt?!«, piepse ich fassungslos und wische mir über die Wange.

Jan hat sich über mir abgestützt und lacht atemlos. »Ja. Hab ich doch angekündigt, nicht?«

»Nicht! Ich dachte, du willst auf meinen Brüsten kommen!«

Er grinst verschmitzt. »Das war dann wohl ein Kommunikationsproblem. Du hörst mir nie zu, Emmchen. Deshalb haben wir Schluss gemacht.«

Jan klopft mir mit dem Finger sanft auf die Nase. Mein Finger drückt sich in seine Seite. Er krümmt den Rücken, sein Keuchen geht in ein schalkhaftes Lachen über.

Ich beginne in schnellem Rhythmus zu blinzeln, weil meine Wimpern feucht sind. Der amüsierte Teufel mit dem bescheuerten Mädchengesicht greift in seine Nachttischschublade und reicht mir ein Kleenex, bevor er sich neben mich auf die Matratze fallen lässt.

»Wisch dir das Zeug ab, ist ja total ekelhaft«, verarscht er mich.

Ich strecke ihm die Zunge raus und schmecke dabei seine Lust auf meinen Lippen. »Wer will denn bitte jemandem ins Gesicht wixen?!«, maule ich vor mich hin und wische meine Haut trocken.

»Jeder Mann auf der Welt, Süße. Hat das noch nie jemand mit dir gemacht? Ich auch nicht?«

Ich ziehe eine Augenbraue hoch. »Schön, wie genau dir unsere gemeinsame Zeit im Gedächtnis geblieben ist.«

Während ich gespielt beleidigt den Mund verziehe, streichelt Jan mir über den Arm. »Sorry. Ich liebe dich, Emmchen, das weißt du. Und keine Sorge, Kunden dürfen das nicht mit dir machen. Kein Sex ohne Gummi und anwixen ist verboten. Das macht nur dein verdrehter Ex-Freund mit dir.«

Ich bin ihm nicht wirklich böse. Ich zetere hier nur rum, weil sich der Hunger meldet und die aufputschende Euphorie der heutigen Ereignisse langsam meine Gefühle freigibt und Platz für etwas anderes außer überdrehter Fröhlichkeit und überschwänglichen Sexhunger schafft.

»Hast du eigentlich Angst?«

Jans Frage lässt mich stutzen, weil sie so ernst geklungen hat.

»Vor was? Willst du mir noch mal ins Auge schießen?!«

Ich fuchtle abwehrend mit der Hand vor meinem Gesicht herum. Er greift sie und drückt sie runter.

»Ich meine vor dem Job. Hast du Schiss?«

»Nein. Solange ich nicht mit dem Joker aus ›Batman‹ ins Bett muss. Außer es ist Jared Leto – dann ja! «

»Emma.«

»Jan.«

»Lass das.«

»Was denn?«

»Faxen machen, sobald ein Gespräch zu ernst wird. Ich kenne dich. Ich hasse das.«

Ich beiße mir auf die Zunge, bevor ich wieder irgendeinen Schwachsinn erwidere.

Jan hat schon recht. Bevor es zu ernst oder eine Situation zu schwermütig wird, mache ich doofe Witze und versuche abzulenken. Ich bin der pietätlose Vollidiot auf jeder Beerdigung, der Scherze über das Wetter reißt. Aber ich kann nicht gut mit Schwermut umgehen.

»Ich bin unheimlich glücklich, dass ich das Geld habe«, setze ich an und höre mich dabei auch zum ersten Mal, seit ich freudestrahlend aus Vincents Büro gestürmt bin, klar denken. »Aber wenn ich es verbocke, dann …« Ich zucke mit den Schultern. Ich weiß nicht, wie ich den Satz beenden soll.

»Dann wird dir Vincent wohl ein Organ entnehmen lassen und es am Schwarzmarkt verkaufen«, mutmaßt Jan und ahmt meinen schockierten Blick nach. »Emma! Das war ein Scherz! Du hast nicht bei der Mafia angeheuert! Außerdem verbockst du es nicht. Du bist ein unglaublich hübsches Mädchen mit einem tollen Körper und einer süchtig machenden Muschi. Die Kunden werden total auf dich abfahren. Und wenn du erst mal die Nervosität losgeworden bist, stellst du fest, dass es ein Job ist wie jeder andere. Manchmal macht er Spaß, manchmal ist er anstrengend, aber er ist dankbarer als die meisten. Wenn mich in der Praxis jemand eine Stunde über seine Sehschwäche zuquatscht und mich fragt, ob mein Job nicht eher ein Frauenjob ist, bekomme ich zwanzig Franken dafür – dasselbe Gespräch, dieselbe Frage, aber als Termin über die Agentur gebucht, und ich gehe mit fünfhundert Franken nach Hause. Ja, du fickst nach dem Small Talk, aber das geht auch in Routine über. Abgesehen davon lernt man für gewöhnlich sehr spannende Menschen kennen.«

Ich schmunzle. Man hört heraus, dass Jan wirklich gern als Escort arbeitet. Klar, kein Job hat nur gute Seiten, aber er klingt so zufrieden mit seinem Leben, dass mich seine Vibes anstecken. Jan-Magie.

Man will ihm alles nachmachen, weil er der positive, gutherzige Mensch mit dem sarkastischen Humor ist, der man auch sein möchte.

Vielleicht darf ich die Sache nur nicht zerdenken. Schon gar nicht, wenn die Gedanken dazu dienen, mir Selbstzweifel einzureden.

»Weißt du, dass du einen super Therapeuten abgeben würdest? Angsttherapie oder Selbstbewusstseins-Aufpolierungs-Sitzungen wären total dein Ding.«

Jan blinzelt mich an. »Muss man dazu nicht studieren? Du weißt schon, dass ich bescheuert bin und gerade mal den Pflichtschulabschluss geschafft habe?«

»Du bist so was von nicht bescheuert. Du bist einer der klügsten Menschen, die ich kenne.«

»Mann, das tut mir jetzt voll leid für dich. Hängst du sonst echt nur mit der ›Fack ju Göhte‹-Gang ab?«

Ich lache, weil er es auch tut. Eigentlich will ich ihm eintrichtern, dass er sich nicht unterschätzen darf, aber das tut er auch nicht, denke ich. Er ist selbstbewusst genug, um sich nicht zu ernst zu nehmen. Eine sehr schöne Eigenschaft, die man eigentlich nur bewundern kann.

»Die Uni würde mich zwar nicht aufnehmen wollen, weil Immatrikulation und Ejakulation für mich dasselbe Wort sind, aber weißt du, wer mich garantiert will?«, fragt Jan und zwinkert mir zu.

Ich blinzle neugierig und warte auf die Pointe.

Er hüpft aus dem Bett. »Der Pizzajunge! Der steht auf mich und bringt immer gratis Knoblauchbrot mit! Schon manchmal geil, ich zu sein. Hast du auch Hunger?«

Ich grinse und nicke dann eindringlich. Nicht nur, weil ich Hunger habe, sondern auch, weil ich mir selbst vornehme, mir Jans ›Take it easy‹-Einstellung abzuschauen.

No need to worry. Wir sind zwar bescheuert, aber wir haben Pizza.

GOLD-ROSEN-STATUS

»Kevin, ich töte dich, wenn du das Teil zu mir liefern lässt!«, knurre ich in das Telefon und trete gegen das grau gesprenkelte quadratische Behältnis vor mir, in dem die Petunien blühen.

Schlechte Idee. Waschbeton zeigt sich absolut unbeeindruckt von aufgestauter Aggression. Meine Zehen bekommen nur eine Erschütterung ab, selbst durch die schwarzen Pumps hindurch.

»Ach komm schon, Emma! Ich brauche nur ein Zwischenlager! Es steht nur ein paar Monate bei dir – nach dem Abschluss suche ich mir eine eigene Wohnung und hole es ab!«

»Nein! Es wird ewig bei mir rumstehen! Du ziehst zum Studium irgendwann in ein Studentenwohnheim und ich habe dann ein Scheißklavier in meiner Wohnung stehen!«

»Streng genommen ist es ein Flügel«, verbessert Kevin meine Schimpftirade, weil er einfach nicht anders kann, als zu klugscheißen.

»Super! Das klingt noch größer! Ich könnte mein Sofa loswerden und es dort hinstellen! Sitzen auf Möbeln wird sowieso total überbewertet! Ich hocke gern auf dem Boden, solange der kleine Prinz dann in der Gewissheit leben kann, dass er ein Klavier besitzt, das er einmal im Jahr spielen wird!«

»Flügel, Emma. Flügel.«

»Es ist mir egal! Ich wohne auf vierzig Quadratmetern! Ich habe keinen Platz für ein Klavier! Und wage es nicht, jetzt ›Flügel‹ zu sagen, du kleiner Penetranz-Scheißer!«

Ich fuchtle mit den Händen herum und ohrfeige dabei ungewollt eine Hummel, die gerade zum Landeanflug auf die Petunien angesetzt hat. Das war wirklich keine Absicht, aber sie ist trotzdem mächtig angepisst.

»Du verstehst das nicht. Ich komme nie wieder so günstig an einen Flügel ran. Das Teil ist quasi geschenkt! Die Schule schafft einen neuen an und ich muss für den alten – der wirklich fantastisch ist! – nur die Abholung und den Versand bezahlen! Das kostet vielleicht vier- oder fünfhundert Franken! Für einen hammer Flügel!«

Ich laufe im Kreis, meinen illusionierten, nervigen kleinen Bruder im Ohr und eine von Rache getriebene Hummel im Nacken. »Scheiße! Verpiss dich!«

»Hey! Geht es vielleicht noch derber und gemeiner?!«, tönt Kevin beleidigt.

»Nicht du! Mich verfolgt ein Tier!«

»Wo bist du denn?! Was für ein Tier?!«, fragt er schockiert.

»Ein Bär, Kevin! Ich bin im Zoo und mich verfolgt einer!«

»Weißt du, dass du total nervst, wenn du sarkastisch bist? Man kann überhaupt nicht vernünftig mit dir diskutieren. Du blockst aus reiner Sturheit ab. Hör mir doch zuerst vernünftig zu und wäg ab, bevor du ›Nein‹ sagst.«

Für den Spruch würde ich ihm gern eine kleben. Manchmal glaubt er tatsächlich, er könnte mich mit Mediatoren-Diplomatie-Gelaber dazu bringen, einzuknicken und meine Meinung zu ändern. Ich bin seine große Schwester, nicht jemand aus seiner Schülervertretung. Selbst wenn Kevin mal Bundeskanzler wird, werde ich ihm noch ins Schienbein treten, sobald er Schwachsinn labert.

Dass er das tut, merkt er aber gar nicht. Ich will wirklich nicht die Spielverderberin sein, aber was er sich da in den Kopf gesetzt hat, funktioniert einfach nicht. Wir haben keinen Platz für einen Flügel und Kevin wird sich spätestens an der Uni auf andere Dinge konzentrieren.

Ich weiß, dass er gern spielt und auch an der Schule Unterricht bekommt, aber wir müssen alle Abstriche machen, vor allem was unsere Hobbys betrifft. Hätte ich eine größere Wohnung, würde ich Ja sagen, aber ich bin nicht bereit, mein Sofa wegzuschaffen, nur damit er seinen Willen bekommt.

Ich bin doch kein Vollidiot, der sich selbst komplett aufgibt, nur damit der kleine Prinz zufrieden ist. Gut, in gewisser Weise schon, aber die andere Sache ist es definitiv wert.

»Wir haben weder Platz, noch kannst du dir den Transport leisten!«, stelle ich noch mal eindringlich klar und atme annähernd erleichtert durch, weil die Hummel endlich ihre Rachepläne verwirft und davonfliegt. Ich bin mir sicher, sie hat mir den Mittelflügel gezeigt, bevor sie umgedreht hat. »Und woher willst du denn fünfhundert Franken nehmen? Nur weil jemand einen Ferrari um 20.000 verscherbelt, heißt das noch immer nicht, dass ich mir einen Ferrari leisten kann!«, versuche ich ihm klarzumachen.

Dass er plötzlich ein paar Sekunden still ist, ist kein gutes Zeichen. Er denkt nicht wirklich darüber nach, was ich gesagt habe, er zögert nur mit der Scheißidee, die er mir gleich unterbreitet. Ich kenne den kleinen Spinner.

»Ich dachte, du könntest mir …«

»Ich könnte dir was?! Fünfhundert Franken leihen?! Für ein Klavier?! ICH WEISS, DASS ES EIN FLÜGEL IST!!!«

»Dann sag doch ›Flügel‹!!«

»Du kannst mich mal, du größenwahnsinnige Kröte!«

»Du mich auch, du hysterische Ziege! Hoffentlich heiratet dich der Bär, der dich verfolgt! Das hält doch sonst kein Mann aus!!«

Ich knurre mein Handy an. Vollpfosten! Legt einfach auf!

»Das hält doch kein Mann aus …«, zitiere ich maulend. Kleiner Spinner. Woher er diese impulsive, schräge Art hat, Leute zu beleidigen, weiß ich nicht.

»Heirate du doch einen Bären, vielleicht kauft der dir den Scheißflügel …«

»Harter Vormittag?«

Mein Blick schnellt von meinem Display hoch in Richtung der hellen Stimme, in der der amüsierte Tonfall mitschwingt. Mein Ärger verwandelt sich sofort in Verlegenheit, weil sie an der Straßenlaterne direkt neben mir lehnt und mit ziemlicher Sicherheit alles gehört hat, was ich in den letzten Minuten von mir gegeben habe. Wenn ich Glück habe, lehnt sie dort aber erst zwanzig Sekunden und hat nur die Sache mit dem Bären mitbekommen.

»Der Hummel hast du echt ganz schön eine gedonnert«, stellt Claire lachend fest.

Okay, ich hatte kein Glück …

Sie stößt sich von der Laterne ab und kommt auf mich zu. Ich versuche, meine Verlegenheit abzuschütteln.

»Hey! Vielen, vielen Dank, dass du Zeit hattest! Und entschuldige das Telefonat … das war mein kleiner Bruder.«

Sie nickt interessiert und legt den Kopf schief. »Du hast einen kleinen Bruder? Niedlich. Wie alt?«

»Fast neunzehn. Und niedlich war er das letzte Mal mit fünf, als er mir noch Popkornketten gebastelt hat und mich nicht mit einem Bären verheiraten wollte.«

Das stimmt nicht. Kevin ist heute noch süß, ich bin nur gerade sauer auf ihn. Das ist Geschwister-Spontan-Antipathie, die geht schnell wieder vorüber. Claire versteht das – vielleicht.

»Hast du Geschwister?«, frage ich und beiße mir im nächsten Moment auf die Zunge, weil die Frage vielleicht zu persönlich war. Ich weiß nicht, wie viel aus ihrem Privatleben sie mit mir teilen will. Unser Treffen ist wohl eher beruflich motiviert.

Dass sie zugestimmt hat, mir beim Shoppen zu helfen, fand ich trotzdem unheimlich nett. Ich bin mir nicht sicher, ob Vincent ihr gesagt hat, dass sie mir helfen muss, weil ich ohne Beratung wahrscheinlich kaputte Hosen für fünf Franken kaufe, oder ob sie von sich aus Ja gesagt hat, aber das spielt auch keine Rolle. Sie ist hier und hat sich Zeit genommen.

Claires Nummer habe ich von Jan. Ich hatte etwas Bammel, sie um Hilfe zu bitten, und das, obwohl ich schon erlebt habe, wie nett und empathisch sie ist.

Sie ist eine ziemlich große Nummer in der Agentur. Eine besonders schöne, vergoldete Rose, auf die Vinc und Vic sehr stolz sind. Jan konnte mir aber nicht sagen, wie lange sie schon für die beiden arbeitet.

Wenn ich ihr Alter schätzen müsste, würde ich sie irgendwo Ende zwanzig einordnen. Aber das ging schon bei Vincent reichlich daneben. Ich bin einfach nicht gut, extrovertierte, spannende Leute mit verruchter Aura zu schätzen.

»Entschuldige, ich wollte dich nicht ausfragen. Wenn dir das zu persönlich ist, dann …« Ich lasse den Satz unvollständig und zucke vorsichtig mit den Schultern. Sie schweigt schon auffallend lange – ein sicheres Indiz dafür, dass sie die Frage nicht beantworten will.

Claire blinzelt überrascht mit den langen, dichten Wimpern und winkt dann ab. »Ach nein! Du kannst mich alles fragen. Ich überlege nur, wie ich dir das beantworten soll.«

Sie streckt die Hand nach mir aus und macht eine auffordernde Geste damit. Als wir uns in Bewegung setzen, legt sie mir die Hand auf den Rücken. »Ich habe mehrere Ex-Stiefgeschwister, aber darüber habe ich die Übersicht verloren. Mit manchen bin ich noch befreundet, mit anderen nicht. Und ich habe auch so etwas wie einen kleinen Bruder, der mir gern kluge Ratschläge erteilt. Nervig ohne Ende so was, aber man kann trotzdem nicht aufhören, sie lieb zu haben.«

Ich schmunzle ihre Worte ab, während wir die Einkaufsstraße entlangschlendern. Es ist nicht das erste Mal, dass ich hier durchlaufe, aber das erste Mal, dass ich auch wirklich eines der Geschäfte betrete.

Was die schicke Straße zu bieten hat, fällt sonst ganz und gar nicht in mein Budget. Heute ist mein Portemonnaie aber gefüllt – so gefüllt, dass ich die Scheine falten musste, damit sie in meine Geldbörse passen.

Es sind nicht mehr ganz tausend Franken – eher neunhundertfünfzig, nachdem ich einen kleinen Teil in Starbucks-Kaffee und das Aufstocken meines Instant-Nudel-Vorrats gesteckt habe. Aber: Baby, ich bin noch immer reich!

»Am besten beginnen wir mit den Kleidern und stimmen dann Schuhe und Unterwäsche darauf ab«, schlägt Claire vor.

Ich nicke und folge ihr in ein Geschäft, das ihr eindeutig vertraut ist. Sie ist nicht zum ersten Mal hier, auch wenn sie heute eher legere Klamotten trägt.

Selbst in Röhrenjeans und weißem Shirt sieht sie heiß aus. Und das liegt nicht nur an den gefährlich hohen dunkelroten hammer Pumps, sondern an ihrer Ausstrahlung. Ihre Art, zu gehen, sich umzudrehen, die Brauen nach oben zu ziehen – man könnte ihre banalsten Bewegungen filmen und daraus einen Parfum-Werbespot produzieren.

Das alles wirkt bei Claire aber kein Stück bemüht. Sie ist einfach heiß und dabei auch noch so nett und hilfsbereit, dass man sich von ihrer erotischen Aura als Frau keineswegs erschlagen oder bedroht fühlt. Man möchte nur so sein wie sie. Und man möchte, dass sie einen gernhat. Oh mein Gott, sie ist die große Schwester, die ich immer wollte!

In welchen Schlitz muss ich Kevin stopfen, um ihn zurückzugeben, und wo kann ich den Antrag einreichen, dafür Claire zu bekommen?

Nein. Ich liebe meinen Bruder natürlich und würde ihn gegen nichts auf der Welt eintauschen. Die kleine Sackratte …

Ich ziehe an, was Claire mir in die Umkleidekabine reicht, und warte dann ihr Urteil ab. Wir haben einen sehr ähnlichen Geschmack und, was noch viel besser ist, einen sehr ähnlichen Humor.

Normalerweise gehe ich am liebsten allein shoppen, aber ihre Tonspur und ihr Input heben meine Stimmung ungemein.

»Süße, das Kleid ist ein Arschloch. Wenn es jemanden wie dich unförmig aussehen lässt, war der Designer absolut stoned oder ein Frauenhasser. Weg damit.«

Ich ziehe etwas an dem Stoff herum, aber es bleibt ein Kartoffelsack. »Und was ist mit dem schwarzen?«, frage ich und zeige ihr das Cocktailkleid, das ich selbst ausgesucht habe.

»Unbedingt kaufen. Das kannst du zu jedem Essen, jeder Gala und jeder stinklangweiligen Vernissage tragen, die dich an der geistigen Gesundheit von Menschen mit zu viel Geld zweifeln lässt.«

Ich grinse. »Ist Kunst nicht so dein Fall?«

»Kunst schon, aber Diskussionen über die Skulptur eines kackenden Pinguins gehen über meinen Horizont hinaus. Vor allem wenn dabei keiner lacht und alle nur irgendeinen Schwachsinn über die Armut in Schwellenländern da reininterpretieren. Es ist ein scheißender Vogel! Zieht mal den Kopf aus dem blasierten Arsch! Wenn ihr etwas gegen Armut in Schwellenländer tun wollt, spendet die achttausend Euro für den Kackhaufen lieber an ›Ärzte ohne Grenzen‹. Vollidioten.« Sie seufzt und winkt ab. »Aber jeder, wie er will … Ich bin auch kein Engel.«

»Die Kunden sind meistens ziemlich gut betucht«, mutmaße ich, weil ich mir sicher bin, dass die Geschichte von der Vernissage auch im Rahmen einer Buchung stattgefunden hat.

Claire schmunzelt mich an. »Wir sind nicht billig, Süße. Die Klientel kommt aus der oberen Mittelschicht bis hin zur High Class. Geschäftsmänner oder Leute aus der Kunst- und Medienbranche.«

Ich nicke.

Sie streicht mir kurz übers Kinn und hilft mir dann aus dem Kartoffelsack. »Die meisten sind nett. Du wirst ein paar sehr spannende Männer treffen. Arschlöcher gibt es natürlich auch, aber die meisten ficken gut und zahlen viel, also kann man darüber hinwegsehen.«

Dass sie so ehrlich ist und ich das Gefühl habe, dass sie weder etwas verschönt noch schlechtredet, weiß ich zu schätzen. Jan hat mir auch schon so einiges berichtet, aber er ist weder so lange dabei wie Claire, noch haben sie dieselben Kunden. Sie weiß, wie die Hetero-Männer ticken, die sich Rosen leisten.

»Hattest du schon mal Probleme mit einem Kunden? Ich meine … so richtige Arschlöcher, die die Bedingungen der Buchung nicht einhalten wollen?«

Eine Umkleidekabine ist vielleicht nicht der beste Ort, um diese Frage zu stellen, aber sie brennt mir auf der Zunge. Ich habe Claire den Rücken zugewandt, sie legt mir ihre Hände an die Taille und stützt dann ihr Kinn an meiner Schulter ab. Ich kann ihr hübsches, freundliches Gesicht über den Spiegel sehen.

»Wenn so etwas passiert, kümmert sich Vincent darum. Er lässt keine Vertragsverstöße zu – egal welcher Art. Wenn jemand dich verletzt oder dich zu etwas zwingt, bekommt er Probleme. Vincent durchleuchtet die Kunden gut und stellt auch klare Regeln auf. Es passiert sehr selten, dass jemand durch sein Raster fällt.«

Sehr selten heißt nicht nie. Aber das war mir auch irgendwie bewusst.

Claire fährt mit ihren beruhigenden Worten fort. »Jede Buchung hat ein Zeitlimit. Die Agentur weiß, wo du bist und wie lange du dort sein wirst. Du musst dich nach jeder Buchung via App zurückmelden. Tust du das nicht, kommt jemand zu dir und holt dich ab – und sie sind schnell«, versichert sie. »Vincent passt so gut auf seine Escorts auf wie sonst niemand in der Branche. Das hat sich in der Szene auch schon längst herumgesprochen. Niemand sucht freiwillig Ärger mit ihm. Das haben noch alle bereut …«

Ich bekomme etwas Gänsehaut, weil es sich plötzlich wieder so anfühlt, als hätte ich bei der Mafia angeheuert – der Schweizer Escort-Mafia. Aber es fühlt sich ungeahnt gut an, zu wissen, dass der Pate für und nicht gegen einen ist. Die Sache mit der App wusste ich schon. Tina hat sie mir auf meinem Handy installiert.

Claire lässt mich wieder los und mustert mich trotzdem weiter über den Spiegel. »Ich mache das jetzt schon so viele Jahre, dass ich die Zahl nicht aussprechen kann, ohne mich verdammt alt zu fühlen, aber mir sind viel schlimmere Dinge passiert, bevor ich angefangen habe, für Vincent zu arbeiten. Die richtigen Monster sind mir begegnet, bevor jemand die Hand über mich gehalten und die Männer ausgesucht hat, die mich haben dürfen. Mach dir keine Sorgen. Du bist in den besten Händen der Branche.«

Dieses Gefühl hatte ich auch vom ersten Moment an. Was Claire da gerade von wegen Monstern gesagt hat, versetzt mir aber einen Stich ins Herz.

Sie lächelt mich an und ich glaube auch, dass sie eine verdammt starke, toughe Frau ist, aber in ihrer Vergangenheit tummeln sich anscheinend viele Schatten. Das ist bei extrovertierten Charaktermenschen oft der Fall. Eine so starke Persönlichkeit entwickelt sich selten, wenn alles im Leben immer eitel Sonnenschein war.

»Ich würde dir übrigens ganz dringend dazu raten, NIEMALS zu vergessen, die App zu öffnen und dich zurückzumelden. Es sei denn, es interessiert dich, wie Vincent aussieht, wenn er wirklich, wirklich wütend ist.«

Das ist ein guter Tipp, den ich unbedingt verinnerlichen muss. Klar regt er sich auf, wenn man falschen Alarm schlägt, indem man einfach zu vergesslich ist, um sich zu melden. Und ich habe wirklich keine Lust, herauszufinden, wie Vincent sich verhält, wenn er sauer ist.

»Zieh dich an, damit wir zur Kasse gehen können. Danach gönnen wir uns ein paar hübsche Schuhe, heiße Wäsche und einen Kaffee.«

Ich weiß, die meisten Frauen würde das Wort ›Schuhe‹ in Ekstase versetzen – ich stehe zwar auch auf sexy Pumps, aber das Wort ›Kaffee‹ macht mich eher wuschig. Ich hoffe, ich kann mir nach dem Einkauf noch einen leisten. Außerdem würde ich Claire gern einladen – das kleinste Dankeschön, das ich für die Shoppingbegleitung erbringen kann.

Mein Blick schweift kurz und flüchtig auf das Preisschild der Kleider, die wir ausgesucht haben. 50 Franken, 79 Franken, 40 Franken – der Laden ist viel, viel preiswerter, als ich vermutet hatte.

Ich werde hier bestimmt noch öfter shoppen. Die Kleider sehen und fühlen sich verdammt hochwertig an, obwohl sie kaum mehr kosten als bei New Yorker und Co. Hammer. Wieso sind hier nicht viel mehr Leute, die an der Kasse Schlange stehen?

Die Angestellten sind auch superfreundlich. Alle meine Kleider werden in Seidenpapier verpackt. Ich darf sogar die schicken Bügel behalten. Während ich total begeistert vom Service hier bin, wischt Claire neben mir auf ihrem Handy herum.

Die hübsche Tüte bringt meine Augen zum Leuchten. Die Kassiererin muss mich für total bescheuert halten, aber ich bin Plastiktüten und Kaugummi kauende desinteressierte Verkäuferinnen gewohnt, die mir sagen, dass es heute zwei T-Shirts für zehn Franken gibt, die nur ein ganz kleines bisschen verschnitten sind.

»Wie möchten Sie bezahlen? Bar oder mit Karte?«

»Bar, bitte«, entgegne ich und zücke mein ausgebeultes Portemonnaie. Wahnsinn, komme ich mir gerade reich vor.

»Das macht dann 1790 Franken.«

Ich ziehe eine Augenbraue nach oben. Wie bitte?! Die Kleider waren doch total preiswert! Wie kommt sie denn bitte auf diese utopische Zahl?!

Kosten die Bügel 200 Franken das Stück?! Und die Tüte 500?! Kann ich die Klamotten bitte einfach über die Hand gelegt hier raustragen?! Was macht es dann?!

Mir wird heiß. Das schlechte Heiß – das ›Ich weiß nicht, was ich jetzt machen soll, außer gleich eine peinliche Situation heraufzubeschwören‹-Heiß!

Du hast den Preis falsch abgelesen, Emma.

Danke! Danke für den Einschub! Echt! Wo warst du in der Kabine, als ich die letzten Nullen übersehen habe?!

Die Zahlen sind aber auch beschissen klein! Was mache ich denn jetzt?!

Herumstammeln und zugeben, dass du dir das nicht leisten kannst.

Das will ich nicht! Das ist so peinlich! Es ist schon alles eingepackt! Und Claire hat sich so viel Zeit genommen, alles mit mir auszusuchen! Wenn ich ihr jetzt sage, dass das umsonst war, weil ich zu bescheuert war, um den Preis richtig abzulesen, versinke ich im Erdboden!

Willst du jetzt tatsächlich eine Alternative hören?

Ja!

Klauen.

Haha. Ich klaue nichts! Ich habe schon ein schlechtes Gewissen, wenn ich Trauben im Supermarkt nasche!

Darf man auch nicht machen – Diebin.

Ich hasse dich manchmal echt.

»Alles in Ordnung?« Claire zieht mich plötzlich am Arm zu sich und flüstert mir ins Ohr: »Hast du genug Geld dabei?«

Dass sie das aus meiner Schockstarre herauslesen konnte, ist beeindruckend. Vielleicht ist es aber auch offensichtlich, dass jemand Probleme mit der Rechnung hat, sobald er zu schwitzen beginnt, wenn er das Geld rüberwachsen lassen soll.

»Nein. Ich habe mich vorhin in der Kabine verrechnet …«

Das kommt mir zwar auch schwer über die Lippen, aber immerhin leichter, als zuzugeben, dass ich so verrückt war, zu glauben, dass diese Edel-Boutique ihre hochwertigen Kleider zum Krabbeltischpreis verschleudert. Ich bin echt naiv, wenn ich zu fröhlich werde. Wie ein bescheuertes Kind.

»Wie viel hat Vincent dir denn gegeben?«

»1000 Franken …«, murmle ich und sehe beschämt auf den Boden. »Ich habe aber nur noch 950 – den Rest habe ich für Einkäufe ausgegeben. Diesen Monat lief es finanziell nicht so gut bei mir …«

Ich verglühe in meiner Scham. Claire schnaubt amüsiert und streicht mir über den Oberarm, bevor sie mich loslässt und auf den Tresen zugeht.

»Können Sie die Bezahlung noch auf Karte umstellen?«

Die Verkäuferin nickt. »Natürlich.«

Als Claire ihre Kreditkarte zückt, klebe ich an ihrer Seite und will sie davon abhalten.

»Warte! Nicht. Ich kann dir das niemals zurückzahlen, das ist zu viel! Vincent behält mein Honorar, weil er mir schon Geld vorgestreckt hat.«

»Ich weiß. Schon gut, Süße. Ganz ruhig bleiben, du schuldest mir nichts. Ich strecke das Geld nur vor und schicke die Rechnung dann dem holländischen Geizhals, der dich mit 1000 Franken zum Einkaufen geschickt hat. Das knausrige Getue müssen wir ihm ganz schnell wieder abgewöhnen.«

Claire unterschreibt die Rechnung, ohne mit der Wimper zu zucken.

Ich mustere sie dabei, als wäre sie Wonder Woman. Ist sie auch, wenn sie echt den Mumm hat, bei Vincent reinzuknallen und ihm zu sagen, dass er geizig ist und meine Shoppingrechnung begleichen muss.

Ich muss da aber nicht dabei sein, oder?

Claire drückt mir die Tüte in die Hand und macht dann eine auffordernde Kopfbewegung. »Komm. Jetzt gehen wir Schuhe kaufen. Scheißteure Schuhe, damit Vincent die Rechnung richtig schön anbrummen kann!«

»Ähm … bist du sicher, dass er … Ich meine, sagst du ihm, dass …«

»Keine Angst, Süße. Ich kläre das mit ihm. Du musst dir nur aussuchen, was dir gefällt.«

Oh Gott sei Dank! Es gibt nicht genügend Cocktails auf der Welt, um mich mutig genug zu machen, Vincent vorzulallen, dass er mir scheißteure Schuhe kaufen muss!

Claire braucht dazu wohl keinen Tropfen Alkohol. Sie hat aber auch Gold-Rosen-Status – ich blühe noch nicht mal.

DAS VERRUCHTE MÄRCHEN

Das Café am Ende der Shoppingstraße ist gut gefüllt. Dass die Preise für Getränke horrend sind, wundert mich nicht mehr. Nach meinem Naivitätsanfall im ersten Laden wurde mir ganz schnell klar, dass alles, was man hier im Umkreis von einem Kilometer erwerben kann, außerhalb meiner Preisklasse liegt. Zumindest wenn ich keine gute Fee dabeihabe, die unsere Einkäufe im Regress beim Obervampir rückerstatten lässt.

Hervorragender Stoff für einen richtig schrägen Urban-Fantasy-Roman: Flittchen im High-Class-Wunderland. Auf dem Cover: die sexy sehnige Hand des Vampirs, die scharfe Silhouette der guten Fee und eine schwer irritierte Trulla – also ein Selfie von mir.

Wir sitzen nach der ausgedehnten Shoppingtour im Freien und genießen das schöne Wetter. Ich kann noch gar nicht glauben, dass die vielen Tüten mit den abgefahrenen Sachen tatsächlich mir gehören. Vielleicht muss ich auch alles zurückgeben, sobald ich in der Agentur aufhöre – macht man mit Arbeitskleidung, oder? Die schicken Klamotten bleiben aber wohl eine ganze Weile in meinem Besitz. Bis ich meine Schulden abbezahlt habe, sind die Schuhe bestimmt durchgelaufen.

Der Gedanke an das Geld bringt mich dazu, das Handy aus der Tasche zu ziehen. Claire nippt gerade an ihrem Eiskaffee und wischt auch prüfend auf ihrem Telefon herum. Ich bin nicht unhöflich, wenn ich kurz einen Blick auf meine Mails werfe.

Das Aktualisieren dauert eine gefühlte Ewigkeit. Ich denke schon, da kommt nichts mehr – als die neuen Nachrichten plötzlich aufploppen, bleibt mein Herz kurz stehen. Ich überfliege die Zeilen und fühle dabei die Hitze in meine Wangen steigen.

»Ja!«

Dass ich mich etwas zu laut und überschwänglich gefreut habe, wird mir bewusst, als das Pärchen am Nebentisch mit gerümpften Nasen zu mir rüberblickt.

Leckt mich! Noch nie jemanden gesehen, der sich gerade aus seinen Problemen gekauft hat?!

»Gute Neuigkeiten?«, mutmaßt Claire schmunzelnd und legt ihr Telefon auf den Tisch.

Ich nicke energisch. »Sehr gute Neuigkeiten! Die Schule meines Bruders hat meine Zahlung bekommen!«

Dass ich so ehrlich bin, liegt daran, dass Claire mir auch das Gefühl gibt, sehr offen mit mir zu sein. Eigentlich wäre es mir vor jedem anderen peinlich, zuzugeben, dass ich mich für Schulgeld prostituiere, aber ich bin mir sicher, sie versteht mich.

»Dafür hat dir Vincent also Geld vorgestreckt«, reimt sie sich zusammen. Eigentlich bin ich davon ausgegangen, dass er sie nicht nur über die Existenz meines Darlehens, sondern auch über dessen Grund aufgeklärt hat – hat er aber nicht.

»Die Schule meines Bruders ist ziemlich kostspielig. Er macht aber noch in diesem Jahr seinen Abschluss und ich wollte nicht, dass er abgehen muss, nur weil unser Vater plötzlich die Zahlungen einstellt.«

Dass das mit dem Geld so schnell geklappt hat, ist der Wahnsinn. Ich war am Montag zum ersten Mal in der Agentur, am Dienstag hat mir Tina einen Termin beim Arzt gemacht und am Mittwoch hat Vincent mir das Geld freigegeben. Wie kompliziert es ist, einen so hohen Scheck einzulösen, war mir nicht klar, aber ich habe das Geld noch am selben Tag überwiesen –

nachdem ich den Bankbeamten mit Betteln und Flehen seelisch zermürbt hatte.

Es war aber auch höchste Zeit. Bei meinem Telefonat mit Kevins Schule wurde mir bewusst, dass die Frist für die Zahlung eigentlich schon vor Monaten abgelaufen ist. Dass sie ihn trotzdem nicht rausgeschmissen oder bedrängt haben, lag nur daran, dass der Direktor ein unheimlich lieber Mensch mit viel Verständnis für private Sorgen ist. Ich habe ihm gesagt, dass wir familiäre Probleme hatten, und versichert, dass ich das Geld so schnell wie möglich überweisen werde. Er hat mir versprochen, Bescheid zu geben, sobald er die Zahlung erhält. Und jetzt die erlösende Mail. Mir fällt ein ganzes Felsmassiv vom Herzen.

Claire schmunzelt mich an und mustert mich mit schief gelegtem Kopf. So eindringlich, dass ich etwas verlegen werde. »Du bist ein wirklich lieber Mensch, Emma. Du selbst hast gar nichts von dem Job.«

Das stimmt nicht. Ich habe sehr viel davon – einen Bruder, der nicht in eine Spirale aus Depression und Verzweiflung fällt, weil er plötzlich nicht weiß, wie er sein Leben auf die Reihe kriegen soll. Kevin wirkt auf die meisten nicht so, aber er ist ein verdammt sensibler Junge. So überschwänglich sein Temperament auch ist, so schnell kann er sich der Verzweiflung hingeben. Jetzt bleibt er aber ein fröhlicher, zielstrebiger, vorlauter Idiot, der bockt, weil er keinen Flügel bekommt. Daran kann man kein Preisschild kleben.

»Wenn wir uns nicht gegenseitig helfen, tut es sonst niemand. Er würde das für mich ebenso tun. Und es würde mich unheimlich erschüttern, deshalb darf er es nicht erfahren.«

Claire nickt verständnisvoll. »Mach dir darüber keinen Kopf. Die Agentur ist so diskret, dass du keine Probleme mit deinem Privatleben haben wirst. Das schätzen auch die Kunden. Manche sind regelrecht paranoid, was die Buchungen betrifft ...« Ihr Satz klingt irgendwie unvollständig, weil sie plötzlich in Gedanken versunken scheint.

Ich blinzle sie irritiert an, bis sie plötzlich mit dem Löffel gegen das Glas schlägt und breit grinst. Das war der Startgong zu irgendeiner Idee, oder?

»Sag mal, du hast den Vertrag doch schon unterschrieben, oder?«, will sie wissen.

»Ja. Ich war heute Morgen in der Agentur. Aber ich habe nur mit Tina gesprochen. Vincent hatte keine Zeit, er hat den Vertrag nur vorunterzeichnet.«

»Das heißt, du kannst theoretisch ab heute offiziell gebucht werden«, schlussfolgert Claire und beugt sich verschwörerisch über den Tisch zu mir.

»Ähm ... Ich muss noch Fotos für den Katalog schießen lassen. Der Fotograf kann erst nächste Woche. Vorher wird mich wohl kaum jemand buchen – wenn er mich nicht sieht. Außerdem habe ich heute Nachmittag einen Termin bei eurer Kosmetikerin. Was macht die eigentlich mit einem?«

Claire winkt ab. »Ach, nur die übliche Beauty-Behandlung: wachsen, zupfen, Analbleaching. Ich habe eine großartige Idee! Wärst du bereit, dich heute Nacht schon buchen zu lassen?«

Warte, warte, warte. Wie kann sie denn das Wort ›Analbleaching‹ raushauen und dann weiterreden?! Ich weiß nicht mal, was sie danach gefragt hat, ich kneife nur den Arsch zusammen.

»Ich weiß, es ist spontan, aber es wäre perfekt! Ich brauche jemanden, der mich ersetzt, und bis jetzt haben wir noch kein Mädchen gefunden, das ich für meinen Kunden für geeignet halte. Er ist ziemlich pingelig mit dem Schutz seines Privatlebens und er mag keine zu offensiven Mädchen, die ihn anflirten – du bist perfekt! Du bist ein verdammt hübsches, unschuldig wirkendes Mäuschen mit einem Herzen aus Gold. Genau so etwas habe ich für ihn gesucht!«

Bleicht mir heute Nachmittag tatsächlich eine fremde Frau den Arsch?! Wieso?!

Ich meine, ich weiß, wieso, aber nein! Kann ich dazu Nein sagen?! Gott, ich komme gedanklich echt nicht von dieser Anal-Sache los!

Was redet Claire da von wegen ›nicht anflirten‹? Ich sollte ihr echt zuhören!

»Ich soll deinen Termin übernehmen? Ich will dir keine Kunden wegnehmen, das wäre …«

Claire unterbricht mich mit einem sanften Kopfschütteln. Sie seufzt geerdet und schließt kurz die Augen. »Ich werde aufhören.«

»Du steigst aus der Agentur aus? Wieso?«

Meine Stimme klang etwas zu schockiert, das beweist mir ihr amüsiertes Grinsen. »Süße, ich bin sechsunddreißig. Ich mache das jetzt über siebzehn Jahre – irgendwann ist Schluss. Die Escort-Mami für die Jüngeren zu spielen, hat mir Spaß gemacht, aber wenn man zur Oma wird, sollte man in Rente gehen.«

Siebzehn Jahre?! Sie muss die gleiche Hautcreme benutzen wie Vincent – oder wieso sehen sie alle nach so vielen Jahre in diesem harten Business noch so ewig jung geblieben aus?

Mir war klar, dass Claire schon einige Jahre dabei ist, aber so lange? Das beweist, dass man den Job lieben lernen und zu seinem Lifestyle machen kann. Claire wirkt ziemlich glücklich auf mich.

»Ich habe einige Stammkunden zu vergeben, die Fetisch-Liebhaber kommen für dich aber nicht infrage. Oder hast du vor, dich von Victor ausbilden zu lassen?«

Oh Gott, nein!

»Oh Gott, nein!« Ja, das kommt so raus wie gedacht, weil mich die Abwegigkeit dieser Vorstellung vergessen lässt, dass ich den Höflichkeitsfilter benutzen sollte.

Claire lacht auf. »Es war aber auch wirklich fies von Vincent, dich gleich Victor zum Fraß vorzuwerfen. Neulinge vögelt er nie. Dass er das getan hat, beweist aber, dass er dich süß findet. Er ist sehr wählerisch mit seinen Mädchen.«

Ich verziehe den Mund. Nicht weil mich das Kompliment anwidert, sondern weil ich es abwegig finde. Victor hat keineswegs den Eindruck auf mich gemacht, als würde er mich süß finden – ich denke, dieses Adjektiv kommt nicht mal in seinem Wortschatz vor. Außer vielleicht, wenn es um Cupcakes geht.

»Sind Vincent und Victor eigentlich verwandt? Sie kommen beide aus Dänemark, oder?«

Die Gelegenheit, um das herauszufinden, ist gerade zu günstig, als dass ich sie verstreichen lassen würde. Claire weiß bestimmt alles über die beiden Vampire. Und Vincent hat mir in genervtem Tonfall dazu geraten, Informationen bei den anderen Escorts einzuholen, also …

»Nein, sie sind nicht verwandt. Victor ist in der Schweiz geboren, sein Vater ist Skandinavier. Die beiden kennen sich vom Kickboxen.«

»Wow. Es gibt tatsächlich jemanden auf der Welt, der sich freiwillig mit Victor prügelt?«

Claire lacht und schüttelt den Kopf. »Da waren die beiden noch Teenager und Victor war noch nicht dieses Muskelpaket. Außerdem waren sie damals eher Konkurrenten als Freunde. Das ganze Freundschafts-Ding hat erst angefangen, als Vincent die Agentur gegründet hat. Er brauchte jemanden, dem er absolut vertrauen kann und der ihm hilft, sich in dem Business zu behaupten. Kein Zuckerschlecken. Die Branche hat viele dunkle Ecken, die einen verschlucken, wenn man nicht die richtigen Leute an seiner Seite hat.«

Das kann ich mir gut vorstellen. Die Grenze zwischen Illegalität und Legalität ist bei diesem Geschäftsmodell bestimmt genauso dünn wie die zwischen dem Sündhaften und der Moral. Die beiden haben den Spagat aber hinbekommen – zumindest wirkt es auf mich so.

»Ich denke, es war ziemlich schlau von Vincent, sich Victor an Bord zu holen«, meint Claire und überschlägt die langen Beine. »Die beiden ergänzen sich hervorragend und Vincent brauchte definitiv jemanden in seinem Team, von dem er sich die Stirn bieten lässt. Er ist ein sehr stoischer, einzelgängerischer Mensch, der sich von kaum jemandem etwas sagen lässt.«

Das glaube ich sofort.

»Gehört die Agentur eigentlich beiden?«, stelle ich eine Frage, die mich auch schon eine Weile beschäftigt. Die Namen Vinc und Vic fallen sehr oft im selben Atemzug, trotzdem benutzt Vincent die besitzanzeigenden Wörter immer in der ersten Person – *meine* Agentur, *mein* Ruf, *meine* Rosen.

»Es ist Vincents Agentur – er ist der Boss. Victor ist streng genommen nur Teilhaber. Er hat sich aber schon immer um die Ausbildung der Escorts gekümmert und in den letzten Jahren auch um ein paar organisatorische und personelle Dinge. Auch wenn Vincent das letzte Wort hat – wenn du es dir mit Victor verscherzt, schmeißt Vincent dich raus, ohne mit der Wimper zu zucken.«

Das dachte ich mir schon. Ich erinnere mich an das kurze Gespräche über ihre Buchhalterin, die nach einem Satz von Victor keinen Job mehr hatte.

Claire schmunzelt mich an. »Keine Sorge. Victor ist streng und sehr direkt, aber fair. Du müsstest dich schon ganz schön dumm anstellen, damit du in Ungnade fällst.«

Ich glaube Claire, dass Victor direkt, aber fair ist. Nur bin ich auch manchmal echt gut darin, mich dumm anzustellen. Zum Glück ist dieses Vorstellungsgespräch einigermaßen glimpflich über die Bühne gegangen! Müsste ich noch mal mit Victor schlafen, würde ich vor Aufregung schon vor dem Vögeln ohnmächtig werden. Irgendwie macht er mir jetzt noch mehr Angst als vor dem Sex – obwohl das Ganze auch irgendwie scharf war.

Ich denke aber nicht, dass es noch mal dazu kommt. Entgegen Claires Meinung bin ich mir sicher, dass Victor bei mir nur aus Testzwecken einen Ständer bekommen hat, nicht zum Vergnügen.

»Wärst du bereit, meinen Termin heute Nacht zu übernehmen, wenn der Kunde einverstanden ist?«, greift Claire das Thema von vorhin noch mal auf, das für mich irgendwie zwischen dem Wort ›Analbleaching‹ und meiner Neugier über Vinc und Vic untergegangen ist.

Ich horche auf und mache mir bewusst, wie wichtig diese Frage ist. Mein erster Kunde. Ich hatte erst nächste Woche damit gerechnet. Aber umso früher, umso besser, schließlich will ich möglichst viel arbeiten, um meine Schulden rasch abzubezahlen.

»Ja! Sicher! Wenn es dir recht ist … und Vincent.«

Meine Vermutung, dass wir nicht einfach ungefragt Kunden tauschen dürfen, bestätigt sich, als Claire nach ihrem Handy greift.

»Warte mal. Ich rede mit ihm.«

Ich will mich wirklich nicht zu neugierig nach vorn lehnen, um dem Telefonat zu lauschen, aber entspannt nach hinten in den Stuhl drücken kann ich mich auch nicht.

Der Gedanke, dass ich heute Nacht zum ersten Mal einem Fremden meinen Körper verkaufe, macht mich nervös. Zum Glück auf keine unangenehme Weise. Die Gespräche mit Claire haben mir den Job wieder etwas nähergebracht.

»Hey. Hast du kurz Zeit?«, fragt sie und hört sich dann die Antwort an. Ich kann Vincent nicht verstehen, aber ich kann mir vorstellen, dass sich seine Stimme durchs Telefon noch dunkler anhört.

Claires Stimme klingt sehr freundlich, aber nicht überbemüht höflich. Sie ist nicht nervös, wenn sie mit ihm spricht – um eine Toleranz gegen die einschüchternde Dominanz, die er ausstrahlt, zu entwickeln, muss man wohl mindestens zehn Jahre für ihn arbeiten.

»Ich bin mit Emma beim Shoppen und habe ihr vorgeschlagen, meine Buchung für heute Nacht zu übernehmen …«, setzt Claire an und hört kurz zu. So kurz, dass seine Antwort nicht lang ausgefallen sein kann. »Du brauchst doch sowieso bald Ersatz für mich. Und ich halte sie für absolut geeignet für ihn. Ich kenne ihn – er schickt dir vermutlich jedes andere Mädchen zurück, weil er ihm nicht vertraut. Du weißt doch auch, wie er ist.«

Wieso beschleicht mich gerade das Gefühl, dass der Kunde, um den es geht, ein ziemlich komplizierter Mensch ist?

»Nein. Ich rufe ihn selbst an und schlage es ihm vor. Wenn er Ja sagt, geht es für dich dann in Ordnung?«

Vincent spricht sein Urteil. Claire nickt und zwinkert mir zu. Mein Herz beginnt schneller zu hämmern, während ich mich gedanklich auf das spontane ›Date‹ heute Nacht vorbereite.

»Ich maile dir übrigens morgen ein paar Rechnungen. Du kannst die Kleine doch nicht mit 1000 Franken zum Shoppen schicken und erwarten, dass sie sich damit komplett für die kommenden Jobs einkleidet.« Claire ist kurz still. »Na gut. Dann so.«

Mir fehlt der Zusammenhang, aber ich bekomme Panik, weil sie sich irgendwie kleinlaut anhört. Er hat sie jetzt nicht wegen der exzessiven Shoppingtour gerügt, oder?

Ich könnte es nicht verantworten, wenn sie auf dem Geld sitzen bleibt. Hoffentlich kann ich die Sachen zurückgeben.

»Ich melde mich, wenn ich wegen heute Nacht Bescheid weiß.« Sie seufzt. »Tschau.«

Während sie die Augen überdreht und das Handy weglegt, rutsche ich beinahe vom Stuhl, weil ich mich so weit nach vorn lehne.

»Erstattet er dir das Geld nicht?«, frage ich.

Sie kennt meine piepsende ›Ich schmeiße die Nerven weg‹-Stimme noch nicht, deshalb sieht sie mich wahrscheinlich auch so überrascht an. Ja, ich klinge wie Schlumpfine – Achtung, gleich gibt es noch ein Hicksen als Zugabe.

»Doch, doch. Vincent ist nicht geizig, er versucht nur manchmal, so rüberzukommen, weil er sich einredet, dass man das als Geschäftsmann so machen muss. Er überweist das Geld morgen. Ich war nur genervt, weil er immer so kurz angebunden ist, seit er weiß, dass ich gehe.«

Erleichterung – aber nur kurz, dann fällt mir auf, dass das Gespräch mit Vincent Claire runtergezogen hat, auch wenn er mit allem einverstanden war, was sie vorgeschlagen hat.

Irgendwie seltsam. Er kommt mir ganz grundsätzlich wie ein Mensch vor, dessen Terminkalender ständig voll ist und der jeden mit kurzen Telefonaten abspeist, der etwas Geschäftliches von ihm will.

War das zwischen euch mal anders?

»Du kennst Vincent schon lange«, stelle ich vorsichtig fest, weil ich nicht weiß, wie ich sie auf das ansprechen soll, das mir gerade im Kopf umherschwirrt.

Claire versteht aber, auf was ich hinauswill. Auf ihrer gerade noch so nachdenklichen Miene zeichnet sich ein Schmunzeln ab.

»Er war natürlich nie mit mir zusammen. Ich bin seine Angestellte«, stellt sie ihren Ausführungen voran. »Aber ich hatte eine Zeit lang das Gefühl, dass ich ihm näherstehe als die Frauen, die er sonst an sich heranlässt.« Sie zuckt mit den Schultern und seufzt. »Ach, es ist kompliziert. Und dann wieder einfach … In Vincents Leben war nie Platz für eine Frau. Frauen – ja, viele. Aber etwas Festes hat er nie gesucht. Es hat ungefähr zehn Jahre gedauert, bis mir das bewusst geworden ist. Und drei weitere, um herauszufinden, dass man Menschen nicht ändern kann, die sich nicht ändern wollen. Ist wahrscheinlich auch gut so …«

Das ist ja mal ein Knüller. Claire und Vincent – sie wären ein hammer Paar! Das wäre die ultimative moderne, etwas verruchte Cinderella-Story. Aber die Realität hat das Märchen wohl mal wieder in seine Schranken gewiesen.

Manchmal wünsche ich mir, das Leben wäre mehr wie in Filmen und Büchern. Ein Happy End für jeden, der lange genug darauf hofft. Aber dreizehn Jahre lang auf einen Mann hoffen, der dieser stoische, einzelgängerische Vampir bleibt, der einen am Ende nur mit kurz angebundenen Gesprächen abspeist, ist alles andere als märchenhaft.

»Er könnte froh sein, wenn er eine Frau wie dich an seiner Seite hätte«, sage ich und versuche möglichst ernst zu klingen, damit sie heraushört, dass das kein leer dahingesagtes Kompliment, sondern meine Meinung ist.

Claire ist eine klasse Frau: liebevoll, tough, witzig, schön und wahrscheinlich hammergut im Bett. Wer so etwas ausschlägt, ist durchaus ein wenig behämmert.

»Du bist ein süßes Mäuschen«, entgegnet sie schmunzelnd. »Aber es ist schon gut so, wie es sich entwickelt hat. Vincent macht sein Ding und ist glücklich damit und ich mache jetzt mein Ding. Dass es ihm gegen den Strich geht, dass ich nicht mehr für ihn arbeiten werde, ist idiotisch, aber sein Problem, nicht meines.«

Ich nicke, weil sie recht hat. Dass er jetzt auf stur stellt, verletzt sie aber. Das fühlt sich bestimmt so an, als wäre er nur sauer, weil er seine beste Ware verliert.

»Gott, ich war so verknallt in ihn …«, beginnt Claire, in Erinnerungen zu schwelgen, die ihr scheinbar nicht wehtun, weil sie niemand ist, der der Vergangenheit nachweint. »Er hat mich damals aus einer wirklich schwierigen Lebenssituation geholt – wie einen Hund aus der Gosse. Ich wäre ihm überallhin gefolgt, hätte alles für ihn getan – ich war so schwer verliebt und bescheuert, dass man mich hätte entmündigen sollen.«

Die scherzhafte Selbstkritik bringt sie zum Grinsen – mich auch. Dass sie das so gut reflektieren kann, zeigt, dass sie mit diesem Lebensabschnitt abgeschlossen hat. Und dennoch … Ich verstehe, warum sein distanziertes Verhalten sie nach all diesen Jahren schmerzt.

»Als er angefangen hat, mein Interesse stückchenweise zu erwidern, und mich ein wenig in sein Leben gelassen hat, war ich mir so sicher, dass er mich mal heiraten wird, dass ich unsere Hochzeit schon komplett durchgeplant hatte. Ich habe auf den

Tag gewartet, an dem er mir sagt, dass er es nicht mehr aushält, mich an andere Männer zu verkaufen.«

Ich hänge an ihren Lippen. Sie schweigt plötzlich und zuckt mit den Schultern. »Und dann?«, frage ich, weil sie nicht einfach aufhören kann, zu erzählen. Die Geschichte ist großartig!

»Dann sind zehn Jahre vergangen, in denen er mich an tausend Männer verkauft hat, und beim tausend und ersten habe ich meinen Verstand aus dem Tiefschlaf geweckt und wieder angefangen, wie ein Mensch zu denken, dem man nicht ins Hirn geschissen hat.«

Ach stimmt ja. Es ist keine Geschichte, sondern das Leben.

Claire streckt ihr Gesicht der Sonne entgegen und schmunzelt zufrieden. »Es hat viele Jahre und zwei Männer, die mich trotz langer Bemühungen abgewiesen haben, gebraucht, aber ich habe doch noch verstanden, wie diese Sache mit der Liebe funktioniert. Gar nicht mal ungeil, wenn sie erwidert wird. Hat was.«

Ich erinnere mich daran, dass Jan vermutet hat, sie hätte einen Freund. Damit hatte er recht. Dieses zufriedene Schmunzeln auf ihren Lippen, das ihr Kraft gibt, den distanzierten Vampir zu ignorieren, rührt definitiv von Gefühlen zu jemandem.

Vielleicht gibt es doch so was wie ein Happy End für jeden – wir müssen es nur als solches erkennen, weil es nicht immer so schick und pompös daherkommt wie in der Fiktion.

Dass Claire so viel Herzschmerz ertragen musste, tut mir leid. Mich würde natürlich interessieren, wer der zweite Mann war, der sie abgewiesen hat, und wie sie ihren derzeitigen Freund kennengelernt hat, aber ich verkneife mir die Fragen. Würde sie es mir erzählen wollen, würde sie weitersprechen, aber sie lächelt mich nur an.

Ich gönne ihr die Geheimnisse, die sie sich bewahrt. Aber ich freue mich auch, dass sie mich so tief ins Vertrauen gezogen hat. Sie muss sich sicher sein, dass ich die Sache mit Vincent und ihr nicht herumerzähle – würde ich nie, aber dass sie das weiß, ehrt mich.

»Wegen des Termins heute sage ich dir noch Bescheid«, wechselt sie das Thema. »Ich muss zuerst mit ihm reden. Wenn er einverstanden ist, sage ich dir, wohin du wann musst und wie du dich verhalten sollst.«

Ich nicke, auch wenn ich schon jetzt gern mehr Informationen hätte. Dass ich nervös an meinen Nägeln beiße, fällt mir erst auf, als es Claire auffällt. Sie zieht mir die Hand vom Mund weg.

»Nicht an den Nägeln beißen. Die müssen schön sein. Außerdem gibt es keinen Grund, nervös zu sein. Dieser Kunde ist so etwas wie mein Geschenk an dich, weil du so ein lieber, aufopfernder Mensch bist. Du verstehst es, wenn du ihn kennengelernt hast. Falls er einverstanden ist.«

Der Typ hört sich noch immer wie ein paranoider Erbsenzähler an. Aber anscheinend ist das eine wünschenswerte Eigenschaft bei Kunden. Wahrscheinlich weil loyale Stammkunden am meisten Geld einbringen. Und das kann ich gerade wirklich gebrauchen.

»Danke, Claire. Ich gebe mir ganz bestimmt Mühe, falls er mich buchen möchte.«

»Ich weiß, Süße. Aber solange du ihm nicht ein Bein brichst, stellst du ihn mit ziemlicher Sicherheit zufrieden – du bist sein Typ. Du kannst es gar nicht verbocken, er sagt dir, was du tun sollst.«

Claire ist eine tolle Frau, aber sie stellt sehr waghalsige Thesen auf. Ich kann es gar nicht verbocken? Das hat mein Chef auch gesagt, als er mich in den Serverraum geschickt hat, um einen USB-Stick aus einem Slot zu ziehen. Dann kam der Godzilla-Anfall. Und dabei musste ich nicht mal High Heels tragen …

DU BIST DER ERSTE

Ich laufe in der großen Lobby zum dritten Mal im Kreis und suche die Treppe. Wie man hier in die oberen Stockwerke gelangt, ist mir ein Rätsel. Was muss man tun, damit sich hier Stufen manifestieren? Eine Quest machen? Drei Fragen beantworten? Wie zur Hölle kann ich mich als würdig erweisen?

Es klingt vielleicht schräg, aber ich war noch nie in einem Hotel. Wenn wir auf Schulausflügen irgendwo übernachtet haben, dann in Jugendherbergen oder bei Gastfamilien. Und seit ich erwachsen bin, habe ich die Stadt nicht verlassen. Das Studium, mein Job, meine Bemühungen zu Hause, nicht vom Sofa zu fallen – all das hat mich davon abgehalten, meinen Hintern so weit von meiner Wohnung wegzubewegen, dass die Notwendigkeit aufgekommen wäre, mir ein Zimmer zu buchen. Ein paar Nächte in anderen Betten habe ich trotzdem schon verbracht. Nur war dort hinzugelangen noch nie so schwierig. Ernsthaft. Wo geht es nach oben? Mir läuft die Zeit davon!

»Kann ich Ihnen helfen?«

Die Stimme des Concierge lässt mich auf den Absätzen herumwirbeln. Er trägt schicke dunkelrote Arbeitskleidung und ist kaum älter als ich. Sein Tonfall ist freundlich, aber ich weiß trotzdem nicht, was ich erwidern soll.

Ich suche Zimmer 311 – warum, verrate ich dir nicht.

Damit würde ich absolut offensichtlich machen, dass ich noch nie hier war. Und was macht eine Frau in auffallend kurzem schwarzen Cocktailkleid in silbernen High Heels in einem fremden Zimmer? Klar! Einen Kunden treffen!

Das Rouge hätte ich mir sparen können – meine Wangen würden auch so rosa leuchten.

Er mustert mich versucht unauffällig, ich merke trotzdem, dass sein Blick auffallend lange an meinen Beinen klebt.

Schreit mein Auftreten wirklich so laut nach Escort? Oder findet er mich einfach attraktiv?

Ich kann nicht jetzt schon zulassen, in meiner Nervosität zu verbrennen – vor mir liegen noch andere Dinge, die diese Emotion bestimmt mehr verdient haben.

Cool bleiben, Emma.

Ich weiß, ich bin cool.

»Ich suche die Treppe.«

Kurz, knapp, ohne Begründung. Er sagt nichts, setzt sich nur in Bewegung, bleibt neben mir stehen und drückt einen der silbernen Knöpfe an der Wand. Ich starre auf die verspiegelte Fläche hinter mir, auf der sich ein geometrisches Muster in den Farben des Hotellogos abzeichnet.

»Das Treppenhaus befindet sich im hinteren Bereich des Foyers und wird ausschließlich vom Personal benutzt. Bitte benutzen Sie den Fahrstuhl, der bringt Sie viel schneller und bequemer in das Stockwerk Ihrer Wahl.«

Ich bin dreimal an der verspiegelten Front vorbeigelaufen und habe das Ganze trotzdem nicht als Fahrstuhl erkannt.

Er schmunzelt mich milde an. Schön. Jetzt hält er mich nur für bescheuert, nicht mehr für eine Nutte.

Als die Türen sich öffnen, nickt er mir zu. »Einen schönen Aufenthalt.«

Okay, ich revidiere meine Vermutung, dass er nicht weiß, warum ich hier bin. Hauptsächlich wegen des schiefen Schmunzelns am Ende seines Satzes, das mir verrät, dass er nicht ›Aufenthalt‹, sondern ›Fick‹ sagen wollte, aber nicht darf.

Wahrscheinlich sieht er öfter Prostituierte. Das hier ist ein schickes Business-Hotel – ich bin bestimmt nicht das erste von Vincents Mädchen, das sich hierher verirrt.

Ich trete in den Fahrstuhl und drücke die 3. Zimmer 311, hat Claire geschrieben. Elf ist meine Glückszahl. Ich hoffe, die Drei beeinträchtigt das nicht. Obwohl ich eigentlich gar nicht an so etwas wie spirituelles Glück glaube. Ob ich mich vorbildlich gut oder bescheuert verhalte, liegt ganz allein an mir.

Überhaupt nicht beruhigend.

Während mein Blick prüfend über mein Spiegelbild gleitet, fühle ich die Nervosität in mir hochsteigen, die ich eigentlich um jeden Preis kleinhalten wollte. Der bloße Wille, das zu tun, reicht aber nicht aus, um meine Psyche davon zu überzeugen, mich nicht hibbelig werden zu lassen.

Gegen Versagensängste hilft wohl nur Erfahrung. Dass ich schon heute anfangen kann, ebenjene zu sammeln, kam dann doch etwas überraschend.

Nach dem Treffen mit Claire hat sie sich ziemlich lange nicht gemeldet. Ich war schon der Meinung, dass der Kunde ihren Vorschlag verworfen hat, aber um halb acht kam ihr Anruf und eine Reihe an Anweisungen, die ich mir zum Glück aufgeschrieben und beim Stylen verinnerlicht habe.

Er will mich in einem Hotel treffen, weil er sein Privatleben schützen möchte und bis jetzt nur Claire mit ihm ausgehen und zu ihm nach Hause kommen durfte.

Er ist fremden Frauen gegenüber sehr misstrauisch, deshalb soll ich auch – und ich zitiere Claire – ›einfach das süße, nette Mäuschen sein, das ich bin‹.

Sie kennt mich leider noch nicht lange. Süß und nett kann ganz schnell zu verpeilt und schräg brabbelnd werden. Wenn ich unter Anspannung stehe, rede ich gern mal Schwachsinn, aber das muss ich mir unbedingt verkneifen. Einen so vorsichtigen, misstrauischen Mann könnte man durchaus mit unpassenden Witzen und Selbstironie verschrecken.

Als der Fahrstuhl stehen bleibt und sich die Türen öffnen, schlägt mir mein Herz bis zum Hals. Wenn sich meine Nervosität weiterhin mit jedem Schritt, den ich näher an dieses Zimmer trete, steigert, werde ich noch ohnmächtig, bevor ich klopfen kann. Dann hört er nur den Aufprall meines Körpers, macht die Tür auf und sieht eine bewegungslose Nutte dort liegen. Mann, wäre das peinlich.

Reiß dich zusammen! Du wirst das noch hundert Mal machen!

Klar, aber das hier bleibt trotzdem das erste Mal …

Der Gang ist lang und still. Die Türen scheinen dick zu sein, was gut ist, weil man dann auch niemanden stöhnen hören kann. Oder schreien. Ich hätte mir gestern Nacht wirklich nicht ›The Shining‹ ansehen sollen …

Ich komme vor Zimmer 311 zum Stehen und versuche meinen Herzschlag zu verlangsamen. Was soll schon passieren? Es ist nur Sex. Mit einem Fremden. Das ist mir eigentlich nicht neu. Ich weiß schon jetzt mehr über ihn, als ich von dem Typen mit dem Bienenpullover wusste.

Er ist knapp über dreißig, steht auf devote Frauen, ist gebürtiger Franzose, arbeitet aber in der Schweiz. Dass Claire mir weder seinen Beruf noch seinen Nachnamen verraten wollte, liegt auf der Hand. Diskretion – darauf lege ich ebenso wert wie er, also ist das schon mal ein guter Start.

Das mit der Aufregung legt sich sowieso erst, wenn ich hier wieder rausstöckle, also klopfe ich einfach.

Nacht eins als Rose – mögen die Spiele beginnen!

Als der Türgriff nach unten schnellt, merke ich, dass ich dabei bin, herumzuzappeln. Ich stelle das Gewichtverlagern früh genug ein. Absolut unnötig, ich wäre sowieso spätestens dann erstarrt, wenn er im Türrahmen aufgetaucht wäre.

Alter Schwede! Ich meine: Alter Franzose! Ich meine: Geiler Franzose!

Ich glaube, mein Schwein pfeift. Ist der Typ attraktiv! Nicht ›Emma findet mal wieder jeden Typen scharf, der cool guckt‹-attraktiv. So richtig ›Er dreht Werbespots für sündhaft teures Parfum und die ganze Welt will ihn anfassen‹-attraktiv!

Euphorie umgehend wieder einstellen! Das muss das falsche Zimmer sein! Jemand, der so aussieht, bezahlt garantiert nicht für Sex. Er bezahlt höchstens dafür, dass all die läufigen Frauen endlich aufhören, sein Bein zu rammeln, weil seine Hosen schon durchgewetzt sind.

»Bist du …«

Mann, kackt meine Stimme gerade ab.

»Marcel?«

Als er nickt, versteinere ich wieder. Es macht plötzlich so viel Sinn, dass Claire ihn als ›Geschenk‹ bezeichnet hat!

Dieses Gesicht ist makellos symmetrisch und ebenso markant wie sanft. Er hat die eisblausten Augen, die ich jemals an einem nicht gephotoshopten Menschen gesehen habe. Sogar seine Augenbrauen sind perfekt – nicht zu dünn, nicht zu dick, mit dieser ausgeprägten spitzen Neigung, die ihn irgendwie verschlagen aussehen lässt. Und das, obwohl seine Augen diese fast schon melancholische Tiefe haben.

Der ist doch unmöglich echt! Den lenkt doch bestimmt ein kleiner, dicklicher Asiate, der humanoide Roboter baut, um Escorts damit zu verarschen.

Ich erinnere mich plötzlich an den Satz, den Claire mir wohl am öftesten eingetrichtert hat und den ich trotzdem weitgehend ignoriert habe, weil er so abwegig geklungen hat: ›Wenn er merkt, dass du ihn verknallt musterst, schickt er dich weg – mach das bloß nicht, er hasst das!‹

Oh Scheiße! Raus aus dem Starr-Modus! Zusammenreißen! Endlich etwas sagen! Und reagieren!

Mach etwas! Außer sabbern!

Ja!

Ich strecke ihm meine Hand hin. »Hallo. Ich bin Emma Reichalt.«

Grandios! Du hast aber vergessen, ihm deine Adresse und deine Sozialversicherungsnummer zu nennen!

Scheiße! So viel dazu, dass ich genauso auf Diskretion bedacht bin wie er. Mir brennt aber auch gerade die Sicherung durch, die dafür verantwortlich ist, dass ich mich nicht wie ein Idiot verhalte. Und das, bevor ich einen Schritt in sein Zimmer gemacht habe! Das muss neuer Rekord sein!

Marcel blickt hinunter auf meine Hand und sieht mir dann wieder mit vereister Miene ins Gesicht.

Was mache ich denn hier?! Er will mich vögeln und keine Versicherung bei mir kaufen! Runter mit der Hand!

»Du bist spät dran«, lautet sein erster Satz an mich. Seine Stimme ist so angenehm melodisch, dass er Hörbuchsprecher werden könnte.

Was an diesem Mann ist bitte nicht perfekt? Wenn er keinen absolut schiefen, seltsam gefärbten Penis hat, wollte Gott mit dieser Schöpfung all seine anderen Werke verspotten. Künstler sind manchmal so schräg.

Was hat er noch gleich gesagt? Irgendetwas, das schlecht für mich ist.

»Darf ich reinkommen?«, frage ich und versuche, so zu klingen, als wäre das hier für mich Routine. Er soll nicht wissen, dass er mein erster Kunde ist. Ich bin mir sicher, weder Claire noch Vincent haben ihm das gesagt. Ist auch nicht gerade sehr werbetauglich. Das hat der Beruf übrigens mit dem von Ärzten gemein. Kein Mensch will hören, dass sich der Arzt mit ›Guten Tag, Sie sind mein allererster Patient, wo war noch gleich oben bei Ihnen?‹ vorstellt.

Marcel antwortet nicht, macht nur einen Schritt zur Seite und mir somit Platz, an ihm vorbeizugehen.

Ich halte schon die Luft an, als mein Arm seinen Oberkörper streift. Wenn ich das als Nervositätsbewältigung beibehalte, ersticke ich, sobald er mich anfasst. Ich muss mir schleunigst ein anderes Ventil für meine Anspannung suchen.

Ich konzentriere mich auf das schicke Zimmer. Sehr modern, alles ist in Beige und Weiß gehalten und wirkt gemütlich und doch prätentiös arrangiert. Die cremefarbenen blickdichten Vorhänge sind vor die Fensterfront gezogen.

»Wow. Das Bett ist der Wahnsinn! Hast du noch jemanden herbestellt? Da passen ja alle Kardashian-Schwestern rein!«, töne ich spontan.

Ja. Die Sache mit den seltsamen Witzen, sobald ich angespannt bin, hatte ich erwähnt, oder? Ich muss das dringend abstellen!

Als ich mich zu Marcel umdrehe, lehnt er mit den Händen in den Hosentaschen an der Wand, die das Zimmer vom Eingangsbereich trennt. Er mustert mich still. Zu still. Ich muss die Stille durchbrechen. Zwangsstörung.

»Ich mag Khloe. Hast du eine Lieblings-Kardashian?«

Emma, halt bitte einfach die Fresse!

Will ich! Aber das ist wie Tourette! Ich muss Scheiße labern! Diese Situation irritiert mich noch viel mehr als vermutet! Ich hatte mit einem normalen Mann gerechnet, nicht mit einem Gott, den ich privat nie ansprechen würde, weil ich genau wüsste, dass ich Schwachsinn rede! Ich mag hübsche Männer genauso gern wie jede andere Frau, aber perfekt irritiert mich.

»Ich habe keine Ahnung, wovon du sprichst«, entgegnet der blonde Mann und verengt die Eisaugen.

Nicht? ›Keeping up with the Kardashians‹? Reality-TV-Frauen mit dicken Hintern? Guckst du nie Fernsehen?

Stell keine dieser Fragen laut! Er denkt jetzt schon, dass du schräg bist! Und er kennt dich gerade mal drei Minuten!

»Redest du immer so viel oder mache ich dich nervös?«, will er wissen und neigt erwartungsvoll den Kopf zur Seite.

Ich spiele mit dem Gedanken, ihm zu sagen, dass er so attraktiv ist, dass er mich hibbelig macht – für jeden anderen Menschen wäre das ein Kompliment, das er bestimmt gern hört, aber ich habe immer noch Claires Stimme im Ohr, die mir eintrichtert, dass er mich rauswirft, sobald ich zu schmachtend wirke. Das darf auf keinen Fall passieren. Ich kann nicht bei meinem ersten Job versagen. Wenn Vincent davon erfährt, bekomme ich bestimmt Probleme. Und ich will keine Probleme mit meinem Vampir-Boss bekommen!

»Entschuldige. Ich bin still, wenn dir das lieber ist«, entgegne ich und lasse meinen Blick auf den hellbeigen Teppichboden schweifen.

Devot sein. Sexy sein. Still sein. Ich nehme mir fest vor, kein Wort mehr zu verlieren, es sei denn, er richtet eine Frage an mich.

Guter Plan!

Danke.

Frag ihn, ob du ein Foto von ihm machen darfst!

Beschissenster Vorschlag von dir ever! Was soll das denn?! Waren wir uns nicht einig, dass ich keinen Mist mehr rede?!

Ja, aber er ist so verdammt schön …

Na toll. Jetzt hat sich meine innere Stimme in ihn verknallt. Das zählt aber nicht! Sie ist total oberflächlich und bescheuert!

»Claire meinte, du könntest mir gefallen«, setzt er an.

Ich muss mich zwingen, nicht aufzusehen, obwohl ich höre, dass er näher kommt.

»Kannst du diskret sein?«, fragt die melodische Stimme gefühllos. »Kannst du professionell sein?«

Sein Körper baut sich in meinem Blickfeld auf. Das dunkelgraue Shirt liegt so eng an, dass es mühelos erahnen lässt, wie gut geformt er ist.

Marcel ist sehr schlank und definiert. Die natürlich breiten Schultern gehen in eine schmale Hüfte über. Seine Haut ist ziemlich hell, aber nicht so blass wie meine.

Er hebt die Hand und legt sie unter mein Kinn, um meinen Kopf anzuheben. Er zwingt mich, ihn anzusehen, bevor er weiterspricht. Seine blauen Augen mustern mein Gesicht. »Und kannst du aufhören, mir irgendwelche privaten Fragen zu stellen? Auch wenn sie so banaler Schwachsinn sind wie vorhin?«

Ich will nicken, aber er hält meinen Kopf plötzlich fester.

»Sag es«, verlangt er.

»Ich werde diskret sein und ich werde professionell sein. Und ich stelle dir keine Fragen mehr. Das hier ist mein Job und ich will ihn gut machen. Ich will es dir gut machen …«

Dass ich das herausbringe, ohne mich zu versprechen oder zu stottern, stimmt mich stolz, vor allem weil ich dabei sein perfektes Gesicht vor Augen habe. Mir wird aber immer bewusster, dass ich das hier auf keinen Fall verbocken darf. Vincent würde mich einen Kopf kürzer machen. Und Claire wäre enttäuscht. Ich weiß nicht, was mir mehr Angst macht. Doch, ich weiß es: Vincent. Claire ist nett. Sie würde damit klarkommen, dass ich ein Idiot bin.

»Ob du dich gut anfühlst, werden wir noch sehen. Aber bevor mich dein Körper interessiert, muss ich noch etwas klarstellen.«

Okay. Claire hat nicht übertrieben: Er ist verdammt vorsichtig und kompliziert. Er könnte schon längst seinen Spaß mit mir haben. Er hat mich nur eine Stunde lang. Stattdessen stecken wir hier Grenzen ab, die ich sowieso respektieren würde. Das liegt doch alles auf der Hand, oder? Für ihn nicht. Warum auch immer.

»Ich bin dein Kunde. Ich kaufe dich und ich will dich nur ficken. Keine Gefühle, nichts Privates. Erhoff dir niemals mehr. Es gibt kein Mehr. Hast du verstanden?«

Er lässt mein Gesicht los, sieht aber weiter mit kaltem Blick auf mich herab.

Irgendwie hat er durchaus die Arroganz für sich gepachtet. Hat er solche Angst, dass ich mich hoffnungslos in ihn verliebe, nur weil er so schön ist? Klar, ich bin hibbelig, weil ich ihn sexy finde, aber sich von jemandem optisch angezogen zu fühlen, hat doch nichts mit Liebe zu tun.

Zeit für mich, etwas klarzustellen.

»Wie gesagt, das hier ist mein Job. Und ich verknalle mich garantiert nicht in jemanden, den ich nicht mal richtig kenne. Ja, du siehst gut aus, aber vielleicht bist du privat ein absoluter Vollpfosten. Und da ich das nicht herausfinden werde und will, brauchst du dir keine Sorgen zu machen. Du bist mein Kunde, ich bin dein Spielzeug.«

Das letzte Wort bringt ihn zum Schmunzeln.

Was ich gesagt habe, meine ich so. Das Wort ›verknallen‹ verwende ich selbst auch oft ziemlich salopp, aber wenn es tatsächlich ›lieben‹ heißen soll, ist es ganz schön dämlich, anzunehmen, ich könnte solche ernsten Gefühle für jemanden haben, nur weil er heiß ist. Ich bin auch ein wenig in Vincent ›verknallt‹, obwohl er mir Angst macht und ich ihn wohl nie wirklich privat kennenlernen werde – deshalb steht auch außer Frage, dass ich mich jemals in ihn verliebe. Ich wirke nur manchmal wie die naivste Kuh der Welt, aber ich weiß mit meinen Gefühlen umzugehen. Meistens.

»Du willst also mein heißes Spielzeug sein?«, raunt Marcel. Da mischt sich ein stumpfes Glühen in die hellblauen Augen.

Habe ich endlich dein Vertrauen?

»Solange du dafür bezahlst, bin ich, was du willst«, entgegne ich einen Satz, der für viele andere wahrscheinlich zu gefühllos klingen würde. Für ihn nicht.

Du stehst auf gefühllos, oder?

Marcel schmunzelt wieder. »Braves Mädchen. Zieh dich aus, ich will wissen, ob dein Körper hält, was er in diesem Kleid verspricht.«

So seltsam seine Ansprache auch war, sie hat meine Nervosität ein wenig vertrieben. Es ist nur Sex, nicht mehr. Ich muss nur hübsch für ihn sein und ihn mich vögeln lassen, dann gehe ich nach Hause und sehe ihn erst wieder, wenn er wieder scharf auf mich ist. Eigentlich ganz einfach.

Ich drehe ihm den Rücken zu, um ihm meinen Körper von hinten zu zeigen, während ich den Reißverschluss nach unten ziehe. Würde ich den Reißverschluss erreichen …

Verdammt, ich habe vergessen, dass ich es nur mithilfe eines Kleiderbügels geschafft habe, das Kleid zu schließen. Jetzt aber in den Eingangsbereich zu laufen, einen Kleiderbügel aus dem Schrank zu holen und an meinem Rücken damit nach dem Häkchen zu fischen, würde die Stimmung massiv killen.

Gerade wenn man denkt, dass es gut läuft …

»Kann es sein, dass du nicht sonderlich geschickt mit den Händen bist?«, brummt es hinter mir. Er klingt etwas genervt – rührt selbst aber keinen Finger.

Alter! Jetzt hilf mir mal!

Ich versuche, den Arm auf meinen Rücken noch weiter nach oben zu drücken, stoppe aber, bevor ich hier noch einen Krampf bekomme und mich fluchend auf dem Teppichboden wälzen muss. Das wäre ja so was von unangebracht. Da ist die Kleiderbügelsache ja noch sexyer.

Ich drehe mich nach einer gefühlten Ewigkeit nach Marcel um und schenke ihm flehende Blicke. Er sieht mich unbeeindruckt an.

»Sieht so aus, als würdest du feststecken«, sagt er und zuckt mit den Schultern.

Danach folgen so lange Stille und Reaktionslosigkeit, dass ich einen Scheißheuballen hier durchs Zimmer rollen sehe.

Guck nicht so verurteilend! Du müsstest nur deine Hand heben und könntest mich vögeln! Aber nein!

Der Eisprinz suhlt sich in Schweigen.

Klasse! Diese unangenehme Situation dauert so lange, dass ich wieder Zeit habe, nervös zu werden. Ich verbocke das hier doch ganz bestimmt! Ich kann mich nicht mal allein ausziehen!

Darf ich Jan anrufen? Der bringt garantiert eine Nagelschere mit und wir spielen den schrägsten Tag meines Lebens nach!

»Kannst du mir helfen?«, frage ich vorsichtig, weil ich die Jan-Frage natürlich nicht stellen kann und wir hier auch irgendwie vorankommen müssen.

Wenn er Vincent sagt, dass er mich nicht vögeln konnte, weil ich eine Stunde lang erfolglos versucht habe, mich auszuziehen, bin ich garantiert dran!

Marcel seufzt und hebt den Arm. Er drückt mich mit der Hand am Nacken gegen die Wand vor mir. Als ich seinen Körper an meinem Rücken und seinen Mund an meinem Ohr fühle, halte ich den Atem an.

»Es-tu bête?«

Der französische Dialekt, den er im Deutschen überhaupt nicht durchklingen lässt, könnte zum Dahinschmelzen sein. Er flüstert mir aber nicht zu, wie scharf er mich findet, sondern fragt, ob ich bescheuert bin.

Ich hatte fünf Jahre Französisch in der Schule, ich höre heraus, wenn jemand wissen will, ob ich alle Latten am Zaun habe. Die Antwort lautet: Nein, habe ich nicht, aber total unhöflich, dass du fragst!

Ich verstehe zwar, was er haucht, aber um auf Französisch zu antworten, fehlt mir die Übung. Ich würde nur Vokabeln verwechseln und so etwas sagen wie ›Danke, meine Katze zahlt Steuern‹, aber das würde seine bête-These nur bestätigen.

Er bringt etwas Abstand zwischen unsere Körper und zieht dann meinen Reißverschluss nach unten. Die hauchdünnen violetten Bänder, die an meinem Rücken verlaufen, gehören zu meinem BH. Der zarte Stoff stützt absolut nichts, aber Claire war der Meinung, dass ich keine Stütze, sondern maximal einen hübschen Rahmen brauche.

Marcel streift mir das Kleid ab und legt seine Hände an meine Hüften. Sie verweilen dort kurz, gleiten dann meine Taille hoch und schieben sich nach vorn. Als er meine Brüste greift, drückt sich sein Körper wieder an meinen.

Seine Hände sind genauso perfekt wie der Rest von ihm – lange, schmale Finger, gepflegte Nägel. Sogar seine Fingerknöchel sehen besonders gut aus – ich weiß auch nicht, wie das möglich ist.

Mich beschleicht die Angst, dass ihm meine Brüste zu klein sein könnten. Claires füllen seine Hände bestimmt besser.

Für ein erregtes ›schön‹ oder ein leises ›bien‹ wäre ich dankbar, aber er schweigt, während seine Finger zudrücken.

Der hauchdünne durchsichtige Stoff schützt meine Brustwarzen überhaupt nicht vor dem Druck, den er zwischen seinem Zeige- und Mittelfinger aufbaut. Das sanfte Ziehen lässt es zwischen meinen Beinen heißer werden.

Jan hat mir eindringlich geraten, kurz vor einem Kundentermin ein paar unauffällige Tropfen Gleitgel aufzutragen, damit mich der Sex nicht schmerzt, falls mich jemand nicht scharfmacht, aber die Tatsache, dass ich vergessen habe, seinen lieb gemeinten Rat zu berücksichtigen, wird mir zum Glück nicht zum Verhängnis.

Die Aufregung gibt meiner Erregung zusätzlich Starthilfe, aber in erster Linie reagiert mein Körper natürlich auf die Tatsache, dass Marcels Erscheinung mich anturnt.

Das gestattet er mir aber, oder? Ihn scharf zu finden. Hat schließlich nichts mit Liebe zu tun.

Oder will er, dass ich überhaupt nicht auf ihn reagiere? Nein, dann würden es auch eine Fantasiefreundin und seine rechte Hand tun. Wäre billiger.

Ich lasse das leise Stöhnen aus meiner Kehle dringen, zu dem mich meine aufkommende Erregung verführt, und will meinen Kopf an seine Brust drücken. Marcel lässt mich aber los und tritt einen Schritt zurück.

Als ich mich umdrehe, zieht er sich das T-Shirt über den Kopf. Sein Körper ist genau mein Fall: nicht einschüchternd muskulös, dafür umso definierter.

»Kannst du den Rest allein ausziehen oder steckst du auch in deiner Unterwäsche fest?«

Ich fasse wieder an meinen Rücken und bete, dass sich der dekorative BH besser aus- als anziehen lässt. Die Bänder lassen sich leicht lockern und ich streife den dünnen Stoff problemlos von meiner Haut.

Sein Blick ruht auf meinen nackten Brüsten und gleitet erst tiefer, als ich aus meinem String steige.

Ich stehe nur noch in meinen silbernen High Heels vor ihm und lasse mich mustern.

»Gefalle ich dir?«, frage ich etwas unsicher, weil er aufgehört hat, sich selbst auszuziehen.

Normalerweise ist das eine ziemlich Selbstbewusstsein schädigende Frage, aber in Anbetracht der Tatsache, dass er für meinen Körper bestimmt viel Geld bezahlt, halte ich sie für angebracht.

Gefällt dir die Ware?

Umtausch ausgeschlossen. Wenn du's kaputtmachst, wird der Eigentümer garantiert sauer.

»Du bist ein schönes Mädchen. Aber jung. Wie alt bist du?«, will Marcel wissen und kommt wieder näher.

»Einundzwanzig. Zweiundzwanzig!«

Dass ich diesen einen Geburtstag auch immer vergesse!

Er neigt skeptisch den Kopf zur Seite. »Ich kann dich nicht daran hindern, mich anzulügen. Aber ich vertraue darauf, dass Vincent keine minderjährigen Mädchen für sich arbeiten lässt.«

»Ich bin zweiundzwanzig!«, versichere ich eindringlich.

»Na gut. Ich gehe auch nicht davon aus, dass mir Vincent eine zweiundzwanzigjährige Jungfrau schickt – sonst hätte er sicher mehr verlangt. Du weißt, was ich mit dir machen will, oder?«

Ich nicke.

»Kannst du dann bitte aufhören, wie ein nervöses Schulmädchen an deinen Nägeln herumzubeißen?! Du legst keine Prüfung bei mir ab!«

Meine Hand schnellt nach unten. Mir ist gar nicht aufgefallen, dass ich schon wieder meine Nägel malträtieren wollte. Kein Wunder, dass er mich für ein Schulmädchen hält. Anscheinend steht er aber nicht auf solche Rollenspiele.

»Wenn du tust, was ich sage, und dein Körper sich so gut anfühlt, wie er aussieht, kannst du mein neues Spielzeug werden«, bietet er an. »Du gibst mir, was ich will, und ich bezahle dich gut. Sind wir uns einig?«

»Ja, das sind w…«

Marcel erstickt mein letztes Wort in einem Kuss. Seine Lippen fühlen sich unheimlich gut an. Er küsst so leidenschaftlich und zungenlastig, wie man es von einem heißen Franzosen erwarten würde.

Sein Mund schmeckt nach frischer Minze, seine Haut hat eine süßlichere Note – das stelle ich fest, als ich mich von seinen

Lippen löse und seinen Hals entlangküsse. Ich habe die Arme um seine Schultern geschlungen und beiße ihn vorsichtig in den Hals. Ich weiß noch nicht, wie fest oder hart er es mag.

Seine Hand schiebt sich von meinem Nacken in meine Haare. Dem Brummen aus seiner Kehle folgt eine stoppende Bewegung.

Er zieht meinen Kopf an den Haaren ein Stück zurück. Ich sehe mit verengten Augen zu ihm auf.

»Keine Biss- oder Kratzspuren«, stellt er eine weitere Regel auf.

Unser Treffen soll also keine Spuren an ihm hinterlassen.

Ich frage mich, ob er verheiratet ist, aber nach zwei Sekunden lasse ich es wieder sein. Claire hat mir dazu geraten, solche Überlegungen nicht anzustellen – das bringt einen nur aus dem Konzept.

Marcel greift nach seinem Gürtel und beginnt ihn zu öffnen. Mein Blick schweift nach unten. Er zieht sich so dicht vor mir aus, dass seine Härte meinen Hüftknochen berührt, als er sie aus der Hose und den Shorts befreit, die sich bestimmt schon eng angefühlt haben.

Dass ihn mein nackter Körper und das Spielen mit meinen Brüsten angeturnt haben, lässt Erleichterung in mir aufkommen. Nicht, dass das keine normale Reaktion wäre, aber seit dem Sex mit Victor verfolgt mich die Angst, dass es noch mehr Männer gibt, die so abgebrüht sind, dass ihnen der Anblick und das Berühren einer nackten Frau nicht genügen.

Marcel ist erregt, und seine Erregung drückt sich fester gegen meine Haut, als er mich wieder küsst und die Arme um mich schlingt. Er gleitet mit den Händen meinen Rücken hinunter und krallt die Finger fest in meine Pobacken.

Mein lautes Aufstöhnen lässt ihn den Kuss stoppen. Er sieht mich irritiert an.

»Wenn du so empfindlich bist, kann ich nichts mit dir anfangen«, knurrt er mir ins Gesicht.

»Ich bin nicht empfindlich! Das war nur …«

Den Satz kann ich unmöglich beenden. Wieso habe ich ihn überhaupt angefangen?!

»Hat heute schon jemand deinen Arsch gefickt?«, fragt Marcel und lässt jede Menge Missfallen in seinem Tonfall durchklingen. Gepaart mit dem kühlen Blick, beschert er einem beinahe Gänsehaut.

Dass ich keinen Kunden merken lassen darf, dass mich schon ein anderer hatte, weiß ich. Wie ich aber überspiele, dass mein Arsch von einem Nachmittag voller Anspannung bei der erbarmungslosen Kosmetikerin schmerzt, hat mir keiner beigebracht.

Gott, war das schräg. Aber die Frau war nicht aufzuhalten. Ich muss ihr jedoch lassen, dass mein Körper noch nie so durchpoliert wurde. Das klingt übrigens so falsch, wie es sich angefühlt hat.

»Ich wurde heute nicht gefickt. Du bist mein erster Kunde. Ich habe nur … Muskelkater vom Sport.«

Er glaubt mir nicht. Obwohl ich nicht lüge. Ich meine, ja, ich lüge, aber es ist wirklich nicht so, wie er denkt.

Ich hatte keinen Sex! Nur Waxing und Bleaching! Aber das kann ich ihm doch nicht sagen.

»Du bist der Erste, der mich nimmt«, versichere ich noch mal eindringlich.

Darin steckt mehr als eine einzige Wahrheit. Er ist mein Erster. Der Mann, der mich zur vollwertigen Rose macht – aber das wird er nie erfahren.

»Leg dich hin«, weist er mich an und lässt das Thema damit ruhen. Marcel klingt noch immer sehr unterkühlt, aber das liegt wohl in seiner Natur. Eis glitzert schön, aber es ist verdammt kalt.

ZITTERMODUS

Soll ich die Schuhe anbehalten?«, will ich wissen, weil es Männer gibt, die darauf stehen, nackte Frauen in hochhackigen Schuhen zu vögeln.

Er schüttelt den Kopf. »Nein. Ich denke, du bist ungeschickt genug, um einen von uns damit aufzuspießen.«

Wieder: Ja! Aber wie unhöflich, das festzustellen!

Ich bin dennoch irgendwie dankbar, dass ich aus den hohen Hacken steigen kann.

Das große Bett ist so bequem, wie es aussieht. Ich bemerke, wie schnell mein Herz schlägt, als ich mich hinlege und der Takt der Schläge sich eigentlich verlangsamen sollte.

Marcel dreht sich kurz zu dem Tisch neben der Fensterfront und wendet mir dabei den Rücken zu. Sein Hintern ist perfekt.

Dass ich meine Nägel nicht ins Spiel bringen darf, finde ich plötzlich schade. Ein wenig diesen scharfen Rücken entlangzukratzen und die Nägel in seinem hübschen Arsch zu vergraben, hätte seinen Reiz.

Als er sich wieder zu mir umdreht und auf das Bett zukommt, hat er sich das Kondom schon übergezogen. Dass ich ihn nicht daran erinnern muss, wundert mich nicht. So wie ich ihn einschätze, ist er in Sachen Sex grundsätzlich ein vorsichtiger Mensch. Vorsichtig und misstrauisch. Das schließt aber Dominanz nicht aus.

»Zeig mir, ob deine Muschi so heiß ist wie der Rest deines Körpers. Spreiz die Beine.«

Während ich seine Anweisung umsetze und die Knie anhebe, streichelt sein Kompliment mein Selbstbewusstsein, auch wenn er es in Dirty Talk verpackt.

Natürlich will ich ihm gefallen, weil das mein Job ist, und auch, weil ich einen Stammkunden wirklich gut gebrauchen könnte. Dass er aussieht wie ein Engel aus einem Urban-Fantasy-Roman, ist natürlich die Sahne auf dem Eis. Oder die Kirsche auf dem Kuchen? Meine Libido übernimmt gerade die Steuerung über meine Gedanken – und die hat es nicht so mit Sprichwörtern.

Dass er das Licht im Zimmer anlässt, stört mich nicht. Ich will ihn auch sehen. Obwohl das hier nicht meinem Vergnügen dienen soll, sondern seinem. Aber wo steht geschrieben, dass mir der Job keinen Spaß machen darf? Es kommen bestimmt noch unangenehmere Termine auf mich zu. Wieso meine Premiere nicht genießen?

Marcel kniet sich ans Bettende und beugt sich über meine Mitte. Das markant schöne Gesicht kommt der Stelle näher, die sein Spielen mit meinen Brüsten vorhin hat kribbeln lassen. Er lässt aber nicht seine Zunge, sondern seinen Zeigefinger über meine Hitze gleiten.

Ich beiße mir kurz auf die Lippen und lasse das leise erwartungsvolle Stöhnen dann zu. Jeder Mann hört die Frau unter ihm gern solche Geräusche machen, oder?

»Wirst du immer so schnell feucht?«, fragt er, während er weiter mit dem Finger über mich reibt.

Ich bin unsicher, ob das noch Dirty Talk ist oder ob er wirklich eine Antwort haben möchte. Ich stöhne wieder auf, als er mit dem Finger in mich gleitet.

»Du brauchst mir nichts vorzustöhnen. Es ist mir egal, ob du kommst. Aber ich hätte gern eine Antwort.«

Er lässt von mir ab, rutscht weiter nach oben und neigt dann fragend den Kopf. Sein Gesicht ist genau über meinem – die kühlen Augen funkeln. Da brennt ein Feuer hinter dem Eis.

»Ich … Ich …« Ich bin irritiert von deiner Ehrlichkeit.

Dass es ihm egal ist, ob ich wirklich komme, ist in Ordnung, weil er mich gekauft hat und ich nichts weiter als ein Spielzeug für ihn bin. Aber er scheint auch keinen großen Wert darauf zu legen, ob das Spielzeug Geräusche von sich gibt. Ich kann mir nicht vorstellen, dass viele Männer so ein Sexerlebnis wollen.

Die meisten stehen darauf, das Gefühl zu haben, du hast mit ihnen den Fick deines Lebens. Das ist zumindest meine Erfahrung. Aber was weiß ich schon über bezahlten Sex?

»Ich werde schnell feucht. Du kannst mich nehmen, wann, wo und wie du willst.«

Er schmunzelt verdorben mit den schönen Lippen. Das war wohl das, was er hören wollte.

Seine Hand legt sich unter mein Kinn und drückt meinen Kopf nach oben, während er in mich stößt.

Beim ersten Eindringen schont er mich noch, beim zweiten drückt er sich ganz in mich.

Ich stöhne nicht, aber das laute Atmen kann ich nicht unterdrücken. Das schnelle, feste Nehmen beansprucht meinen Körper. Er schiebt mir seine Zunge in den Mund und verstrickt mich in einen Kuss, der mir noch mehr Atem raubt.

Ich mag, wie er schmeckt und wie er sich anfühlt. Wäre das hier kein Job, würde ich ihn bitten, mich etwas heißer zu lecken, damit ich mit ihm kommen kann, aber er darf mit mir machen, was er will.

Unsere Zungen trennen sich voneinander, weil Marcel die Stellung wechselt. Er greift unter meine Beine und legt sie sich auf die Schultern.

Diese Position hätte mich bei Victor vor Schmerzen zum Schreien gebracht. Marcel ist auch gut bestückt, fällt aber in den Normal- und, noch viel wichtiger, in den Erträglich-Bereich. Lauter werden muss ich trotzdem. Ich stöhne im Rhythmus seiner Stöße, jedes Mal, wenn ich seine Männlichkeit ganz in mir spüre.

Ihn zu mustern, lenkt mich von dem unangenehmen Stechen ab.

Sein glänzender Blick schweift von meinen Brüsten zu meinem Gesicht, so als könnte er sich nicht entscheiden, auf was er lieber kommen würde. Dass er das nicht darf, weiß er aber. Marcel hat genügend Erfahrung mit bezahltem Sex – warum auch immer.

Sosehr mich das tiefe Eindringen beansprucht, so viel Vergnügen bereitet es ihm. Die Lust zeichnet immer deutlicher seine Miene, lässt ihn die Augen halb schließen und sein Stöhnen zum Knurren werden.

Als er plötzlich stoppt und sich aus mir zurückzieht, bin ich mir unsicher, ob er gekommen ist oder nicht. Wenn er sich nicht in mir, sondern in das Kondom ergießt, ist das aber auch schwer zu sagen – vor allem weil ich nicht einschätzen kann, ob er jemand ist, der beim Höhepunkt laut wird oder nicht.

»Dreh dich um.«

Okay. Er kann noch. Und er will noch.

Ich raffe mich auf, stütze mich auf Händen und Knien ab und blicke erwartungsvoll hinter mich.

Bitte, bitte, bitte kein Analsex! Auch wenn mein Arsch heute besonders einladend aussieht. Er brennt noch wie Feuer!

Marcel beugt sich über mich und drückt mich mit dem Gewicht seines Körpers nach unten. »Leg dich hin.«

Ich tue, was er sagt, obwohl ich nicht weiß, was er vorhat. Einer seiner Arme schlingt sich um meine Hüfte. Auch wenn ich den Oberkörper auf die Matratze bette, drückt er mein Becken mit dem Arm hoch. Dass seine Hand sich dabei auf die äußerlich empfindlichste Stelle an meinem Körper legt, bringt mich zum Aufkeuchen.

Er bewegt die Finger nicht, hält nur mein Becken oben, damit er von hinten in mich eindringen und mich wieder nehmen kann. Die Stellung ist trotzdem verdammt scharf.

Mein Körper ist von dem festen Vögeln und den Stellungswechseln sensibilisiert, seine Härte fühlt sich immer besser an. Würde er mich auch nur ein bisschen mit den Fingern kitzeln, würde ich in Flammen aufgehen.

Ich stöhne gegen das Kissen, während sein Becken immer wieder gegen meinen Hintern stößt, den er zum Glück verschont hat. Marcels Mund drückt sich auf meinen Nacken. Er beißt zu und knurrt dann gegen meine Haut.

»Spann dich an, Baby. Ich will kommen …« Seine Stimme klingt von der Lust verfremdet. Sie ist so rau und tief, als würde Vincent mir gerade in den Nacken knurren.

Ich spanne die Muskeln an und spüre ihn dann so intensiv in mir pulsieren, dass ich keinen Zweifel mehr daran habe, dass er sich gerade ergießt.

Sein Orgasmus wird von einem melodischen Aufstöhnen begleitet, das mit dem rauen Tonfall bricht. Dass er die Finger dabei anspannt, bringt mich beinahe um den Verstand. Ich drücke mich ihm hungrig entgegen, mein Appetit bleibt aber ungestillt.

Auf mich drücken sich schätzungsweise 77 Kilo Franzose, als er nach seinem Orgasmus die Muskeln entspannt und sich gänzlich auf mich legt. Wenn das ein dicker Mann mit mir macht, bin ich tot. Ich fühle mich unter dem schlanken, fitten Körper schon wie ein platt gedrückter, durchgebumster Marienkäfer.

»Anstuhahufsten?«, frage ich. Ja, das soll ein ganzer Satz sein, aber in ein Kissen gemurmelt, klingt es nach dumpfem Gebrabbel.

»Was?«, fragt er ziemlich direkt in mein Ohr, weil sein Kopf neben meinem liegt. Er kann aber atmen!

Merkst du nicht, dass du dich mit dem Arm an meinem Kopf abstützt?! Ich drücke ihn trotzdem mit aller Kraft nach oben, weil ich sonst ersticke.

»Kannst du aufstehen?!«, japse ich.

Schlumpfine ist wieder da – und diesmal hängt sie an der Sauerstoffmaske.

Er rollt sich umgehend von mir runter. Ich stöhne erleichtert auf.

»Excuse-moi …«, höre ich Marcel in gar nicht mal allzu schuldbewusstem Tonfall sagen.

Kannst du das Exküsemüse nicht etwas liebenswürdiger raushauen?

Ich sehe zu ihm rüber.

Er zuckt mit den Schultern. »Ich habe vergessen, wie klein du bist.«

Kleine Menschen darauf aufmerksam zu machen, dass sie klein sind, ist unnötig und dezent unhöflich – wenn man zuvor dabei war, sie zu zerquetschen.

»Wie groß bist du denn?«, frage ich und merke erst, dass ich ein wenig bockig klinge, als ich den Satz schon zu Ende gesprochen habe.

Das liegt am knapp verpassten Orgasmus und dem kurzzeitigen Sauerstoffmangel. Ich habe vergessen, dass er mein Kunde und nicht mein One-Night-Stand ist. Marcel ist zum Glück noch damit beschäftigt, die Nachwehen seines Orgasmus zu genießen. Sonst würde er mich für den frechen Tonfall bestimmt mit französischer Kälte schockfrosten. Er schließt aber nur die Augen und seufzt leise.

»Ich bin einen Meter achtzig.«

Ich nutze die Gelegenheit, um mich auf die Seite zu drehen und mich etwas bequemer hinzulegen. Er liegt neben mir auf dem Rücken und beginnt wieder, ruhiger zu atmen.

»Du sprichst absolut akzentfreies Deutsch. Wie lange bist du schon in der Schweiz?«

»Ich wurde hier eingeschult.«

»Bist du noch oft in Frankreich?«

»In den Ferien. Mein Vater lebt …« Er reißt die Augen so schnell auf, als hätte er etwas Verbotenes gesagt.

Holla, die Waldfee, jetzt guckt er aber böse!

»Fragst du mich gerade tatsächlich über mein Leben aus?!«, knurrt er wütend – wütend ist er wohl vor allem deshalb, weil es ihm selbst erst so spät aufgefallen ist.

Ich hebe eine Hand und mache eine beschwichtigende Geste. »Das war nur Small Talk. Ich frage dich schon nicht nach deinem Beruf oder deinem Beziehungsstatus.«

»Das will ich dir auch raten«, brummt er und wirft das verknotete Kondom in den Mülleimer neben dem Schreibtisch. Er zielt verdammt gut.

Die Nervosität meldet sich wieder aus dem Schlaf, in den meine Erregung sie versetzt hatte. Wenn ich jetzt tatsächlich auf den letzten Metern wegen meines Geschwafels alles verbockt habe und er sich über mich beschwert, bin ich verdammt sauer auf mich.

»Entschuldige. Ich stelle keine Fragen mehr«, versichere ich und zögere, bevor ich weiterspreche. »Hat dir mein Körper Spaß gemacht? Bist du zufrieden mit der Buchung?«

Er zieht eine der perfekt geschwungenen Brauen nach oben. »Dir ist schon klar, dass deinem Versprechen, keine Fragen mehr zu stellen, zwei Fragen gefolgt sind.«

»Ich stelle keine privaten Fragen mehr …«, korrigiere ich mich und mustere ihn eindringlich, weil er mir noch eine Antwort schuldig ist.

Marcel schnaubt. »Du willst jetzt schon wissen, ob ich zufrieden bin? Rechnet Vincent neuerdings nach Orgasmus ab? Ich habe dich eine Stunde. Ich bin noch nicht fertig mit dir.«

Mein schnelles Blinzeln versteckt meine Überraschung bestimmt kein Stück.

Kannst du gleich … ich meine, kriegst du sofort wieder … ohne Pause?!

Er beugt sich so schnell über mich, dass ich mich automatisch auf den Rücken drehe. Sein Gesicht kommt so nah an meines, dass ich seinen Atem an meiner Haut spüren kann.

»Wie soll ich sagen, ob du mir gefällst, wenn du noch überhaupt nichts gemacht hast, außer mich dich ficken zu lassen?«

Es war wirklich naiv, zu glauben, er würde sich mit fünfundzwanzig Minuten zufriedengeben, wenn er eine ganze Stunde gebucht hat.

»Du kannst dich kurz frisch machen, wenn du willst«, bietet er an und lässt sich wieder neben mir auf der Matratze nieder. Ich nicke ihm dankend zu und stehe dann auf. Ein, zwei Minuten braucht er wohl doch zum Durchatmen. Ich auch.

Die ersten Schritte mache ich etwas unsicher, weil mein Körper von der zu plötzlich abklingenden Erregung irritiert ist.

»Kannst du bitte versuchen, auf dem Weg zum Badezimmer nicht hinzufallen und dir die Knöchel zu brechen?«

Er muss mich für eine ungeschickte Trulla halten. Das darf er aber eigentlich gar nicht wissen!

Ich konzentriere mich darauf, möglichst grazil und sicher auf die Badezimmertür zuzulaufen. Dass er meinen nackten Körper dabei mustert, ist mir bewusst, auch bevor ich mich noch mal nach ihm umdrehe.

Ich lehne mich an die Kante der Tür, die ich ein Stück aufgestoßen habe. Sein Blick schweift über meine Kurven, die ich versuche, in Szene zu setzen.

»Zwei Minuten«, kündige ich an, damit er weiß, dass ich ihn nicht zu lange warten lassen werde. Ich will nur mein Make-up checken und Veilchenduft den Latexgeruch überdecken lassen. Als mir einfällt, dass ich dazu meine Tasche brauche, mache ich doch noch einen Schritt zurück ins Zimmer.

»Die Tür schwingt!«, höre ich Marcel rufen und spüre noch den Lufthauch hinter mir. Sie hat mich nicht erwischt, aber einen Zentimeter näher dran und sie hätte mir einen gehörigen Schlag auf den Hintern gegeben, der mich wahrscheinlich mit dem Gesicht voraus in meine Tasche hätte fallen lassen.

Das wäre der Gipfel der Peinlichkeiten gewesen! Und so typisch! Danke, liebes Universum, für die Gnade!

Als ich die Tür erneut aufmache und hindurchgehe, lasse ich sie vorsichtiger los. Das Ding ist gemeingefährlich – da steckt ganz schön viel Schwung dahinter.

Das Bad ist genauso schick und sauber, wie das Zimmer vermuten ließ. Hellbeige Fliesen, eine offene Regendusche und ein riesengroßer Spiegel, aus dem mich ein bekanntes Gesicht mustert. Da ist sie wieder: das Opfer des frisierenden Penis. Ich dachte, ich hätte sie in der Wohnung des Bienenpullovers zurückgelassen.

Mann, sehen meine Haare zerbumst aus. Kein Wunder, dass Marcel mir angeboten hat, mich ›frisch zu machen‹. Das hieß wohl: ›Tu etwas gegen deine hexenartige Frisur, sonst kriege ich keinen mehr hoch.‹ Oh. Er kann ja doch höflich umschreiben und nicht immer gleich den Eishammer rausholen.

Ich ziehe die kleine Bürste aus meiner Tasche und stoße dabei an mein Handy. Der Bildschirm wird hell. Eigentlich habe ich jetzt keine Zeit, um irgendwelche Nachrichten zu lesen, aber ich tue es doch, weil sie von Kevin ist.

Kevin

Sorry wegen des Spruchs mit dem Bären. Ich war sauer. Du hast recht: Ich kann mir den Flügel nicht leisten und ich kann dich nicht ständig um Geld anpumpen. Das tue ich zu oft. Gib mir noch ein paar Jahre, dann gebe ich dir alles zurück, was ich dir schulde, und kaufe dir, was du willst. Ich weiß, was du alles für mich tust, auch wenn ich mich manchmal wie ein undankbarer Idiot verhalte. Ich hab dich lieb, du dürre Ziege.

Ich schmunzle. Nein, du weißt nicht, was ich alles tue, aber das ist auch verdammt gut so. Und ich hab dich auch lieb, du kleine Kröte.

Bevor mich die Nachricht zu sehr rührt, weil mir wieder bewusst wird, dass Kevin nicht nur ein klugscheißerischer Nervbolzen, sondern auch ein nachdenklicher Junge ist, der über die Dinge, die ihn sein Temperament sagen lässt, reflektiert, stecke ich das Handy wieder in die Tasche. Ich schreibe ihm, sobald ich zu Hause bin. Jetzt muss ich erst mal sicherstellen, dass der Vampir, dem ich so viel Geld schulde, zufrieden mit meinem ersten Job ist.

Ich bin mir absolut sicher, dass Vincent Feedback von Marcel einholt. Erst recht, weil er so unsicher war, ob ich es nicht verbocke, sobald ich nervös werde. Vielleicht legt er ihm auch einen Fragebogen vor.

Bitte bewerten Sie folgende Aussagen von 1 ›trifft zu‹ bis 5 ›trifft überhaupt nicht zu‹.

Die Rose war höflich.
Die Rose war geil.
Die Rose war trullig.
Die Trulla hat zu viele Fragen gestellt.

Was passiert, wenn ich schlecht abschneide, will ich mir gar nicht ausmalen. Ich höre aber Vincents dunkle Stimme, die in ruhigem, aber warnendem Ton den Satz ›Enttäusch mich nicht‹ ausspricht. Das macht mir natürlich überhaupt keinen Druck.

Scheiße, ich muss mich beeilen, ich bin schon länger als zwei Minuten hier drin!

Meine Haare sehen wieder gut aus – auch wenn die Locken sich größtenteils verabschiedet haben. Ich habe mein Make-up aufgefrischt und dufte wieder überall nach Veilchen. Ein letzter rascher Blick auf meinen Hintern und dann ab in die zweite Runde.

Ich bin schon fast zur Tür raus, als mir einfällt, dass ich meine Tasche hier nicht einfach so offen liegen lassen kann. Wenn er einen Blick hineinwirft, hält er mich für das personifizierte Chaos. Die Sekunde, in der ich mir das überlege und die Scheißtür dabei wieder loslasse, reicht aus, damit sie mir ins Gesicht knallt.

»Ahhhuu …«

»Noch mal: Die Tür schwingt!«, höre ich Marcel rufen.

Ja, jetzt habe ich das auch verinnerlicht!

Shit, tut das weh! Meine Hände legen sich auf die Stelle, von der der brennende Schmerz ausgeht. Voll auf die Nase! Verdammte Scheiße! Das war so typisch! Danke, Universum – für NICHTS!

»Bist du umgefallen?«, ruft er, weil ich doch nicht aus dem Bad komme. Ich laufe noch mal zum Spiegel, um mir anzusehen, ob es so schlimm ist, wie es sich angefühlt hat.

»Nein, nein. Ich komme sofort«, piepse ich, möglichst ohne meine Stimme schmerzverzerrt klingen zu lassen. Es tut zwar noch weh, aber man sieht zum Glück nichts. Außer die paar

Tränen, die mir in die Augen geschossen sind. Ich versuche sie schnell trocken zu pusten.

Meine Nase pocht noch, aber ich kann hier nicht rumstehen und warten, bis ich kein ungeschickter Vollidiot mit selbst zugefügten Schmerzen mehr bin – das könnte Jahre dauern. So lange reicht seine Geduld bestimmt nicht.

Ich reiße mich zusammen, lasse meine Miene die selbstmitleidigen Züge verlieren und verlasse das Bad ohne den Versuch, mich dabei k. o. zu schlagen.

»Hat dich die Tür erwischt?«, fragt Marcel, der noch immer auf dem Bett liegt und gerade sein Handy auf den Nachttisch legt.

»Nein. Mir ist nur die Tasche runtergefallen«, lüge ich, lasse das braune Leder neben meinen Schuhen fallen und schleiche dann in Katzenmanier auf ihn zu.

Meine Knie und meine Hände legen sich auf die Matratze. Ich platziere meinen Körper über seinem. Meine Haare fallen auf Marcels Schultern.

»Was darf ich für dich tun?«, hauche ich ihm ins Gesicht und ignoriere, dass meine Nase zu jucken beginnt. Zumindest hat das Pochen aufgehört.

Der schöne, unterkühlte Franzose lässt sich von mir küssen, übernimmt aber schnell die Führung. Seine Zunge ist forscher als meine, die Bewegungen seiner Lippen geben die Intensität an.

Als sich seine Hände auf meine Brüste legen, knurrt er mir leise in den Mund. »Du darfst mir zeigen, ob du Rhythmusgefühl hast.«

Ich nicke und lasse meinen Blick nach unten schweifen. Sein Körper will mich. Eigentlich würde ich gern mit der Hand über seine Erektion gleiten, aber er trägt kein Kondom.

Noch bevor ich etwas sagen muss, greift er zum Nachttisch. Während er das Päckchen öffnet, setze ich mich auf seine Beine und mustere ihn dann beim Überstreifen des dünnen Latex. Ich würde mich gern darauf konzentrieren, dass seine Männlichkeit so ästhetisch aussieht, dass er problemlos Pornos drehen könnte, aber ich kann nur darüber nachdenken, wie ich mir möglichst unauffällig die Nase kratzen könnte.

Mit der Hand hinzufassen, ist zu auffällig, aber ich explodiere, wenn ich mich nicht kratze! Als sein Blick von meinem Gesicht zu meinen Brüsten schweift, nutze ich die Gelegenheit und reibe meine Nase schnell an meiner Schulter. Besser! Hat niemand gesehen!

»Hierher mit deinem kleinen heißen Körper«, weist Marcel mich mit glänzenden Augen an und deutet auf seine Hüfte. Ich hebe das Becken an und positioniere mich über der Härte des französischen Hengstes, den ich reiten soll.

Dass er nicht so problemlos in mich gleitet wie gedacht, liegt daran, dass ich nicht mehr so feucht bin wie vorhin. Ich habe mich viel zu sehr auf das Kribbeln meiner Nase konzentriert. Jetzt bereitet mir das Eindringen Schmerzen. Weil ich nicht will, dass er denkt, ich wäre ein zimperliches Mäuschen, drücke ich meinen Körper trotzdem relativ schnell nach unten und lasse ihn tief in mich gleiten.

Marcels Hände liegen an meinen Hüften. Er packt fester zu, als ich auf ihm sitze. Im Gegensatz zu mir hat er das Eindringen genossen. Wahrscheinlich fühle ich mich enger und intensiver an, wenn ich nicht so feucht bin. Es muss nur für ihn scharf sein – er bekommt eine geile Nacht und Vincent bekommt sein Geld.

»Beweg dich«, knurrt er ungeduldig und drückt das Becken höher, um mich noch tiefer zu fühlen.

Ich stöhne auf und beginne ihn zu reiten. Mein Körper gewöhnt sich an das Gefühl seiner Männlichkeit und hört damit auf, sich wegen seiner Härte zu verkrampfen. Nachdem ich ein Tempo erreicht habe, das ihm guttut, lässt er meine Hüften los und legt die Hände wieder auf meine Brüste. Seine Finger reizen meine Brustwarzen und schicken dieses heiße Kribbeln durch meine Nervenenden, das auch meine Mitte erreicht.

Gott, das könnte alles so gut laufen! Ich will mich auf meine Miene und meinen Körper konzentrieren, um ihm gutzutun und ihn noch heißer zu machen, aber meine Gedanken kreisen plötzlich nur noch um mein inneres Stoßgebet.

Bitte, Gott, lass mich nicht niesen müssen!

Heiliger Sexgott, ich kann doch nicht mitten beim Vögeln nach einem Taschentuch verlangen!

Das Gesicht nicht verziehen zu dürfen, macht das Kitzeln in der Nase nur noch schlimmer. Ich werfe den Kopf in den Nacken und halte die Luft an – alles ohne das Tempo zu verringern, weil er sonst merkt, dass irgendetwas nicht stimmt.

Der starke Drang, das Niesen zuzulassen, wird erträglicher. Als Marcel meine Oberarme packt und meinen Körper zu sich runterzieht, zögere ich aber, den Kuss zuzulassen. Zu Recht. Das unangenehme Gefühl eines sich aufstauenden Niesens überkommt mich durch den Positionswechsel wieder.

Ich will mir die Hände vors Gesicht reißen, aber er hält sie fest.

Lass mich los! Echt jetzt! Ich …

Es schüttelt meinen ganzen Körper durch, als ich tue, was ich nicht mehr verhindern konnte. Noch während ich niese, sehe ich meine Fünf-Sterne-Bewertung vor meinem geistigen Auge in den Keller fallen.

›Das Produkt ist nicht wie erwartet! Während des Gebrauchs wird es an den falschen Stellen viel zu spontan feucht!‹

Feucht ist übrigens das Zauberwort. Ich reiße die Augen auf und meine Hände mit aller Gewalt los, weil ich merke, dass mein Gesicht nass wird. Mein schockierter Blick klebt zuerst an Marcel, der hoffentlich spontan die Masern bekommen hat! Woher hat er bitte die ganzen roten Punkte?!

Oh Shit, Shit, Shit! Bitte lass mich im Bad ohnmächtig geworden sein und jetzt einen Albtraum haben, in dem der Sex plötzlich zum Splatter-Film wird! Wenn meine Nase gerade wirklich blutet, laufe ich weg, wandere aus und lege mir eine neue Identität zu!

Noch bevor mein Verstand dazu in der Lage ist, auf das, was passiert, zu reagieren, rafft Marcel den Oberkörper hoch, hebt mich von sich runter und reißt mich dann vom Bett.

Ich denke, ich lande auf dem Boden, aber er hebt mich hoch und läuft mit mir ins Badezimmer. Ich kann gar nicht darüber nachdenken, warum er das macht, ich bin nur schockiert, dass meine ganze Hand mittlerweile voller Blut ist, das ihm gleich über den Rücken läuft.

»Deine Handtasche ist runtergefallen! Sicher!«, brummt er vorwurfsvoll und setzt mich in der Dusche auf den Fliesen ab.

Ich kauere mit angewinkelten Knien an der Wand und traue mich nicht, die Hand runterzunehmen.

Marcel drückt sie aber weg. Er kniet vor mir und neigt prüfend den Kopf. »Lass mich sehen.«

Da sind Blutspritzer an seiner Wange. Dass er gerade nicht komplett ausrastet und sich fluchend selbst unter die Dusche stellt, kann nur daran liegen, dass er noch nicht bemerkt hat, dass ich ihn erwischt habe.

Hat irgendjemand auf der Welt schon mal etwas vergleichbar Ekelhaftes und Peinliches getan?!

Seinen Kunden mit Blut voll zu niesen, ist wohl der Super-GAU! Würde Vincent eine Liste mit Dos and Don'ts aufstellen, stünde da garantiert ›Nies kein Blut‹ auf Platz eins! Sogar nach ›Pups nicht!‹.

Das warme Nass fühlt sich so befremdlich auf meiner Haut an, dass mir ganz schwummrig wird. Auch weil der Blutfluss einfach nicht stoppt. Ich will den Kopf in den Nacken legen, aber Marcel drückt ihn runter.

»Kopf nach vorn. Wenn du das ganze Blut schluckst und in den Magen bekommst, wird dir schlecht.«

Klasse. Das war der Gänsehaut erregende, Bilder erzeugende Satz, der mir noch gefehlt hat, um in Panik zu verfallen.

»Kannst du so was bitte nicht sagen?!«, japse ich nervös, weil meine Nerven auch bei jeder Arztserie, in der sie zu spezifisch werden, flattern.

Marcel erhebt sich, greift sich ein Handtuch und geht zum Waschbecken. »Was soll ich nicht sagen? Dass dir vom Blutschlucken schlecht wird? Das ist eine medizinische Tatsache.«

Er tut es schon wieder! Und ich muss mich zu einem kleinen, ekeligen Häufchen zusammenkauern, um eine Panikattacke zu verhindern.

Ich schließe die Augen, damit ich nicht sehe, dass es nicht aufhört, zu rinnen. Ich spüre es aber.

»Press die Nasenflügel mit den Fingern zusammen«, höre ich ihn sagen.

Als ich meinen Zeige- und Mittelfinger auf meine Nase drücke, wird es plötzlich kalt in meinem Nacken. Ich reiße den Kopf erschrocken nach oben.

Marcel steht vor mir und blickt mit den Eisaugen auf mich herab. Klar ist sein Blick kalt, aber meinen Nacken kann er damit nicht schockfrosten. Das kühle Gefühl kommt von dem nassen Handtuch, das er auf mich gelegt hat.

»Runter mit dem Kopf!«, herrscht er mich an und zeigt mit dem Finger auf mich. »Und zudrücken!«

Ich tue, was er sagt, sehe aber verstohlen zu ihm auf, als er sich wieder vor mich kniet.

»Du hast dir die Tür auf die Nase gedonnert, oder?«

Ich nicke wie der blutüberströmte Idiot, der ich bin. Als mir dabei schwindelig wird, stütze ich den Kopf an den Knien ab.

Ich laufe gerade im Resignations-Modus. Außer hier zu sitzen und zu warten, bis es vorbei ist, kann ich nichts tun. Ich gönne mir die paar Minuten – in meiner Scham und meiner Angst vor den Konsequenzen dieses Vorfalls zu verglühen, kann ich auch, wenn meine Nase endlich aufgehört hat, eine Rolle im neuen ›Saw‹-Film abstauben zu wollen.

»Ich hatte als Kind ständig Nasenbluten«, höre ich eine fremde Stimme sagen. Fremd ist sie nicht wirklich, aber der Tonfall ist mir neu. Dass Marcel so freundlich klingen kann, war mir nicht bewusst. Es steht seiner Stimme aber. Dass sie dabei so beruhigend wirkt, kann ich gut gebrauchen. »Der Arzt hat mir dann ein paar Gefäße verödet.«

Oh Gott, jetzt haut er wieder die ekelhaften Sätze raus!

»Es hört gleich auf. Ganz ruhig bleiben.«

Oh … ja. So ist es wieder besser.

Wie schön kann eine Stimme eigentlich klingen? Er spricht noch schöner, als er aussieht. Absolut unwirklich. Genau wie diese Sache hier. Ich bin mir noch immer nicht sicher, ob das alles wirklich passiert. Scheißrealität.

Ich lasse meine Nasenflügel vorsichtig los und hebe den Kopf, um zu prüfen, ob der Blutfluss endlich aufgehört hat.

»Vorbei?«, will Marcel wissen und blinzelt mich prüfend von der Seite an.

»Ich denke schon.«

Er steht auf, geht auf die Armatur zu und stellt die Dusche an. Das Wasser erreicht mich nicht, weil ich noch in der Ecke kauere.

Als er wieder auf mich zukommt, bückt er sich und greift meine Arme.

»Hoch mit dir«, sagt er und stellt mich auf den Beinen ab. Ich fasse mir ständig prüfend an die Nase, zumindest so lange, bis er meine Hand festhält. »Lass gut sein. Nicht mehr daran herumdrücken. Wasch dich.«

Ich folge ihm unter die Regendusche, springe aber wieder zurück in den trockenen Bereich. »Das ist ja eiskalt!«, piepse ich erschrocken.

Er steht absolut unbeeindruckt unter der Regendusche und lässt sich das eiskalte Wasser über den Körper rinnen. »Wenn du jetzt heiß duschst, blutet es wieder. Stell dich nicht so an. Komm her!«

Im ersten Satz hat er die freundliche Stimme sprechen lassen, im zweiten die emotionslose und im dritten kam der unterkühlte, dominante Part in ihm zu Wort. So viele Marcels, so wenig Emma. Ich fühle mich, als wäre ich noch kleiner, als ich ohnehin schon bin.

Ich stelle mich schweigend neben ihn und fange langsam an, mir bewusst zu machen, dass ich es verbockt habe. So richtig. Hätte verbocken ein Superlativ, wäre es die Überschrift dieser Nacht. Verbockt, verbockter, am verbocktesten: Emma macht jetzt Escort.

Nach dem ersten Schock gewöhnt sich mein Körper an die Temperatur. Das kühle Nass tut plötzlich gut, auch weil es die Spuren meines Katastrophen-Niesens beseitigt.

Marcel fährt sich mit den Händen durch die Haare. Als er sie wieder runternimmt, wische ich ihm vorsichtig über das Schlüsselbein, richte den Blick dann aber wieder auf den Boden.

»Sorry. Ich habe dich erwischt«, gebe ich peinlich berührt zu und sehe dem hellrot verfärbten Wasser dabei zu, wie es im Abfluss verschwindet.

»Ich weiß. Was denkst du, wieso ich mit dir unter der Dusche stehe?«, entgegnet er und dreht mir den Rücken zu. Seine Freundlichkeit verfliegt. Wahrscheinlich weil ich jetzt nicht mehr die hilfsbedürftige, personifizierte Schusseligkeit bin, sondern einfach die Nutte, die ihn vollgeniest hat.

»Ich war erst gestern beim Arzt. Ich bin absolut gesund«, versichere ich, weil ich das auch gern hören würde, nachdem ich das Nasenbluten eines Strichers versorgen musste.

Marcel dreht sich wieder zu mir und nickt die Information kaum merklich ab.

»Wenn du willst, können wir die Zeit dranhängen. Ich meine, ich könnte länger hierbleiben und …«

Er zieht eine Braue nach oben, sieht dann an mir vorbei und greift sich das Shampoo. »Du kannst nach Hause gehen«, sagt er und sieht mich dabei nicht mal an.

Klar. Das hier ist gelaufen. Scheiße.

Ich wasche mich still sauber, während Marcel schon aus der Dusche steigt. Er bindet sich ein Handtuch um die Hüften und verlässt das Badezimmer durch die Höllentür. Wortlos.

Ich flüstere ein paar Flüche gegen die Wand und greife mir dann auch ein Handtuch. Meine Sachen liegen draußen. Herrlich. Anziehen in stiller Scham.

Hatte ich wirklich irgendwann daran geglaubt, dass es anders enden würde? Schon irgendwie. Ich dachte, ich würde vom Bett fallen oder ihm aus Versehen mal kurz den Ellbogen in die Eier rammen. Das wäre alles tausendmal besser gewesen!

Marcel drückt an seinem Handy herum und dreht sich nicht nach mir um, als ich aus dem Bad komme. Ich greife mein Kleid, steige hinein und bekomme das Scheißding natürlich nur zu zwei Dritteln zu.

Dass er so in sein Handy vertieft ist, macht mich unheimlich nervös. Mein Herz pocht, weil ich mir einbilde, er würde Vincent schreiben, um ihn zu fragen, was für katastrophale Escorts er in letzter Zeit beschäftigt.

Ich kann nicht anders. Ich muss noch eine peinliche Nummer abziehen, bevor ich verschwinde und zu Hause in mein Kissen schreie. Achtung: Jetzt kommt der flehende, verzweifelte Versuch der Schadensbegrenzung.

»Marcel?«

Er reagiert nicht sofort. Dreht sich erst nach drei Sekunden zu mir um. »Was?«

Ich mache einen Schritt auf ihn zu, streife mir die nassen Haare zurück und blicke bittend zu ihm auf. »Ich weiß, das war furchtbar«, setze ich an, weil ich die Sache nicht schönreden kann. »Aber bitte, bitte, bitte sag Vincent nichts davon!«

Meine Bitte überrascht ihn – er weitet zumindest kurz die Augen, bevor seine Miene wieder einfriert.

»Wenn du ihm sagst, was passiert ist, bekomme ich riesigen Ärger! Mir ist klar, dass du nicht zufrieden bist und für mich wahrscheinlich viel Geld bezahlt hast, aber vielleicht können wir einen Deal machen. Ich bezahle dir zurück, was dich die Stunde gekostet hat – nächsten Monat, früher kann ich nicht.« Den letzten Satz murmle ich, weil er mir unangenehm ist.

Scheiß auf die Miete, ich muss mich aus dem Mist, den ich gebaut habe, rauskaufen!

»Bitte. Ich kann mir wirklich nicht leisten, Vincent sauer zu machen. Sag ihm nichts davon und du bekommst alles zurück, was du …«

»Ich will dein Geld nicht«, unterbricht er mich und schüttelt mit gerümpfter Nase den Kopf, als hätte ich etwas absolut Schwachsinniges gesagt. Er knurrt leise. »Geh einfach nach Hause. Und stolpere dabei bitte nicht vor ein Auto. Du bist ein kleiner wandelnder Chaos-Magnet.«

»Aber …!«

»Ich beschwere mich nicht bei Vincent! Aber bitte komm nicht wieder.«

Mann, war der letzte Satz fies. Dass er sich dabei an die Stirn fasst und wie ein blasierter Franzose seufzt, tut auch rein gar nichts für mein Selbstbewusstsein.

Ich bin ihm trotzdem unheimlich dankbar.

»Ich schwöre, ich suche dich nie wieder heim!«, entgegne ich.

›Heimsuchen‹ ist das Wort, das er wahrscheinlich auch benutzt hätte.

Who cares. Solange er nur Vincent nichts verrät.

»Danke! Wirklich! Das ist supernett von dir!«

Ist es wirklich. Sicher, er ist ein selbstverliebter, misstrauischer, wahrscheinlich etwas kontrollsüchtiger Ego-Vögler, aber er kann auch anders – freundlich, hilfsbereit, beruhigend. Zumindest wenn mir Blutfontänen aus der Nase schießen oder ich mich so anhöre, als würde mich mein Boss verprügeln, wenn er eine Beschwerde einlegt. Dass Vincent das nicht tut, weiß er aber bestimmt. Er bucht schließlich schon lange bei ihm.

Der Franzose schüttelt wieder verständnislos den Kopf und fasst sich dann, irritiert von meiner überschwänglichen Dankbarkeit, an die Stirn. Ich glaube, er bekommt gerade so was wie Migräne von mir. Jetzt ist es wirklich Zeit, zu verschwinden.

»Ich gehe sofort!«, kündige ich an, weil ihn das wahrscheinlich erleichtert.

Bevor ich wirklich verschwinde, greife ich aber noch in meine Tasche, ziehe ein Haargummi heraus und binde mir einen Dutt.

Während ich mit meinen Haaren beschäftigt bin, spüre ich plötzlich eine Hand an meinem Rücken. Er zieht mir den Reißverschluss hoch.

»Merci«, entgegne ich und steige in meine Pumps.

»Je t'en prie. Und jetzt hau ab.«

Ja doch! Das ist wohl so was wie die gar nicht subtile Erinnerung daran, dass er ein Kotzbrocken sein kann, damit ich wirklich nicht mit dem Gedanken spiele, noch mal eine Buchung von ihm anzunehmen. Mache ich nicht – ich schwöre!

Ich suche dich nie wieder heim.

Au revoir, du schöner blasierter Eisklotz! Und danke …

DUMMHEIT ODER NAIVITÄT?!

Ich falle mit Pumps und in dem Kleid, aus dem ich sowieso nicht rauskomme, auf mein Sofa. Mit dem Gesicht voraus, weil ich mir selbst einen dramatischen Moment schaffen will, was aber eine schwer bescheuerte Idee ist, wenn man sich vor einer Stunde erst eine Tür auf die Nase gedonnert hat. Sie prickelt wieder. Ich rolle mich auf den Rücken, akzeptiere, dass ich dabei auf dem Teppich lande, und fasse mir prüfend an die Nase. Geil. Blutet nicht. Mehr kann ich wohl nicht mehr von dieser Nacht verlangen.

Während ich überlege, ob es armselig ist, auf seinem Wohnzimmerteppich einzuschlafen, tönt plötzlich Pinks ›So What‹ irgendwoher.

Ich bin kurz irritiert, dann fällt mir ein, dass ich mir den Song als Klingelton eingestellt habe, nachdem ich bei der Kosmetikerin rausgewankt bin. Erschien mir irgendwie motivierend und witzig. Ist es nicht. Ich fühle mich gerade überhaupt nicht wie ein Rockstar.

Es ist fast Mitternacht. Wer ruft denn um diese Zeit noch an?

In dem Gedanken, dass es irgendein Notfall sein könnte, springe ich auf die Beine und laufe zu meiner Tasche. Als ich auf das Display blicke, leuchtet eine Nummer auf, die ich nicht kenne.

Mein Herz sollte eigentlich fest schlagen, um meiner Panik Ausdruck zu verleihen, aber es beschließt, sich vor Angst zu verstecken und einfach in meine nicht vorhandenen Hosen zu rutschen.

Scheiße. Nein, oder? Hat Marcel mich doch verpetzt? Ist das Vincent?! Wer sollte denn sonst mitten in der Nacht mit unbekannter Nummer anrufen?!

Während ich noch abwäge, ob ich drangehen soll, hört es auf zu klingeln. Wie erleichternd. Vielleicht hat sich auch nur jemand verwählt und …

Es klingelt wieder. Wer auch immer das ist, er will mir nicht auf die Mailbox sprechen, sondern mich persönlich ranbekommen. Ich muss mich wiederholen: Scheiße …

Das letzte Mal, als mir ein Telefon solche Angst gemacht hat, war, nachdem ich diesen Horrorfilm gesehen hatte, in dem alle sieben Tage nach dem Annehmen eines Anrufs sterben. Trotzdem hätte ich jetzt lieber den japanischen Aggro-Geist an der Strippe als denjenigen, den ich vermute.

»Hallo?« Meine Stimme klingt, als wäre die kleine fünfjährige Schwester ans Telefon gegangen, die ich nicht habe.

»Schön! Du lässt dich dazu herab, an dein Telefon zu gehen!«

Ich zucke und kneife die Augen zusammen, weil ich genau die Stimme höre, die ich vermutet hatte. Es ist der Vampir, und er ist mächtig angepisst.

Marcel hat mich verpfiffen!

Die dunkelste Stimme der Welt dröhnt in meinen Ohren. »Was ist bitte so schwer daran, diese scheißeinfache App zu benutzen?! Sag mir, ob dich die Bedienung überfordert oder ob du einfach auf meine Anweisungen und deine Sicherheit scheißt! Dummheit oder Naivität?! Ich kann dir beides austreiben! Ich will nur wissen, mit was ich arbeiten muss!«

Ich starre mit großen Augen gegen meine roségoldene Tapete und würde mich gern unter meiner Bettdecke verstecken.

Der Anschiss meines Lebens, den ich gerade bekomme, rührt nicht daher, dass ich den Sex verbockt habe, sondern daher, dass ich mich nicht von der Buchung zurückgemeldet habe.

Ich habe vergessen, die App zu benutzen, die Tina mir installiert hat und von der Claire mir heute ungefähr fünfmal gesagt hat, dass Vincent ausrastet, wenn ich sie nicht benutze. Ein einfacher Klick, der der Agentur mitgeteilt hätte: Emma lebt noch und geht jetzt in die Heia. Mehr hätte es nicht gebraucht. Ich bin so ein Idiot! Auf so vielen Ebenen!

»Es … tut mir lei…«

»Spar dir die Entschuldigungen! Schalt lieber deinen Verstand ein, du dummes Mädchen! Ich kann nicht auf dich aufpassen, wenn du wie ein hirnloses Huhn durch dieses Business läufst! Ich kenne den Kunden, bei dem du warst, privat! Wäre das nicht der Fall, würde ich jetzt vor diesem Scheißhotel stehen und dich dann suchen, um dir den Kopf abzureißen!«

Mir wird bewusst, was für ein Chaos ich heraufbeschwört hätte, wenn Vincent Marcel nicht so gut kennen würde.

Der Franzose hatte recht: Ich bin ein Chaos-Magnet. Nicht, dass ich das nicht schon immer gewusst hätte, aber jetzt ziehe ich Chaos auf einer viel größeren Ebene an.

»Ich vergesse nie wieder, mich zu melden! Ich …«

Er lässt mich nicht mehr als einen Satz sagen. »Nein, das wirst du nie wieder vergessen! Und du gehst beim ersten Mal dran, wenn ich anrufe, nicht beim zweiten Mal! Und wenn ich dreimal anrufen muss, besorgst du dir besser ein ärztliches Attest, dass du unfähig warst, das Handy in die Hand zu nehmen! Haben wir uns verstanden?!«

»Ja …«

Er schweigt.

Ich denke schon, er hat aufgelegt, aber da war kein Pieps-Geräusch zu hören.

»Lief bei der Buchung alles zufriedenstellend?«, fragt Vincent schließlich. Er brummt noch immer, aber seine Stimme lähmt mich nicht mehr vor Ehrfurcht.

Er weiß nichts von der Nies-Katastrophe, sonst würde ich mir den nächsten Anschiss einfangen.

Oh Scheiße. Jetzt muss ich auch noch lügen. Ich will den Mann, der mich gerade noch mit seiner Strenge paralysiert hat, wirklich nicht anflunkern, aber ich kann ihm unmöglich auch noch sagen, dass mich mein Kunde nach einer halben Stunde rausgeschmissen und mich angefleht hat, nie wiederzukommen.

»Ja. Ja. Alles zufriedenstellend. Ja.« Dass ich dreimal ›Ja‹ sage, irritiert ihn hoffentlich nicht, weil er noch denkt, dass ich nervös wegen seines berechtigten Wutausbruchs bin. Bin ich auch, aber das ist nicht das einzige unangenehme Gefühl, das mir den Magen zusammenschnürt.

Ich erinnere mich an Vincents Blick, als mir seine dunkle Stimme in seinem Büro versichert hat, dass er immer erfährt, was in seiner Agentur passiert, und dass man keine Geheimnisse vor ihm haben kann.

Bitte, bitte lass das einen Autoritäts-Einschüchterungs-Spruch à la ›Ich habe auch hinten Augen‹ gewesen sein! Das mit Marcel darf er auf keinen Fall rauskriegen! Nie!

»Gut. Geh schlafen. Und wach klüger auf!«

»Okay!«, töne ich artig und klinge wie ein eingeschüchtert salutierender Schlumpf-Soldat.

Ich bin eigentlich wirklich nicht die größte Mimose der Welt, aber dieser Mann hat die Dominanz-Boss-Nummer in Perfektion drauf.

Wäre man äußerst sensibel, könnte man unmöglich für Vincent arbeiten. Der erste Vampir-Wutanfall würde für stressbedingten Haarausfall und eine Ohnmachtsattacke sorgen.

Meine Haare sind noch dran, als er auflegt. Zumindest die an meinem Kopf.

Die feinen blonden Härchen an meinen Armen wollen fliehen, deshalb stehen sie auf. Ich weiß nicht, ob ich schon mal Gänsehaut von einer Zurechtweisung bekommen habe, aber sein Vortrag wird definitiv Wirkung zeigen.

Ich vergesse nie, nie, nie wieder, diese App zu benutzen. Und wenn ich kein Internet haben sollte oder mein Handy den Geist aufgibt, reiße ich dem nächstbesten Menschen, der mir begegnet, das Telefon aus der Hand und rufe in der Agentur an. Dort aufs Band zu sprechen, gilt auch als Zurückmelden. Eigentlich weiß ich das alles, aber jetzt setze ich es auch garantiert um. Wäre Vincent mein Turnlehrer gewesen, hätte ich sicher nur einmal meine Sporttasche zu Hause vergessen.

Ich hoffe, ich mache ihn nie wieder so sauer auf mich.

Egal, was die nächste Buchung bringt, ich werde das perfekte Spielzeug sein. Eine Vorzeige-Rose. Vincent kann mir den kompliziertesten, forderndsten Kunden vermitteln, den er auf Lager hat, ich werde meinen Job gut machen und ihm beweisen, dass ich kann, was ich ihm versprochen habe.

Irgendwie beschleicht mich das Gefühl, dass er meine Loyalität und meine Zuverlässigkeit wirklich noch auf die Probe stellen wird. Er ist einer dieser Menschen, die einen Lektionen nachhaltig verinnerlichen lassen.

Du schickst mich zur Strafe garantiert zum schwierigsten Kunden den du finden kannst, oder?

Mach nur – ich enttäusche dich nicht mehr.

ÜBER DIE AUTORIN

Jasmin Romana Welsch wurde 1989 in Graz geboren und lebt auch heute noch mit ihrem Freund und ihrer Hündin Yuki in der Steiermark. Obwohl sie bereits im Teenageralter das Schreiben für sich entdeckte, begann sie ein Jurastudium. Erst nach der Veröffentlichung ihres ersten Romans widmete sich die junge Autorin gänzlich der Schriftstellerei. Aus ihrer Feder stammen mehrere Jugendbücher, in denen sich fast immer humoristische, aber auch dramatische Akzente wiederfinden.

Kontakt
Homepage: www.jasminromanawelsch.com
Facebook: www.facebook.com/ JRWelsch

Wenn Ihnen "Evig Roses (Band 1)" gefallen hat, gefällt Ihnen auch:

Jasmin Romana Welsch

Teach me Love: ONCE & TWICE

16. März 2018, Sternensand Verlag

616 Seiten, broschiert

€16,95 [D]

New Adult Liebesroman

Als Taschenbuch

Ein dekadentes Internat, zwei junge Lehrer und eine Studentin, die verspricht, diskret zu sein

Es gibt viele Gründe, um auszuziehen. Du hast einfach Lust auf einen Tapetenwechsel, dein Nachbar möchte plötzlich Death-Metal-Schlagzeuger werden oder dein Freund entdeckt seine Leidenschaft für gynäkologische Untersuchungen an anderen Frauen.
Ich würde wirklich gern den Death-Metal-Typen als Grund vorschieben, aber um bei der Wahrheit zu bleiben: Ich bin wegen der Sache mit dem Gynäkologie-Hobby ausgezogen.
Jetzt bin ich vorübergehend heimatlos. Wobei, ganz ohne einen Platz zum Schlafen muss ich nicht auskommen. Es gibt da diese Übergangslösung – eher unkonventionell, aber doch spannender als vermutet. Und heißer. Was hauptsächlich dem unwirklich attraktiven Französischlehrer zuzuschreiben ist, der verblüffend viel hinter dem höflichen Lächeln versteckt hält. Ein wenig trägt auch der knurrende Sportlehrer zu meinem reizvoll-frivolen Abenteuer bei, aber der Mann hat ein Dominanzproblem. Außerdem ist er ein Arschloch. Teilweise. Manchmal. Ich kann ihm trotzdem nicht aus dem Weg gehen, weil ich anscheinend einen Knall habe. Verknallt bin ich aber nicht! Das ist alles nur lockerer Spaß, den wir geheim halten müssen, da die beiden natürlich einen Ruf zu verlieren haben.

Weitere Bücher der Autorin:

Küss mich (Sammelband)
13. Juli 2017, Sternensand Verlag
530 Seiten, broschiert
€ 14,95 [D]
Liebesroman
Als Taschenbuch

Absolution: Wie man eine Sünde überlebt
28. Februar 2016, Sternensand Verlag
224 Seiten, broschiert
€ 12,95 [D]
Urban Fantasy
Als Taschenbuch und E-Book

Krieger des Lichts Reihe
20. Oktober 2017, Sternensand Verlag
616 Seiten, broschiert
€ 16,95 [D]
Urban Fantasy
Als Taschenbuch

C. M. Spoerri & Jasmin Romana Welsch
Conversion (Band 1): Zwischen Tag und Nacht
28. August 2016, Sternensand Verlag
424 Seiten, broschiert
€ 12,95 [D]
Jugendroman-Dystopie
Als Taschenbuch und E-Book

Weitere New Adult Romane aus unserem Sortiment:

C. M. Spoerri

Unlike: Von Goldfischen und anderen Weihnachtskeksen

12. Dezember 2016, Sternensand Verlag

348 Seiten, broschiert

€12,95 [D]

New Adult Liebesroman

Als Taschenbuch und e-Book

Klappentext:
Evan hat in seinem Leben schon viel Mist gebaut, doch seit fünf Jahren ist es ihm gelungen, nicht mehr auf die schiefe Bahn zu geraten. Er wohnt in New York, hat einen Job, eine Wohnung, keine nervigen Freunde … alles wäre eigentlich so weit in Ordnung – abgesehen von der bescheuerten Weihnachtszeit, die gerade in vollem Gange ist. Und ausgerechnet jetzt mischt sich auch noch der schwule Nachbar in sein Leben ein. Dieser kann nicht mehr mit ansehen, wie Evan sich abkapselt, und plant deswegen über eine Single-Plattform ein Date für ihn. Sara, eine Londoner Studentin, wird für eine ganze Woche anreisen. Allerdings in der falschen Annahme, dass sie mit Evan gechattet hat und er sich auf ihren Besuch ebenso freut wie sie. Als wäre das nicht schon verheerend genug, ist Sara auch noch das komplette Gegenteil von ihm. Sie LIEBT Weihnachten und kommt einzig und allein nach New York, um hier den romantischsten Urlaub ihres Lebens zu verbringen – zusammen mit Evan.

C. M. Spoerri

Emlia: Dein Weg zu mir

1. Mai 2016, Sternensand Verlag

328 Seiten, broschiert

€12,95 [D]

New Adult Liebesroman

Als Taschenbuch und e-Book

Klappentext:
Partys. Reisen. Flirten. Das bestimmt den Alltag von Emilia dos Santos – bis sie vom plötzlichen Tod ihrer Eltern erfährt. Mit einem Mal ist ihr sorgloses Leben vorbei. Sie soll nach alter Familientradition das Weingut im Napa Valley weiterführen und sieht sich damit einer Verantwortung gegenüber, der sie sich nicht gewachsen fühlt. Ganz und gar nicht. Da hilft es auch wenig, dass ihr Jugendfreund Alejandro wieder auftaucht und sie unterstützen will. Denn seine Nähe verwirrt und verunsichert Emilia nicht nur, sondern stellt sie zusätzlich vor die unangenehme Aufgabe, ihren bisherigen Lebensstil zu hinterfragen ...

C. M. Spoerri

Melinda: Dein Weg zu mir

13. März 2017, Sternensand Verlag

360 Seiten, broschiert

€12,95 [D]

New Adult Liebesroman

Als Taschenbuch und e-Book

Klappentext:
Nur ein Kuss. Kein Licht. Keine Namen. Seit sechs Jahren hat Melinda keinen Mann mehr geküsst. Als die Studentin auf der Hochzeit einer Bekannten in einem dunklen Zimmer einem Fremden gegenübersteht, fasst sie den Entschluss, den Schritt aus ihrer Männer-Abstinenz zu wagen. Schließlich ist sie bereits einundzwanzig, die drei Regeln, auf die sie sich einigen, klingen harmlos und sie würde dem Unbekannten nie wieder begegnen. Leider scheint das Glück nicht auf Melindas Seite zu sein. Ein paar Tage später stellt sich der Mann, den sie im Dunkeln geküsst hat, als ihr neuer Chef heraus und obendrein als DER Playboy des Napa Valleys: Armando Pérez.

Besucht uns im Netz:

www.sternensand-verlag.ch

www.facebook.com/sternensandverlag